시의 첫 줄은 신들이 준다

제2권

강세환 산문집

시의 첫 줄은 신들이 준다

제2권

예서

서문도 아닌 서문을

이 산문집 제2권은 서문도, 서문을 대신하여도 필요 없을 줄 알았는데 또 몇 마디 해야 할 것 같다. 먼저 지난 12월에 나온 산문집과 형식은 다를 게 없을지 몰라도 내용은 독립된 책인데 제목을 같은 것으로 하다 보니 동명(同名) 이책(異册)이 되고 말았다. 아무튼 되게 비슷한 버전으로 산문집 제1권, 제2권을 연이어 내놓다 보니 오죽하면 이 책머리 서문마저 피할까 했었다. 그러나 또 서문도 아닌 서문을 작성하게 되었다.

개인적으론 이 산문집 제2부까지 마무리 하고 나서 그동안 미루어두었던 시집 원고를 정리하여 출판사에 보냈다. 그러다 보니 1권과 달리 2권은 어느 맥락에선 아주 잠깐 쉬어가는 맥락도 있었을 것이다. 그래도 산문집 1권과 마찬가지로 2권도 한눈팔 사이 없이 쉬지 않고 달렸다. 그야말로 광폭 행보였다. 다만 늦은 밤이라 해도 산책을 건너뛰진 않았고 간혹 밤 11시, 12시에 나선 적도 있었다. 암튼 저간의 일상은 이 산문집을 1순위에 두고 흘러갔고 돌아갔을 것이다. 좌우지간 밥 먹고 잠자고 산책보다는 조깅에 조금 더 가까운 일 이외엔 거의 이 산문집에 매달렸던 것 같다. 이런 포맷이나 행보는 당분간 더 지속될 것도 같다.

시도 알게 모르게 스멀스멀 기어 나올 때가 있지만 이 산문집도 또 이렇게 스멀스멀 기어 나올 줄은 몰랐다. 지난 번 제1권 쓰는 동안엔 즐거움이나 행복함을 느낄 사이도 없었지만 제2권을 쓰던 지난 5월부터 9월 말까지는 그런 것도 맛볼 수 있었다.

또 그만큼 시에 집중할 시간이 없어 빚진 사람처럼 움츠러든 적도 있었겠지만 그럴 때마다 시집과 산문집이라는 두 집 살림 사이에서 겪는 고충은 스스로 또 감수할 수밖에 없었으리라. 어디선가 시 쓰는 일을 자수성가형이라고 했지만 이 산문집도 나름 자기 위로와 자기만족에 빠질 때가 많았을 것이다.

자화자친이겠지만 이 산문집 제2권을 퇴고하기 위해 다시 읽다 보면 그래도 이 산문집을 쓰면서 열심히 살았다는 생각이 들곤 했다. 그러나 아무도 쳐다보지 않고 아무도 귀 기울이지 않겠지만 결국 또 혼자 읽고 혼자 쓰고 혼자 삼키고 혼자 뱉어야만 할 것 같다. 자문자답이 되고 말 것 같은, 무거운 마음도 있었겠지만 또 그만큼 가벼운 마음도 많았을 것이다.

여기서 할 말은 아니겠지만 어떤 형식 때문에 1권, 2권에서 툭 터뜨리지 못했던 말도 있었던 것 같다. 예컨대 더 많은 동도제현의 시를 몇 줄이라도 더 인용한 다음, 해설도 리뷰도 아니겠지만, 같은 업종 종사자로서 성실한 감상을 더 털어놓지 못했다는 생각이다. 하여 기회가 닿는다면 다음번엔 좀 더 다른 형식으로 특히 젊은 시인들의 신간 시집을 중심으로 짧은 리뷰를 한 권 묶고 싶다.

이를테면 불법체류자처럼 광화문 어느 대형 서점에 들어가 고개를 툭 떨어뜨리고 시를 읽고 싶다. 오전에 한 권, 김밥 한 줄 먹고, 오후에 한 권... 한 두어 달 그렇게 살고 싶다. 그렇게 시를 읽고 그렇게 또 산문집을 쓰고 싶다. 안방구석에 처박혀 칩거하듯이 쓸 때보다 좀 더 낫지 않을까 싶다. 혼자 생각하고 또 구상할 뿐이지만 어쩌면 곧 착수할 것 같다.

앞의 제1권 산문집 책머리에 밝혀 놓은 말을 반복하는 것 같지만 제2권에서도 많은 사유나 영감이 필자의 단독 아이디어만으로 시작된 것은 아니다. 특히 1권과 달리 2권에서는 김준오 『시론』을 가까운 곳에 두고 펼쳐보았다. 또 1권과 마찬가지로 많은 시를 인용했다는 것도 말해야 할 것 같다. 시는 대체로 수록된 시집에서 찾아 옮겼지만 일부는 또 급한 대로 인터넷을 이용하다 보니 원문과 다를 것 같아 걱정된다. (그리고 이 산문집 제1부의 제목은 오르한 파묵의 언어라는 것도 이 자리에서 미리 밝혀둔다.)

2023년 2월
강세환

차례

제1부
시인은 신이 말을 걸어주는 자

1.

시도 생활 속에서의 발견이지만 생활 그 자체는 아니다. 시인도 생활 속에 묻혀 살지만 생활인은 아니다. 오히려 생활 속에 부적응하며 때론 무(無)적응하곤 한다. 부적격일 때도 있다. 군중 속의 고독이 아니라 생활 속의 고독에 가깝다. 차라리 생활 속의 그림자 같을 때가 많고 생활 속의 투명인간일 때도 많다. 생활 속에서 한없이 불편하고 때때로 동석자를 불편하게 한다. 본의 아니게 난감할 때도 있고 난처할 때도 있다. 동석자를 썰렁하게 하고 동석자를 불쾌하게 할 때도 있다.

돌아보면 술자리보다 밥자리가 더 그렇다. 오죽하면 여럿이 밥 먹을 때보다 혼자 밥 먹을 때가 훨씬 편하다. 밥자리 부적응자 혹은 무(無)적응자 같다. 이 지면을 통해 관련 동석자들에게 심심한 사과의 말을 전한다. 그리고 메뉴도 순두부나 갈비탕 정도, 중국집에선 그저 간짜장 정도... 그 이상이면 금세 또 얼굴빛이 달라지는 것도 이 자리를 빌려 사과한다. 오죽하면 일 년 내내 순두부만 먹었던 적도 있다. 외식할 때도 메뉴판 보지 않고 주로 갈비탕만 시킬 때가 많다.

2.

시가 누구도 모르게 당신도 모르게 툭 터져 나올 때가 있다. 마치 누군가가 어깨를 툭 치듯 시의 어깨를 툭 칠 때가 있다. 물론 아주 살며시 어깨에 손을 얹을 때도 있다. 시는 시인의 손도 중요하지만 시인의 어깨도 중요하다. 언제 어디서 누가 어깨를 툭 칠지 모를 일이다. 시는 그렇게 또 오는 것이다. 가령, 또 일 년 내내 저녁에 순두부만 먹을 땐 시가 오지 않다가 몇 해 지나 어느 날 저녁 기름 덩어리 갈비탕 먹고 일어설 때, 시는 오는 것이다.

한때 정말 비가 오나 눈이 오나 순두부만 먹었다. 순두부는 변치 않는 저녁 메뉴였다. 그것도 아주 말갛게 끓인 순두부였다. 그것을 편견이니 편식이니 집착이니 말할 수도 있겠지만 그것도 엄연한 필자의 맛남이며 식성인 셈이다. 굳이 오해나 해석할 것도 없다. '가끔 뭘 먹지?' 하고 동석자들이 메뉴 결정하지 못할 때 순두부라고 했다가 핀잔 들을 때도 있다. 그럴 땐 좀 더 신중해야 하는데, 순두부 때문에 종종 난처할 때가 많았다. 순두부와 관련된 졸시가 있다. 우선 천천히 짧은 시 한 편을 읽고 가자.

"눈이 내리고/ 겨울바다 가까운 초당동에서/ 순두부찌개를 먹는다/ 메뉴 고를 것도 없이/ 메뉴판 쳐다볼 이유도 없이/ 순두부찌개를 먹는다/ 양념도 굳이 반찬도 필요 없는/ 순두부찌개를 먹는다// 시와 순두부를 구별하지 못하던/ 나의 하루"(「나의 하루」 전문)

3.

여럿이 밥을 먹을 때도 유독, 시인은 외로울 때가 있다. 다들 즐겁게 밥을 먹을 때 혼자 깊은 시름에 빠질 때도 있다. 식탁에서 뚝 떨어져 저만치 혼자 앉아 있을 때도 있다. 그게 편하고 좋다. 어떨 땐 차라리 혼자 나가서 밥을 먹고 와서 일행의 자리에 합류하고 싶을 때도 있다. 교수 연구실에서 문 걸어 잠그고 혼자 잡채밥을 먹던 이승훈 교수의 장면이 잊혀지지 않는다. 그 시는 이미 앞의 제1권에서 전문을 옮겨놓았다.

또 오랫동안 마음에 걸리던 이승훈의 시가 있다. 시인의 삶이 복잡할 때가 많다. 그것을 어떻게 일일이 다 설명할 수 있겠는가. 그의 어떤 시를 보면 마음이 통할 때가 있다. 이심전심이 아니라 시심전심이다. 시는 그렇게 전해지는 것이고 그렇게 읽혀지는 것이다. 중국집에서 만두를 맛있게 먹는 가족들의 정경인데 화자인 시인의 앞에는 만

두가 없다. 마치 딴 생각에 푹 빠진 사람처럼, 식탁에서 혼자 뚝 떨어져 앉은 것 같다. 시인은 가족끼리 모여 앉은 저녁 식탁에서도 보이지 않는다. 마음만 아픈 게 아니다. 시도 아프다. 그 시를 또 읽어야 하는 저녁이 되었다. 잡채밥이라도 시켰으면 어땠을까. 20여 년 먹었던 잡채밥을 또 시킬 수도 없고, 가족들이 만두 먹는데 혼자 잡채밥 먹는 것도 좀 그렇고, 좌우지간 시는 이렇듯 사연이 많고 또 복잡하다. 언제나 그렇듯 또 시보다 시인이 더 복잡하고 사연도 많다. 시의 이면(裏面)이나 시인의 이면을 누가 찾아 읽겠는가. 이면을 찾아 읽을 독자도 없고 딱히 이면을 찾아 읽을 까닭도 없어졌다. 시인은 혁명만 꿈꾸는 게 아니라 실패도 꿈꿀 수밖에 없다. 저 아래의 시를 읽기 전에 바로 아래의 글을 먼저 읽기를 바라마지 않는다. 이 산문집 1권에 이어 2권에서도 이승훈 선생이 가끔 자주 등장하는 것도 어떤 시절과 인연이라고 생각한다. "나는 시를 쓴 게 아니라 시와 싸우고, 시와의 싸움은 시에 대한 사유를 동반하고, 시가 사유라는 사유로 발전한다. 시가 있는 게 아니라 시에 대한 사유가 있고, 시에 대한 사유가 시다."(이승훈)

"서초동 2층 중국집 식구들이 모여 만두 먹는 저녁 호준이도 만두 먹고 석준이도 먹고 나이 든 아내는 석준이 옆에 안경 쓰고 앉아 만두 먹고 아들도 먹네. 처제도 먹고 동서도 먹고 동서 사위도 먹고 조카 종호도 가을 저녁 중국집에 모여 만두 먹는 저녁. 나 혼자 맥주 마시네. 그래도 좋아 그래도 좋아. 난 맥주 마시는 게 만두 먹는 거야."(「만두 먹는 저녁」전문)

4.

덧없지 않은 것은 없다. 인생도 문학도 시도 연극도 사랑도 우정도 역사도 정치도 덧없다. 세상은 덧없다. 남는 것도 없다. 모두 덧없이 사라지고 남는 게 없다. 그게 맞다. 시나 조금 남아 있을라나 모르겠지만 시도 결국 덧없이 사라지고 만다. 사라지지 않는 것이 있다면 그것이 오히려 이상하다. 슬퍼할 일도 괴로워할 일도 아니다.

뭐든 한 10년, 20년, 30년 꾸준히 하면 그 생활 속에서 철학이 생긴다고 한다. 그러나 시는 철학이 아니다. 어쩌면 이상한 말 같지만 아티스트는 굳이 철학을 가질 필요가 없다. 철학은 철학의 영역이지 아티스트의 영역이 아니다. 시도 마찬가지다. 굳이 무슨 철학을 가질 필요가 없다. 그냥 그 영역에서 최선을 다하는 것이다. 다만, 끝까지, 끝까지 가는 것이다.

　그러면 뒤에서 누군가 그게 철학이야! 철학! 하면 할 수 없는 노릇이다. 그러나 철학을 머리에 이고 살 필요는 없다. 상투적이지만 '지금 이 순간'만 존재할 뿐이다. 그저 또 할 뿐이다. 그게 목적이라면 목적이고 그게 철학이라면 철학이다. 시의 길도 그런 것이다. 철학은 철학이고 시는 또 시일 것이다. 침묵은 또 침묵일 것이다. 침을 삼킬 때도 있지만 말을 삼킬 때도 있다. 그게 시라면 시라고 할 수밖에 없다.

5.

　시의 마지막 행에서 망설일 때가 많다. (침묵할 때도 많다.) 예전엔 마지막 행에서 그렇게 시간이 걸리지 않았는데, 근래엔 마지막 줄에서 머무는 시간이 길어졌다. (결론 없이 시를 털고 싶을 때가 종종 있다. 많다.) 선뜻 털지도 못하고 이 생각 저 생각 하다 썼다 지웠다 한다. 시가 마지막 행에서 꼭 완성되는 것도 아닌데, 마지막 줄에서 보내는 시간이 길어졌다. 그럴 때마다 느끼는 것은 손끝으로 생각한다는 것이다. 손으로 사고(思考)한다는 오래된 말을 몸소 느끼면서 동시에 그 느낌마저 느끼고 있다. 필자의 시작 과정이 변모했다는 것은 아니고, 시작 과정 근황 정도로 말하고 싶다. 그와 관련지어 말한다면 예전과 달리 확실히 말수가 줄었다. 그 줄어든 만큼 사유의 양이 늘었다. 이것도 시작과 관련된 나름 근황일 것이다.

덧붙여 말하면 코시국 때문이겠지만 서점에 나갈 일이 많이 줄었다. 결국 신간 시집을 펼쳐볼 시간도 줄었다. 남의 시집을 덜 보게 되었다는 것이다. 좋은 것도 아니고 나쁜 것도 아니다. 예전처럼 신간 시집을 부리나케 사서 읽던 패기는 줄어들었다. 그런 패기는 되돌아오지 않을 것이다. 또 생각해보면 시는 꼭 부리나케 읽던 패기만으로 이루어지지 않는다. 좀 망설일 때, 시의 자리가 이루어지는 것 같다.

그럼에도 불구하고 또 시는 이루어지지 않는 사랑과 같은 것이다. 시는 이루어지지 않는 것이다. 시가 이루어진다면 시는 더 이상 외롭지 않을 것이다. 사랑이 다 이루어진다면 슬픈 사랑은 없을 것이다. 시야말로 이루어질 수 없는 사랑이다. 이를테면 문청시절, 시와 만나던 순간들을 보면, 이미 몸이 먼저 시를 알고 있었을 것이다. 아이러니컬

하지만 시는 이루어질 수 없을 것만 같던 그 문청시절에 이미 다 이루어졌을 것이다. 아무것도 이루어지지 않았을 때 시가 오고 사랑이 왔다 갔던 것 같다. 허탈한 것도 아니고 허전한 것도 아니고 그저 빈털터리 같은 것이다.

6.

본인이 쓴 시를 앞에 두고도 시인이 생각하는 바와 독자가 생각하는 바가 다를 수밖에 없다. 시인의 입맛과 독자의 입맛이 다를 수밖에 없고, 시인의 식성과 독자의 식성이 어긋날 수밖에 없다. 당근이다. 독자는 시인의 식성을 존중할 필요가 없고, 시인도 독자의 식성을 염두에 둘 필요가 전혀 없다.

시인은 독자를 의식할 일이 없고 독자도 시인을 의식할 일이 없다. 더 중요한 것은 시인은 독자를 의식하는 순간 무참히 무너지는 것이다. 시인은 독자도 그 어떤 팬클럽도 없다. 북 콘서트도 기자 간담회도 없다. 시인은 무참히 외롭고 쓸쓸한 직종일 뿐이다. 다만, 겨우 남아 있는 것은 실오라기 같은 그들의 자존심일 뿐이다. 그 자존심으로 시를 쓰고 또 시를 쓸 뿐이다. 아무것도 할 수 없고, 아무것도 하지 않는 그것이야말로 겨우 남아 있는 그들의 자존심이다. (다들 본인들 얘기하느라 바쁘고 바쁜 세상이다. 타인은 없고 오직 본인만 있는 세상이 되었다. 눈 깜짝할 사이에 아무도 없는 본인들만의 세상이 되었다.)

마치 같은 시각, 같은 식당이지만 독자와 시인은 그저 각각 다른 식탁에 앉았다 일어서는 것이다. 물론 독자가 시인의 식성을 알아채기란 쉽지 않다. 시인의 식성을 어쩌다 식탁에서 한 두어 번 마주 앉았다고 알아낼 수 있는 것도 아니다. 한 사람의 식성도 변하기 때문에 그 식성을 가늠하기란 쉽지 않은데, 시인의 식성이나 세계관을 알아내기란 더욱 어려울 것이다. 그야말로 한평생을 같이 살아냈어야 조금씩 알 수 있을 것이다. 말하자면 그 시인의 전작(全作)을 다 읽어내야 조금씩 알 수 있을 것이다.

그뿐만 아니라 무엇을 안다는 것도 알고 보면 무엇을 모르는 것이다. 차라리 무엇을 안다 하지 말고, 무엇을 모른다 해야 할 것 같다. 그렇게 어긋날 때 시가 오는 것이다. 그렇게 또 가는 것이다. 각자 그렇게 조금씩 어긋나는 것에 대해 열 받지 말자. 이해한다는 말도 결국 오해한다는 말일 수 있다는 걸 알아두자. 이해보다 오해가 앞설 때가 얼마나 많은가.

거듭 말하지만 시를 제작하는 입장에선 시의 독자를 일일이 염두에 둘 일이 없다. 더구나 시를 읽는 시대도 아니다. 독자도 알고 시인도 알고 있지만 더 이상 시를 읽는 시대는 돌아오지 않는다. 유감스러운 일도 아니다. 낙담할 일도 아니다. 마치 다 부러진 낚싯대를 둘러메고라도 바다를 향하는 늙은 낚시꾼의 심경과 같은 것이다. 뻔히 알면서 또 출마해야 하는 어느 소도시 지방의회 후보자의 심경과도 같은 것이다.

급기야 시인은 포기하지 않고 끝까지 완주하는 자라는 생각도 한다. 아무 대가도 없이, 끝까지 가봐야 완전 밑지고 마는 장사일 텐데 말이다. 웃프다. 다 헛수고일 것이다. 그 길이 시의 길이다. 잠깐 앉았다 또 일어설 뿐이다. 강원도 동해바다나 변산이나 태안반도만 고집하지 말고 스리랑카 해변이나 포르투갈 항구나 칠레 바다도 생각해보자. 자문자답이겠지만 시가 삶보다 조금 가벼워졌다는 생각을 잠시 해보았다. 물론 시가 아무리 가벼워졌다 해도 시가 결코 가벼운 물건은 아닐 것이다. 만의 하나 시가 가벼워졌다 해도 시가 가지고 있던 인문학적 그 소양이나 교양마저 포기한 것은 아닐 것이다. 시가 조금 가벼워졌다는 것과 시가 가볍다는 것은 다를 것이다. 시가 또 아무리 가벼워졌다 해도 시는 결코 가벼워지지 않았을 것이다.

7.

무엇보다 '애인에게 올인 하듯', 시에 올인 하는 자가 시인일 것이다. 그럴 때 시인은 로맨티스트가 될 것이고 동시에 리얼리스트가 될 것이다. 이들이야말로 동전의 양면이 아니라 동전의 한 면일 것이다. 시인은 이것이 아니면 저것이다 아니라 이것이면서 동시에 저것일 때, 또 빛나는 것이다. 시도 마찬가지다. 어쩌면 아주 어둡지만 간혹 빛처럼 빛나는 순간이 시일 것이다. 이런 것도 시가 피할 수 없는 어떤 운명과 같은 것이다. 그렇다면 리얼리스트가 따로 있고 로맨티스트가 따로 뚝 떨어져 있는 게 아니다. 말해 놓고 보니 역시 웃프다. 이 땅의 리얼리스트는 동시에 로맨티스트일 것이고, 로맨티스트는 또 동시에 리얼리스트일 것이다. 그들이 사이좋게 만나는 지점이 있다면 그것은 곧 장렬한 일장춘몽일 것이다. 시가 어떤 수완을 당장 발휘할 순 없어도 어떤 에너지를 불러일으킬 수 있는 그 영감마저 포기한 것은 아니다. 시/인의 영혼마저 다 포기한 것은 아닐 것이다. 요즘 MZ 언어로 말한다면 '배운 사람'은 조금이라도 알아볼/줄 것이다.

8.

갑자기 그런 생각이 든다. 시의 제목을 써놓고 시를 쓸 때가 많다. 그러다 보면 자칫 시가 그 제목에 사로잡힐 때가 많다. 시가 그 제목을 뿌리치기 어렵기 때문이다. 이즈음 생각해보면 시의 제목도 시의 첫 줄보다 그저 한 반 발짝 앞에 있는 시의 한 줄에 지나지 않을 텐데, 그동안 제목을 너무 혹사시킨 것도 같고, 제목을 너무 우대한 것도 같다. 제목이 시 앞에 있다고 제목이 시를 이끌고 가는 것도 아닌데 말이다. 제목도 고작 시의 한 줄이었을 것이다. 제목 한 줄에 너무 부담을 주지도 말고 부담을 갖지도 말자. 시의 제목이 첫 줄 앞에 있다고 너무 힘주어 읽을 것도 아니다. 시를 너무 힘주어 읽을 일이 아니다.

시는 힘을 다 뺀 것이다. 사람은 나이 먹을수록 얼굴에 힘을 빼고 살아야 하듯이, 시는 제목부터 힘을 싹 다 빼고 써야 한다. 이를테면 '막시 1, 2, 3, ...'(박세현) 이렇게 해도 얼마나 근사한 일인가. 그리고 또 잠시 노트북 앞에서 선배 시인들의 시를 떠올려 보았다. 역시 좋은 시는 힘을 다 뺀 것 같다. 너무 늦게 깨달은 것도 같다. 시를 쓰면서 깨달을 수 없었던 것을 이 산문집에서 가끔 깨달을 때가 있다. 인연은 또 그렇게 오는 것이다. 나마스테! 그리고 미리 고백하건대 시에서는 도저히 갖지 못했던 여유라는 것도 이 산문집을 쓰면서 조금씩 갖게 되었다. 마치 강 건너 불구경하듯 강 건너 시를 건너다볼 때가 많다. 이렇게 인연은 또 시절인연이 되는 것이다. 나마스테! 그럼에도 불구하고 시는 망했다. 문학도 망했다. 시인은 오래전에 이미 망국의 난민이 되었다. 어느 원로 시인의 근황이 궁금할 때가 있다. 그가 마치 한국 시의 어느 끄트머리를 가리키는 것도 같다.

9.

시는 삶의 부산물이며 어떤 대상에 관한 사색의 분비물 같은 것이라고 할 수 있다. 이 산문집도 그런 시의 부산물이며 그런 시에 관한 사색의 분비물과 같은 것이다. 이 산문집 제1권과 마찬가지로 가끔 사회나 세상에 대한 분비물과 부산물도 있을 것이다. 일반적인 산문집이나 수필집과 다소 성격이 다를 때도 종종 있을 것이다. 굳이 어떤 선(혹은 영역/기준)을 넘나들 때, 그 선에 대해 한 번 더 숙고하게 될 것이다.

이 산문집도 그런 숙고의 산물이 될 것이다. 그 숙고의 산물은 또 긴 시간을 요구할 것이다. 그 긴 시간은 곧 어떤 집중력일 것이며 또 늦은 시각에 나서던 산책을 더 늦은 시각에 나가게 할 것도 같다. 시는 산책 중에도 올 때가 있고 길 위에서도 중얼거릴 때가 있지만, 이 산문집은 일단 노트북 앞에 앉아 있어야 한 줄이라도 나온다. 우선 노트북 앞에 앉아 있어야 하는 것도 어떤 선이라면 선일 것이다. 앞의 1권에서도 언급했는지 모르겠지만 이 산문집 하루치 가령, 두어 쪽이라도 써야 늦은 산책이라도 나설 수 있다. 이것도 산책을 위해 쭉 그어놓은 어떤 선일 것이다. 또 일종의 루틴(routine)인 셈이다. 그러나 적어도 이 산문집에 집중하는 동안 이런 루틴은 매우 즐겁고 고마울 때가 많다. 그만큼 긍정적이고 또 유쾌하다. 일종의 우발적 발상이다.

그래도 앞의 산문집 제1권 탈고하고 나서 여러 날, 여기저기 흩어져 있던 그간의 신작시를 한 곳에 모아놓고 차례를 정하는 일도 했었다. 시는 순간순간 온몸을 다 바쳐야 하는 장르라는 것도 새삼 느꼈다. 그러나 시는 또 온몸을 다해 매달린다고 시 한 줄 나오는 것도 아니겠지만, 이 산문집은 온몸을 다해 매달리면 그래도 한 줄, 한 줄 나오는 것만 해도 이 산문집 쓰는 즐거움이 아닐 수 없다. 나름 이 산문집에서 맛보는 '쓰는 기쁨'이다. 덕분에 침묵할 수 있는 시간이 크게 늘어난 것도 또 하나의 낙이다. 암튼 글을 쓴다는 것은 침묵의 시간이며 사색의 시간이리라. 그래도 자꾸 딴 집 살림하는 것 같아 마음 무거울 때가 있다. 어디다 용서를 빌어야 할지 모를 때가 있다. 심지어 그러다 신이 말을 걸어주지 않으면 어쩌나 하고 마음 졸일 때도 있었다. 어쩌면 이 산문집은 자의반 타의반 마음 무거울 때나 마음 졸일 때가 많을 것이다. 마음 무겁거나 마음 졸인다는 것은 결코 어느 한 곳에 고정된 심경이 아니다. 아마도 신의 영역도 고정된 영역은 아닐 것이다. 하물며 신의 영역이 아닌 일상사라 해도 어떤 고정된 관념에 사로잡히는 순간, 그 어떤 고정된 관념에 사로잡힐 수밖에 없다. 그러나 어느 한 곳에 고정된 것은 없으리라. 어느 한 곳에 고정된 곳이야말로 이른바 덫이다. 그곳이 바로 함정이 되는 것이다. 모든 함정은 대체로 또 본인을 향하는 것이다.

차라리 어떤 선이나 어떤 영역이나 어떤 기준이나 고정된 관념보다 마음 어느 한 구석에 텅 빈 공(空) 하나 놓아두리라. 그 공이 곧 내공이 될 것이다. 시는 그곳에 텅 빈 공(空)처럼 웅크리고 있을 것이다. 또 진심을 다해 적극적으로 삶과 부딪칠 때도 공 같은 시를 만날 것이다. 그러나 또 시는 곧 공이 될 것이고 공은 또 시가 될 것이다. (色卽是空 空卽是色) 아쉽지만 운명 같은 공이고 공 같은 시일 것이다.

10.

시가 독자를 위해 할 수 있는 일이 무엇일까. 혼자 생각하다 말 것 같지만 잠깐 생각에 빠져 본다. 먼저 독자를 위해서라면 시 낭독을 할 수 있을 것 같다. 그러나 아무도 없는 객석을 향해 혼자 낭독할 것만 같다. 결국 관객을 위한 것이 아니라 시를 위한 것이다. 시를 위한 것도 아니고 빈 객석을 위한 것이 될 수도 있다. 시를 낭독한다는 것은 독자를 위한 것이 될 수 없다. 그렇다고 시인을 위한 것이 될 수도 없다. 여기서 잠깐, 시가 독자를 위해 할 수 있는 것은 시 낭독도 아니고 이 달의 추천 시도 아니다. 시가할 수 있는 일은 어쩌면 독자를 억압하지 않는 것이다. 역설적이지만 시가 독자를 위해 무얼 하는 게 아니라 독자가 시를 위해 무얼 하게 내버려둬야 한다. 독자가 어떤 시에서 독자의 의도를 드러낼 수 있도록 독자의 공간을 허용하는 것이다. 시의 주체를 어느 순간엔 독자에게 넘겨주는 것이다. 독자가 잠시 시의 무대에 서 있도록 독자의 공간을 만들어주자는 것이다. 시의 행은 물론이거니와 시의 행간도 독자의 공간이 될 수 있게 하고, 시의 여백도 독자의 공간이 될 수 있게 하자. 시의 영역에서 독자의 시간이 되게 하는 것이다. 어느 영역에서든 그 주체가 곧 주인이 되는 것이다. 그리고 작가와 독자가 어긋날 때가 많을 것이다. 그런 것도 다 운명적인 관계라고 할 수 있다. 그런 운명이 또 시의 영역 혹은 예술의 영역에서 맛볼 수 있는 장면인 셈이다.

그러나 좋은 시는 독자도 관객도 염두에 두지 않을 것이다. 시는 독자의 공간도 독자의 영역도 없다. 그런 것은 애초에 없었다. 시는 시인도 없고 독자도 없고 관객도 없다. 시를 제 몸처럼 귀하게 여기는 독자가 어디 있겠는가. 이제 그런 독자는 없다. 그런 독자가 어디 있겠는가. 이제 시의 독자는 없다. 시의 독자가 없는 세상이 되었다. 그리고 선배 시인을 하늘의 별처럼 바라보는 시인이 어디 있겠는가. 이제 그런 후배 시인은 없다. 그런 시인이 어디 있겠는가. 이제 선배 시인은 없다. 선배 시인도 없고 후배 시인도 없는 세상이 되었다.

다시, 시는 외로운 직종이다. 시를 써놓고 혼자 조용히 읽을 때가 많을 것이다. 그때 비로소 시인은 독자가 되는 것이다. 시는 그런 것이다. 그런 것을 일러 운명적인 관계라고 할 수 있다. 서러울 것도 없고 괴로울 것도 없다. 그런 것이 시의 처지일 것이다. 그리고 시 안에 뭐가 있다고 생각하지 마라. 시 밖에 또 뭐가 있다고 생각하지 마라. 시는 그곳에 있지 않다. 시는 이미 그곳을 떠났다. 시를 찾지 마라. 시를 읽지 마라. 시는 어디 있든지 간에 시만 쳐다보고 살아갈 것이다. 시 이외 어느 누구든 시를 쳐다보지 마라. 시는 황량한 들판처럼 조금 더 외롭게 살아갈 일만 남았을 것이다. '여기서 뭘 하는 것도 아니면서' 그렇게 또 시가 왔다. 황인찬의 시가 온다. 시는 그렇게 온다. 시인도 그렇게 온다. 홍대 앞 실천문학사 어느 뒤풀이에서 만났던/헤어졌던 것처럼...

　　"하지만 그런 일은 일어나지 않았다/ 우리가 깨어난 곳은 어두운 밤의 나라였다// (…중략…) 아무것도 보이지 않는 곳이다// '왜 자꾸 우리는 여기로 오는 걸까? 여기서 뭘 하는 것도 아니면서// 네가 물었지만 대답하지 않았다"(「어두운 숲의 주변」 부분)

11.

　시는 때때로 독자를 향하는 것이 아니라 시인 자신을 향할 때가 많다. 시의 개념이 바뀐 것이 아니라 시의 개념이 본래 그런 것 아닌가. 독자가 시를 읽고 해석하고 독자가 시를 읽고 이해할 때, 시가 완성되는 것이 아니라 시인이 시를 쓰고 탈고하여 털어 버릴 때, 시는 이미 완성된 것이다. 시는 이미 시인의 손에서 끝이 난 것이다. 시는 무얼 더 기다리지도 않고, 시는 무얼 더 바라지도 않는다. 그게 또한 시의 소명이며 운명일 것이다. 시가 할 수 있는 일은 시 이외 없을 것이다. 예컨대 앞에서도 말했듯이 무당은 굿을 하는 것이 소명이고 운명이지 무당이 나라를 세운다거나 나라를 이끌어 가는 것은 아니다. 시도 시의 운명이나 소명에 집중할 때, 시가 되는 것이다.

　그렇다면 여기 딱히 웃을 일도 아니고 울어야 할 일도 아닌 시가 있다. 굳이 시의 자화상은 아니겠지만 '자화상'이라는 시가 있다. 그 시가 마치 시의 자화상처럼 시인의 자화상처럼 다가온다. 눈물 없는 이 시대에 새삼, 눈물 많던 '눈물의 시인' 박용래의 시가 다가왔다. 소설가 이문구의 세심한 증언과 이문구의 유려한 문체가 빛나던, 박용래 약전(略傳) 중 어느 구절에 따르면 아침 9시 반부터 울기 시작하여 그날 밤 9시 반까지 쉬지 않고 울었다고 한다. 그것도 '오, 두만강... 오, 두만강의 눈...' 때문에 말이다. 한국 문단의 전설 같은, 눈물 일인자로서 손색이 없는, 더 없는 덧없는 업적일 것이다. 오래전 약전에서 읽었던 기억 하나가 또 남아 있다. 왜 이 기억은 뚜렷이 남아 있는 걸까. 문학적인 스토리가 아님에도 불구하고 시인보다 애비의 인간적인 심경이 먼저 읽혔으리라. 둘째 여식(女息)의 미대 등록금 일금 40만원을 가슴에 안고 서울역에 막 도착한 시인의 모습이 보였다. 아침 9시에 마중 나간 또, 이문구의 모습도 보였다. 다 오래 전의 일이 되었지만 그의 시는 뚜렷하게 남아 있고 그의 약전도 뚜렷하게 남아 있다. 이 시는 눈물보다 오히려 숙연하다. 특히 2연이 그러하지 않은가. 이럴 때 시는 어떤 수사(修辭)를 넘어서는 장르라는 것도 알 수 있다. 또 아무리 묘사나 은유나 시적 이미지가 뛰어나다 해도 시인의 처연한 육성을 이기지 못한다는 것도 알 수 있다. 그러하지 않은가. 들어보라.

"살아 무엇하리/ 살아서 무엇하리// 죽어/ 죽어 또한 무엇하리// 겨울 꽝꽝나무/ 꽝꽝나무 열매// 울타리 밑의/ 인연// 진한 허망일랑/ 자욱자욱 묻고// '소한에서/ 대한 사이'// 가출하고 싶어라/ 싶어라."(「자화상 3」 전문)

12.

자기 자신의 삶을 오랫동안 꾸준히 형상화한 시야말로 좋은 시라고 할 수 있다. 비록 문학사를 뒤흔들진 못했어도 적어도 자기 자신의 삶은 뒤흔들었을 것 아닌가. 비록 세상을 뒤흔들진 못했어도, 비록 시대적인 소명에 부응하지 못했다고 하더라도, 자기 자신의 삶을 형상화한 시를 썼다면, 단, 정직하게 썼다면, 좋은 시라고 해야 할 것 같다. 다시 한 번 돌아보아도 좋은 시는 자기 자신의 삶을 형상화한 것이다. 좋은 시는 자기 자신의 삶을 투명하게 드러낼 줄 안다. 자기 자신의 삶을 툭툭 털어놓을 줄 알 것이다. 알고 보면 좋은 시는 문학사를 빛나게 한 것이 아니라 시인 자신의 삶을 빛나게 한 것이나 다름없다. 다시, 시대적 소명에 부응했다면 그 시대적 소명에 부응한 자신의 삶을 형상화했을 때, 좋은 시에 다가갈 수 있는 것이다. 그러나 이럴 때라도 시대적 소명을 너무 앞세우면 시는 뒷전으로 밀리는 것이다. 어떤 경우라도 시를 뒷전으로 밀어내지 않는 시가 찐 시일 것이다. 시는 그런 것이고 시인도 그럴 때 비로소 빛나는 것이다. 다행히 시를 뒷전으로 밀어내지 않은 시가 많다. 한국문학사의 자존심과 자긍심을 잃지 않을 자산이 많다는 것이다.

전혀 다른 내용이지만 일제강점기 때 시대적 소명이었던 독립운동을 위해, 항일무장투쟁에 기여했다면 좌우 이념이나 노선을 떠나 그 업적은 오롯이 존중해야 하는 것처럼 말이다. 얼마 전 일본 육사 졸업, 만주 신흥무관학교 교관, 연해주 항일무장투쟁 지도자 **김경천**(1888~1942) 장군과 관련된 기사를 우연히 읽었다(연합뉴스, 2022. 6. 1).

"이시영이 보고 싶다. 신동천이 보고 싶다. 신용걸이 보고 싶다. 안무가 보고 싶다. 임병극이 보고 싶다. 김선영이 보고 싶다. 김찬오가 보고 싶다. …"

독립군 전우들을 향한 보고 싶은 마음으로 시작하는 『경천아일록 읽기』(학고방)라는 장군의 일기가 번역되어 출간되었다(연합뉴스, 2019. 7. 24). 또 〈위키백과〉에 따르면 별칭은 조선의 나폴레옹, 만주와 연해주 일대에서는 백마 탄 장군으로 더 유명했다고 한다. 1998년 건국훈장 대통령장이 추서됐다.

13.

감기 증상이 있다고 감기약만 냉큼 받아먹는다고 해결될 일이 아닌 것 같다. 감기가 왜 걸렸는지 곰곰이 생각하다 보면 결국 이번 감기의 배경인 삶을 한번쯤 되돌아보게 된다. 삶을 살면서도 삶을 되돌아보는 일은 많지 않을 것이다. 그런 게 또 삶이다. 삶은 돌아볼 시간을 주지 않는다. 삶은 앞을 내다보는 것이지 뒤를 돌아보는 게 아니다. 뒤를 돌아보다 보면 삶은 앞으로 나아가지 못할 것이다. 삶은 앞으로, 앞으로 나아가는 것이 맞다. 그러나 앞으로, 앞으로 나아가는 만큼 뒤돌아보는 것도 맞다. 그러나 삶은 돌아볼 겨를도 없이 살아가는 것이 맞다. 그런 게 또 삶이다. 그러나 증상은 다르다. 아주 하찮은 어떤 증상이라 해도 어떤 삶으로부터 비롯되었기 때문이다. 시도 마찬가지일 것이다. 시가 삶의 어떤 증상이라면 그 시도 어떤 삶으로부터 시작되었기 때문이다. 어색하지만 삶을 놓치면 증상도 놓치게 된다. 삶을 놓치면 시를 놓치게 된다. 물론 처음부터 삶이 아예 등장하지 않는 시는 예외일 것이다. 삶이 하나도 들어 있지 않은 시, 또는 현실적인 일상의 세계가 아닌 허구의 시는 삶을 놓쳐도 무관할 것이다. 그런 시는 아마도 삶을 놓치는 순간, 시도 놓치고 싶었을 것이다. 그런데 시도 삶도 놓친 시는 과연 무엇을 남겼을까. 그런 시가 어디 있을까. 시도 삶도 증상도 다 놓아버리고 시만 오롯이 남겨놓은 시를 한번 쓰고 싶다. 그런 세계는 정신분석학적으로 접근해야 하는 영역일까 아니면 심리학적으로 분석해야 할 영역일까. 늙은 무당을 불러 굿을 해야 하나. 춤을 추어야 하나.

아니면 삶과 시, 삶과 증상, 시와 증상을 따로 떼어 놓을 게 아니라 시를 통해 어긋나게 하거나 시를 통해 공하게 하거나 차마 어렵겠지만 시를 둘러싼 그런 불편함을 극복하여 통합에 이르는 것은 없을까. 만약 그런 것이 있다면 시와 삶을 놓아버린 것이 아니라 시와 삶을 통째로 통합한 것 아닐까. 삶과 증상, 시와 증상을 통합한 그런 시를 한 번 쓰고 싶다. 마치 음양의 절묘한 조화 같은 것 말이다. 마치 어떤 수식도 어떤 기교도 어떤 말도 필요 없는 눈앞에 보이는 '날것' 같은 것 말이다. 마치 생얼 같은 '낯짝' 말이다. 마치 아무것도 개입할 수 없는 순결한 현실 같은 것 말이다. 그러나 또 순결한 현실은 시가 되는 순간, 불결한 현실이 될 것이다. 이런 불결과 순결의 통합도 정서적 통합의 일환일 것이다. 마치 남남 같던, 이성과 감정이란 것도 시의 어느 행간에서 또 시의 어느 행에서 만나게 되는 것처럼 말이다. 그러나 시의 행간에서도 또 시의 어느 행에서도 시인은 보이지 않는다. 시인은 영원히 외로울 뿐이다. 그것이 그들의 길이고 그것이 그들의 허망함일 것이다. 과연 어느 신이 시인에게 말을 걸어준다고 했는가. 과연 어느 시인의 목소리에 신이 뒤돌아보겠는가. 차라리 그냥 하루 종일 나무처럼 서서 하늘을 우러러 보리라. 오늘은 나무가 되어 나무의 자리와 시의 자리를 잠시 바꾸어 앉아 있으리라. "꽃 생강나무와 당신이 바꾸어 서 있어도 좋겠네"(「잊기─무수골 꽃 생강나무」에서)

14.

꿈에서 막 깨어났는데도 꿈의 자리가 뚜렷하다. 특히 꿈의 끝자락이 매우 뚜렷하다. 꿈속에선 꿈이 삶과 같다. 꿈이 곧 삶이다. 꿈이 마치 삶의 연속 같다. 꿈에서 막 깬 삶이 마치 꿈에서 막 깬 꿈의 연속 같다. 꿈이 너무 생생하여 삶인 것 같다. 사실 꿈속에선 꿈이란 것이 없다. 꿈이 삶이고 삶이 곧 꿈이다. 물론 잘 이어지지 않지만 그 꿈을 더 이어보려고 꿈속에 다시 들어갈 때도 있다. 그럴 때 꿈은 더 이어지지 않는다. 꿈은 꿈이고 삶은 곧 삶인 셈이다. 꿈에서 깬 다음, 꿈이 삶이고 삶이 꿈인가 하고 생각할 때도 있다. 계속 꿈만 꿀 수도 없고 계속 꿈 없는 삶을 살 수도 없다. 꿈에 관한 개인적인 소회가 너무 길어진 것 같다. 옛 직장이 꿈자리에 등장할 땐 공연히 삶의 자리를 돌아본다. '돌아보다'의 명사형은 다름 아닌 '성찰'일 것이다. 꿈에서 깨어났는데도 삶으로 바로 이어지지 않고 꿈의 끝자락을 쥐고 있을 때도 있다. 꿈이 마치 깨어 있는 꿈같을 때가 있다. 깨어 있는 꿈은 꿈꾸고 있는 꿈일까, 꿈을 깬 꿈밖에서의 삶일까. 그보다 여러 날 지난 다음, 그 꿈이 어느 삶처럼 또렷하게 기억날 때도 있다.

15.

이 산문집은 무엇보다 시로부터 자유로울 수가 없다. 이 산문집은 시를 향하고 있으며 무엇보다 시로부터 사유하고 있으므로 시로부터 자유로울 수가 없다. 애초부터 자유로울 수도 없었으며 자유로울 생각조차 없었다. 이 산문집은 자유로울 수가 없다. 솔직히 말해서 시는 몰라도 이 산문집이 자유롭고 싶다면 군이 이런 형식을 고집하지 않아도 될 것이다. 오해의 소지가 있겠지만 군이 자유롭고 싶다면 수필이라는 장르가 있기 때문이다. 이 산문집은 그런 불편함을 감수하고 있으며 오히려 그런 불편함을 통해 이 산문집은 때때로 스스로 구속할 것이다. 말하자면 구속을 자처한 꼴이나 다름없다. 대상이 있는 한 구속은 피할 수 없다. 그러므로 이 산문집은 무대상이나 비대상이 아니라 유(有)대상이리라. 이름 하여 '유(有)대상 자전적 산문집'이라 칭할 수 있다. 어쨌든 구속은 구속이다. 어떤 구속이라 해도 즐거운 구속은 없다. 그리고 시야도 좁아지는 걸 느낄 수 있다. 다 구속을 받고 있다는 뜻이다. 그렇다면 이 산문집은 마치 불구속 상태의 구속인 셈이다. 역설적이지만 오히려 자유를 거부한 '무(無)자유의 글쓰기'가 되는 셈이다. 자유롭지 않으려는 욕망이 작용했으므로 차라리 '반(反)자유'에 가까울 것이다. '반자유의 사유' 이런 말도 안 되는 말을 이 산문집에서 자유롭게 쓸 수 있어 다행히 이 산문집에서 자유로울 수 있다. 이런 자유를 또 무엇이라고 불러야 하나. '반자유의 자유!' 이런 말을 누가 들으면 또 얼마나 개무시할까. 개무시하기 딱 좋은 먹잇감 아닐까.

그러나 이 디렉션은 일정 부분 내부적으로 존중할 것이고 또 지속적으로 유지될 것이다. 암튼 이 산문집의 성격을 포기할 순 없다. 이 산문집의 성격이나 방향을 이렇게 미리 정해 놓은 이유가 자못 궁금하다. 이 또한 구속일 것이다. 구속을 자청한 필자의 팔자여! 아 무(無)재미의 한심한 작자여! 그러나 이것도 이 산문집에서 엿볼 수 있는 결백이며 순결일 것이다. 이 산문집에 대한 변명 같아 조금은 자유로워진 것도 같다. 그럼에도 불구하고 쉽지 않겠지만 가끔 대상을 놓친 혹은 대상으로부터 자유로운 단락도 쓸 것 같다.

16.

모처럼 7호선 지하철을 탔다. 새삼스러울 것도 없지만 지하철에서 책을 읽는 승객은 없다. 세상만 변한 게 아니라 승객도 지하철도 책도 개인 휴대용품도 다 변했다. 지하철은 책을 읽는 공간이 아니다. 지하철도 바쁘고 승객도 바쁘다. 예전과 달리 지하철의 용도도 바뀌었다. 이를테면 지하철은 휴대폰을 보거나 화장을 고치거나 침묵을 하거나 심지어 부족한 잠을 보충하는 공간으로 변했다. (필자에겐 모처럼 휴대폰 메모장을 통해 이 산문을 타이핑하는 시간이 되었으며 그런 공간이 되었다.) 그러나 이제 지하철은 책의 공간도 아니고 책의 시간도 아니고 더구나 타이핑하는 시공간도 아니다. 한때 지하철이 시인들에겐 좋은 소재거리가 되기도 하였고, 시상을 궁리하는 공간이 되기도 하였다. 그러나 지하철은 이제 더 이상 시의 공간도 아니고 시의 시간도 아니다. 또 한때 예수를 믿으라고 십자가 든 사람이 지나가기도 했고, 볼펜이나 기능성 장갑 따위를 팔러 다니는 행상도 지나갔지만 이젠 그런 그림자조차 없다. 빛바랜 추억이 되었다. 그저 고요한 침묵과 전동차 소음과 약간의 작은 잡담만 들릴 뿐이다. 잡담조차 고요하다. 한강이 보였다. 강변엔 조깅하는 1인도 보였고 한강공원엔 가족 단위도 보였다. 강 위엔 수상보트도 있었고 오리처럼 물 위에 뜬 오리배도 보였다.

좀 전에 지하철 탈 때, 그때 포털에 뜬, 오늘 오전 북한은 신형 단거리 탄도미사일(SRBM)을 동해상에 8발이나 동시다발적으로 발사하였다. 동해상을 향하던 탄도미사일의 의도는 과연 무엇이었을까. 비록 한강을 막 건너던 지하철이었지만, 먼 바다 동해상보다 당분간 한반도는 더 긴장된 국면이 지속될 것 같아 잠시 긴장할 수밖에 없다. 더 긴장해야만 할 것 같고, 그럴수록 또 긴장을 완화하기 위해 한 발짝 더 나서거나 물러서야 할 것 같다. 바로 그때, 필자의 눈을 긴장시키는 사람이 나타났다. 눈앞에 책 읽는 사람이 나타났다. 절반쯤 보이는 표지엔 '그날'이라는 제호가 제법 크게 쓰여 있었다. 텔레비전 '역사저널 그날' 바로 그 책인 것 같다. 이상하게 들리겠지만 역사적으로도 '그날'은 대체로 곧 시의 순간이었을 것이다. 역사라는 것도 크고 작은 어떤 삶과 부딪칠 때의 그 그림자이거나 빛일 것이다. (앞의 1권에서도 언급했지만 문학평론가 유종호의 말을 한 번 더 인용하면 시인은 역사가가 아니라 허구를 다루는 자라는 것을.) 세월이 좀 흐르면 오늘이 바로 '그날'이 될 것 같다. 그러나 시인이라면 그날의 오늘이 역사가 아니라 허구가 되어야 할 것이다. 이제 타이핑한 것을 급하게 저장해야 한다. 지금은 오늘의 허구가 아니라 오늘의 역사 '그날' 속으로 들어가야 할 시간이다. 그게 삶의 현장이고 또 오늘의 역사가 되는 것이다.

17.

아주 낯설고 생전 처음 보는, 생판 처음 보는, 완전 낯선 시를 쓰든가. 아님 자기 삶을 정직하게 드러내는 시를 쓰든가. 아님 아주 쭉 쭉 뻗어나가는 강렬한 메시지를 담아내든가. 아님 기성 시를 확 찢는 시를 쓰든가. 아님 절필하든가. 아님 대중의 품에 쏙 안겨버리는 시를 쓰든가. 아님 아무도 읽지 않는 시를 쓰든가. 아님 어떤 대상의 속살을 발견해낸 시를 쓰든가. 어떤 대상을 잃은 혹은 어떤 대상을 놓아버린 시를 쓰든가. 무(無)대상 같은 시 말이다. 아님 웃음을 자아내거나 비웃음을 자아내게 하는 시를 쓰든가. 아님 아주 뛰어난 상상력을 도모한 시를 쓰든가. 아님 현실 정치를 비판하는 매우 정치적인 시를 쓰든가. 뾰족한 칼날 같은 시선으로 사회적인 문제를 제기하고 또 그 대안을 제시하는 시를 쓰든가. 아님 두리뭉실하게 시를 쓰든가. 이 세상의 시가 아니라 저 먼 곳의 딴 세상 같은 시를 쓰든가. 아님 정말 아무것도 없는 오직 나무처럼 홀로 서 있는, 시 하나만 쓰든가. 어떤 설명도 필요하지 않은 그냥 흐릿한 시를 쓰든가. 가슴에 닿는 시를 쓰든가. 아님 생활과 시를 나누지 않는, 나누어지지도 않는 그런 황홀한 시를 쓰든가. 소월의 「초혼」처럼 가슴 절절한 시를 쓰든가. 아님 어떤 이데올로기 다 뿌리친 시를 쓰든가. 김춘수의 말을 옮겨보면 피지컬한 시를 쓰든가. 아님 그야말로 '번외(番外)'의 시, 또는 무소속의 시, 무당파의 시, 무계파의 시를 쓰든가. 아님 아주 엉뚱한 사고(思考)의 시를 쓰든가. 아님 헛소리 같은 시를 쓰든가. 아님 다시 사회성 짙은 시를 쓰든가. 아님 이상을 쓰든가 아님 일상을 쓰든가. 존재론적인 시를 쓰든가. 무의식의 흐름을 따라가는 시를 쓰든가. 아님 휴머니즘을 바닥에 깔고 앉은 시를 쓰든가. 아님 어떤 대상에 대한 인식의 세계만 순수하게 드러낸 시를 쓰든가. 작가의 의도조차 드러나지 않은 시를 쓰든가. 끝내 작가의 의도가 뭔지도 모를 수수께끼 같은 시를 쓰든가. 아님 작가의 의도를 시의 전면에 확 드러내든가. 싹 다 벗어던지든가. (싹 다 벗어던지다 보면 시도 싹 다 벗어던지는 것 아닌가.) 그야말로 생활도 없고 인격도 없는 시를 쓰든가. 아님 생활도 있고 인격도 있는 시를 쓰든가. 아님 또 자기 자신의 삶을 형상화하거나 자기 자신의 경험을 형상화하는 시를 쓰든가. 정말 아무것도 없는 시를 쓰든가. 가령 인생도 없고 사회도 없는 시를 쓰든가. 완전 자유의 시를 쓰든가. 될 대로 되라는 시를 쓰든가. 끝이 없는 시를 쓰든가. 끝을 꼭 보겠다는 시를 쓰든가. 끝까지 가는 시를 쓰든가. 바람과 같은 시를 쓰든가. 구름과 같은 시를 쓰든가. 흐르는 강물과 같은 시를 쓰든가. 일인 드라마 같은 시를 쓰든가. 서정적인 시를 쓰든가. 청승맞은 시를 쓰든가. 청승 떠는 시를 쓰든가. 아님 허와 무의 시를 쓰든가. 교양이나 교훈 같은 거 쳐다보지도 않는 시를 쓰든가. 시의 표면보다 내면을 중시하는 시를 쓰든가. 예컨대 현실참여, 현실도피 이런 이분법에서 벗어나 차라리 시는 현실 도피적이며 동시에 현실 참여적이라고 인식하는 시를 쓰든가. (이 땅의 모든 흑백 논리 같은 이분법은 드디어 사라졌다. 특히 이런 이분법이야말로 2000년대 시의 생태계에서 사라진 유물 아닌가. 이젠 이런 이분법에 아무도 눈길을 돌리지 않는다. 2000년대 이전엔 어떤 기준도 있었고 이른바 어떤 윤리도 있었을 것이다. 어디서든 싸워야 할 적이 있었고, 도저히 도피할 수 없는 싸움도 있었다. 교양도 있었고 이념이 되어 버린 신넘도 있었다.) 그러나 다시 그냥 해방의 시, 자유의 시, 무(無)목적적인 시를 쓰든가. 그냥 당신의 언어로 당신의 시를 쓰든가. 당신의 노래를 부르든가. 그냥 당신만 남은 시를 쓰든가. 무개념의 시를 쓰든가. 시에 대해 의심하고 또 회의하는 시를 쓰든가. 아주 짧은 픽션의 시를 쓰든가. 손이 닿지 않은 손을 더 뻗어도 닿지 않는, 그런 시를 쓰든가. 다시 체험의 시를 쓰든가. 또 도덕성을 띤 시를 쓰든가. 시나 시적 수사 같은 것 무시하고 당신의 형식에 의한 시를 쓰윽 쓱 쓰든가. 한국문학사가 사라진, 시(詩)도 신(神)도 다 떠나간 이 시대에 그냥 다 내려놓고 시를 쓰든가. 시의 낭만성과 예술성을 잃지 않는 시를 쓰든가. 때론 시와 대화를 나누는 그런 시를 쓰든가. 어떤 여유를 보여주는 시를 쓰든가. 아님 정말 할 수만 있다면 아무것도 없는 그냥 언어 유희 같은 시를 쓰든가. 한 바탕 웃음과 같은 한 움큼 울음 같은 시를 쓰든가.

18.

　시는 시 이외의 것이 난무하면 시는 어지러워진다. 어지러워지는 게 아니라 시를 어지럽히는 꼴이 된다. 시가 망가진다. 아예 망가지겠다고 나섰으면 몰라도 시가 시 이외 어떤 장르로 떨어질 수도 있다. 아예 떨어지겠다고 나섰으면 또 몰라도 시도 시의 수위(水位)라는 게 있다. 위상이라는 게 있다. 단도직입적으로 말하면 시가 산문이 될 수도 있다. 산문이 되겠다면 또 몰라도 시가 경계해야 할 지점은 시가 아니라 산문일 것이다. 어려운 말이다. 가령 어떤 조직의 리더가 그냥 구성원 중의 1인이 되겠다면 또 몰라도 리더가 경계해야 할 지점은 구성원들보다 한층 더 높고 더 까다로운 도덕적 기준이 있을 것이다. 물론 도덕적 기준 이외 능력이나 전문성, 통찰력, 희생정신 같은 것은 두말할 나위도 없다. 암튼 시는 시가 아니고 산문으로 전락될 지점을 유념해야 할 것이다. 퉁 치고 가겠다면 또 할 수 없는 노릇이다. 퓨전이 꼭 음식에만 적용되는 것도 아니듯 말이다.

그리고 2000년 이후 장르의 구별이 무너진 것도 알고 있다. 장르도 일종의 억압일 것이다. 시가 산문이 되고, 산문이 시가 되는 세상이다. 그래 시도 아니고 산문도 아닌 또 다른 장르가 있다 해도 그 장르를 누가 뜯어말릴 수도 없다. 장르의 고유성은 사라졌다. 그렇다면 시의 어깨를 너무 짓누르지 말자. 시의 어깨에 어떤 계급장이나 훈장이나 심지어 장식품도 얹어놓지 마라. 시가 그토록 중시해야 할 덕목은 도덕이나 사회보다, 노동이나 민중보다,

어떤 진영이나 이념보다, 이제 마지막까지 겨우 남아 있는 자존심 같은 그 예술성일 것이다. 물론 이 예술성이란 것도 단편적인 것보다 속단하기 어려운 복잡한 속성이 있다. 뭔가 어둡고 애매한 속성이 유난히 빛나는 것이 예술성의 세계다. 시니컬할 때도 많을 것이다. 편한 곳이 아니라 불편한 곳이다. 아름다운 곳이라기보다 신경 거슬리는 곳이다. 미안할 때도 있다. 좀처럼 이해할 수 있는 부분도 아니다. 빵이나 꽃을 던져준다고 진정될 곳이 아니다. 어쩌면 빵이나 꽃이 잠시도 머물지 못할 곳이다.

　슬프지만 슬프지도 않다. 외롭지만 외롭지도 않다. 누구에게도 위안이 되지 못하고 누구를 위로하지도 않는다. 딱히 구속하는 것도 없지만 자유를 주는 것도 아니다. 또 자유를 주지 않는다고 자유가 없는 것도 아니다. 그냥 부자유의 세계다. 차라리 무(無)자유의 자유다. 이 무자유도 자유의 일종인지는 모르겠고 이 자유가 자유인지도 또 모르겠다. 쾌락도 아니고 불유쾌한 세계다. 그냥 무위의 세계다. 시의 세계를 말하고 있는데 이상한 세계가 되고 말았다. 시의 세계가 갑자기 이상한 세계가 되고 말았다. (말을 하다 보면 자칫 성급한 일반화의 오류에 빠질 수도 있다. 특히 이 오류는 단지 오류가 아니라 위험한 논리에 가까울 수 있다. 성급한 일반화의 논리 전개에 항상 경계심을 잃지 말자.)

이 산문집도 경계해야 할 지점을 앞에서도 밝혔지만 이 산문집 이외 다른 어떤 장르로 전락하지 않는 것이다. 전락한다면 또 몰라도 이 산문집은 그래도 이 산문집으로서 그 어떤 경계를 지켜야 한다. 시에 대한 일시적인 독립 장르라 해도 이 산문집으로서의 영역이 있을 것이다. 논점을 벗어나지 않는 것이 가장 중요하겠지만 때때로 논점을 벗어날 것이다. 그나마 이 산문집에서 허락한 일탈일 것이다. 아무리 허용된 일탈이더라도 시든 이 산문집이든 지금 여기 그리고 바로 이 순간의 심경이 중요하다. 조금이라도 과거를 돌아보거나 조금이라도 미래를 끌어당기려면 시는 또 어지러워질 것이다. 어지럽혀질 것이다. 지금 여기엔 과거도 미래도 없다. 물론 뛰어난 과거도 있고 한껏 부푼 미래도 있다. 그러나 지금 여기 이 책상 위에 들고 있던 과거나 미래를 탁 내려놓으면 과거도 미래도 바로 이 순간, 지금 여기서 그냥 바로 이 순간이 된다. 그게 또 시의 힘이다. 시의 위상이 또 그런 것이다.

지금 여기 바로 이 순간이 또 이 산문집의 순간이 되는 것이다. 그저 시에 대한 허튼 생각이 이 산문집의 형태가 될 것이다. 시든 산문이든 다 어떤 고심한 결과의 형태일 것이다. 때론 속절없고 때론 쓸데없는, 하나도 쓸모없는 고심의 기록물을 누가 또 돌아볼 텐가. 돌아보면 또 과거가 된다. 돌아보지 말자. 더/다 비워야 시가 된다는 것도 알지만 더 속지 않는 것도 중요하다. 더 늙지 않는 것도 중요하다. 더 먹지 않는 것도 중요하다. 시를 버려야 시를 얻는 것도 알지만 무엇보다 시에 대한 고심이 중요하다. 그런 사유의 끝에서 시를 얻을 수 있다. 얻은 시를 또 급히 버려야 한다는 것도 시의 세계일 것이다. 그렇다면 시의 세계에서는 도대체 무엇을 얻을 수 있는가. 없다. 있다. 도봉산을 오르다 족히 몇 해 비워둔 것 같은 집 마당을 서성이다 돌아섰다. 당신은 아직도 무엇을 더/다 비우지 못했다는 말인가.

19.

아무리 많은 화력을 쏟아 부어도 시 한 줄 얻지 못할 때가 많다. 물론 시는 화력으로 제작되는 것도 아니다. 화력으로 제작된다면 이미 많은 시가 제작되었을 것이다. 전쟁도 화력이나 병법(兵法)만으론 이길 수 없을 것이다. 전략도 있고 지력도 있을 것이다. (兵者, 詭道也.) 또 그것만 가지고 이길 수도 없을 것이다. 더구나 비슷한 화력이라면 이길 수 있는 길은 그리 많지 않을 것이다. 길이 없다. 아이러니하겠지만 전쟁에서 이길 수 있는 길을 찾는 게 전쟁일 것이다. 마찬가지다, 시를 무슨 힘으로 무슨 지략으로 쓴다면 이미 시의 길을 벗어났을 것이다. 시야말로 길도 없고 힘도 없다. 길이 있다 해도 그 길은 이미 길이 아니다. 아이러니하겠지만 시의 길은 시만 알고 있을 것이다. 마치 시의 길은 허공에 그어놓은 한 줄기 바람과 같다. 봄비 한 줄기와 같다. 봄비 한 줄 한 줄 헤아린다 해도 봄비를 알 수 없고, 아예 봄비를 확 뒤집어쓸까. 봄비를 뒤집어쓰고 나면 시를 얻을 수 있을까. 그렇다. 비를 뒤집어쓰고 나서 알았다. 비의 품사는 동사라는 것도 시의 품사가 동사라는 것도 알았다.

휴대폰 메모장에서 방금 탈고한 완전 초고 상태지만 여기다 그대로 옮겨놓는다. 산책 나설 때 노란 꽃과 함께 걸었으나 되돌아올 땐 갑자기 쏟아진 세찬 비를 뒤집어썼다. 피할 수 없으면 즐기라고 했던가. 비를 피할 수도 없었고 시를 피할 수도 없었다. 평범한 산책길이었지만 시가 되고 나니, 더 외롭지 않을 만큼 딱 그 시 한 편의 외로움이 밀려왔다. 그게 시였다. 신작시를 옆에 두고 누우면 돌아눕고 또 돌아누울 때가 많다. 시와 함께 산다는 게 그런 것 같다. 시와 함께 걷는다는 게 그런 것 같다. 시가 이렇게 또 왔다 가는 것 같다.

　　"제1 자라섬 한바퀴 돌고/ 제2 자라섬 되돌아오던/ 조용하고 외진 곳 찾아/ 나는 바람보다 더 떠도는 뭇 바람/ 갓길 옆에서 무심히 지켜보던 다 큰 금계국들/ '낯선데…'// 갑자기 빗줄기 하나 피할 데 없던/ 비 맞다 무슨 나무 아래 겨우 비 피하던/ 나는 불시착한 외계인/ 비 뒤집어쓴 채 들어선 베이커리 카페/ 빵 한 입 베어 물다 윗입술 콱 깨물었다/ '급해서…'/ 1, 2초 얼얼한 먹통/ 일순 몸보다 마음이 더 아프다// (…중략…) 오늘 나의 삶을 지켜본 노란 큰 금계국에게/ 오후 내내 함께 걷던 당신에게"(「금계국에게—2022년 5월 25일 오후 가평 자라섬 산책길에서」 부분)

20.

　　시가 어떤 심경을 보여줄 때가 있고, 또 어떤 풍경을 보여줄 때가 있다. 물론 아무것도 아닐 때도 있다. 어떤 심경이든 어떤 풍경이든 대체로 보여주는 기법이 사용된다. 시의 보여주기 기법이 빛나는 순간이다. 보여주기의 대칭이 가르치기라고 할 수도 있지만 꼭 무슨 대칭도 아니다. 어느덧 시는 심경이거나 풍경일 것이다. 늘 일치하는 것은 아니지만 메시지는 심경이고 묘사는 풍경일 것도 같다. 그렇게 딱 잘라서 말할 순 없어도 아주 거리가 먼 것도 아니다. 풍경, 심경이라고 하니 어떤 기준이 생기는 것도 같다. 그러나 이젠 그런 언어조차 구멍이 많다고 생각한다. 구멍이 없는 언어는 없다. 언어도 빈 구석이 많다. 마치 그 빈 구석에 무얼 갖다 구겨 넣으려고 하는 게 심경이고 풍경인지도 모르겠다. 그게 또 시의 심경이거나 풍경 같기도 하다.

필자로선 단지 강릉문화원 때문에 이 시를 지나치지 못했다. 당시 용강동 문화원에 재직 중이던 집안 어른과 용강동 시장에서 소주잔을 기울이던 기억을 잊을 수 없다. 그리고 문화원 앞 은사님 댁도 잊을 수 없다. 물론 시는 또 그런 풍경을 단순히 보여주는 것이 아니다. 시의 풍경은 그보다 더 큰 풍경이다. 그게 시다. 그게 풍경이다. 그게 또 심경이다. 어쩌면 풍경과 심경은 한 이불 덮고 자는 사이다. 자다 보면 조금씩 더 끌어당긴 쪽이 있다. 풍경과 심경을 뚝 떼어놓고 보지 말자. 시는 그렇게 뚝 떼어놓고 보는 게 아니다. 풍경이 곧 심경이고, 심경이 곧 풍경인 셈이다. 정현종이 되살려놓은 풍경이다. 어떤 심경을 되살려놓은 것 같다. 그리고 또 시를 쓰는 일도 '끝까지 가는 것'

이거늘~

> "옥호가 '가보자 끝까지'이다./ 조개, 장어를 파는 식당./ 강
> 릉문화원 근처./ 조개를 먹는 일/ 장어를 먹는 일이/ 끝까지
> 가는 것임을 처음 알았다(!)// 그 식당 앞에 노인이/ 정물처럼
> 앉아 있다./ 저 평상은 노인의 끝일까./ 어떻든지 간에/ 거기
> 노인이 앉아 있지 않으면/ 그 풍경은 말짱 꽝이라는 건 틀림
> 없다./ 노인이 풍경을 살려놓고 있다─/ 노인은 끝내 꽃피었
> 다."(「어떤 풍경」 전문)

21.

잘 쓴 시를 읽었다고 마음이 확 열리는 것은 아니다. 마
음이 확 열리는 시는 따로 있다. 잘 쓴 시는 세상에 많다.
그렇다고 다 마음이 열리는 것은 아니다. 시가 애써서 마
음을 열려고 애쓴다고 마음이 열리는 것도 아니다. 시가
애써서 될 일도 아니다. 비유니 함축이니 뛰어난 수사니
하면서 눈부신 시라고 하여 결코 좋은 시는 아니다. 마음
이 뚜껑처럼 확 열리는 시는 이미 앞에서 다 쓴 것 같다.
이제는 어쩌면 좋은 시보다 그냥 시를 쓰기 위해 열심히
쓰는 것 같다. 그리고 좋은 시는 좋은 시에게 맡겨두고,
그저 시를 잘 쓰기 위해 시에다 얼굴을 파묻고 사는 것

같다. 말이 꼬인 것 같지만 그러나 잘 쓴 시 끝에, 그 끝에 좋은 시가 또 있을 것이다. 그리고 좋은 시만 쓴다고 좋은 시가 되는 것도 아니다. 잘 쓴 시를 쓴다고 좋은 시를 쓸 것도 아니다. 아무리 잘 쓴 시가 많아도 좋은 시는 없을 수도 있다. 이미 어쩌면 한국 현대시에서 좋은 시는 완성되었는지도 모른다. 1년에 신간 시집이 물경 3천(?) 권이나 쏟아진다고 좋은 시가 진주처럼 그 속에 숨어 있는 것도 아니다. 좋은 시는 결코 많은 시 속에서 쏟아지는 것도 아니고 잘 쓴 시 숲에서 나오는 것도 아니다. 아쉽지만 잘 쓴 시도 많은 숲에서 나오는 게 아니다. 더구나 잘 쓴 시를 만났다고 무릎을 탁 치거나 가슴을 탁 치지는 않을 것이다. 당신은 어느 좋은 시를 만났는가. 당신은 어느 잘 쓴 시를 또 만났는가. 당신의 좋은 시는 어디 있는가. 당신은 좋은 시를 쓸 것인가. 당신은 잘 쓴 시를 쓸 것인가. 그리고 한국 현대시의 정점은 누가 찍었다는 것인가. 누군가 이미 찍었다는 것인가. 이미 누군가 등정했다는 말인가. 그렇다면 이제 남은 것은 시인들이 스스로 본인의 정점을 찍는 일만 남은 것 아닌가. 과연 또 본인의 정점을 콕 찍은 시인은 누구인가. 거듭 말하지만 잘 쓴 시 운운하는 게 아니다. 정점은 모든 것을 다 바쳐야 이를 수 있는 것이다. 한평생 다 바쳐야 이를 수 있는 것이다. 한평생 끝까지 그 일에 헌신해야 하는 것이다. 정점을 찍고 내려와서 다른 일을 한다면 그것은 또 정점을 찍었다고 할 수 없다. 개인이든 단체든 정점은 그렇게 명명되는 것이 아니다. 그렇다고 어느 단체에서 원탁회의를 거쳐서 표결로 이루어지는 것도 아니다. 정점을 찍었다고 곧바로 내려오는 것도 아니다. 가령, 텔레비전은 아니더라도 미사리 카페에서 계속 노래를 부르거나 어느 바닥이든 그 바닥에서 계속 그 바닥 관련 업무에 종사하거나 계간지에 신작시 발표하거나 신작시 묶어서 2년 또는 3년마다 한 권씩 신작 시집을 제출해야 한다. 그래야 그 분야에서 정점을 찍었다고 할 수 있다. 그 업계에서 끝까지 그 업종 관련 일을 현역 때처럼 끝없이 끝도 없이 반복적으로 또 수행해야만 한다. 말하자면 그라운드를 계속 종횡무진 누비고 다녀야 한다. 그래서 어느 바닥이든 정점 운운하는 것이 힘들다. 참으로 냉혹하고 곤혹스러운 프로페셔널의 세계라고 하지 않을 수 없다. 그런 것이 또 아티스트의 세계라고 할 수 있다. 정점을 찍는 것도 어렵고 정점을 지속적으로 유지하는 것도 어렵다. 그 또한 정점의 세계라고 할 수 있다. 그런 점에서 김소월은 시사하는 바가 매우 크고 높다. 본인 시의 정점을 찍었고, 문학사의 정점도 찍었고, 비록 짧은 생애였지만 끝까지 그의 생애의 정점도 찍고 떠났다.

마침내 문학도 인생도 문학사도 정점을 다 찍는 문학사적인 순간이었다. 김소월 이후 여러 시인들의 개별적 정점이나 문학사적 정점에 대해선 다른 지면에서 뵙기를 기대한다. 참고로 선불교에서 부처가 된 이후의 수행을 말하는 보호임지(保護任持), 즉 보림(保任)이라는 것이 있다. 수행은 끝이 없다. 부처의 길도 끝이 없다. 정점도 끝이 없다. 시의 끝은 그 어디에도 없다.

22.

시든 소설이든 문학은 어차피 작가의 **자전적인 요소**가 강하다. 문학과 인생은 그런 것이다. 그러나 자전적이라 해도 그 장르를 떠받드는 부력은 있어야 한다. 그것을 단지 수사나 기교라고 하지 않는다. 그런 것으로 부력을 만들었다가는 금방 가라앉고 만다. 그리고 자전적인 것과 자서전적인 것은 엄연히 다르다는 것도 미리 알고 있어야 한다. 가령, 자서전적인 것까지 일일이 문학의 공적(公的) 범주에 포함시키지는 않을 것이다. 시도 마찬가지다. 소설도 마찬가지다.

23.

마음 아픈 시가 있다. 시보다 먼저 마음이 아픈 시가 있다. 마음이 아픈 시를 만나면 하루 종일 마음이 아프다. 마음이 아픈 시는 마음이 그렇게 아픈 줄 모를 것이다. 마음이 아픈 시는 어쩌면 아프지 않을지도 모른다. 마음이 아프다고 마음이 아픈 시가 되는 것도 아니다. 마음이 아픈 시는 굳이 시의 마음이 아프진 않을 것이다. "같이 아프고 같이 기다리는 것이 인간이 할 수 있는 일."(황동규)

오늘 산책길에 마음 아픈 시를 만났다. 산책을 멈추고 돌아섰다. 육십 줄 애비가 몸이 불편한 아들인 청년과 팔짱을 끼고 놀이터 주변을 돌고 있었다. 한눈에 봐도 마치 무슨 종교의식 치르는 것처럼 진지하고 경건했다. 휠체어는 그네 옆에 내려놓고... 이런 날은 시고 뭐고 산책이고 다 때려치우고 어디 가서 조용히 울고 싶다. 그런데 이상한 일이겠지만 나이 먹으면 울음도 확 줄어드는 것 같다. 필자도 젊은 날 한때 눈물이 많았었는데 도무지 울음이 돌아오지 않는다. 가슴 언저리께 있던 울음은 더 이상 터뜨리지 않는다.

아주 오래 전이지만 고(故) 김남주 시인 고려병원 장례식장에선 너무 운다고 선배 시인의 손에 이끌려나온 적도 있었다. 병원 앞 호프집에서의 선배 시인의 일갈은 또 마음을 아프게 하였다. 문상 온 옆 테이블 민가협(민주화실천가족운동협의회) 어머님들 앞에서 그렇게 우는 게 도리가 아니라고 했다. 가슴 아픈 말이다. 또 그 옆 테이블엔 9시 뉴스 손석희 앵커도 앉아 있었다. 이젠 그런 울음도 없고 그런 눈물도 없다. 그런 것도 가끔 마음 아프게 한다. 나이 먹으면 뭔가 줄어드는 것인가. 마음만 아픈 게 오히려 더 마음 아프다. 아픈 마음이 몸 여기저기 닿는 것 같다. 그럴 땐 시를 찾을 수밖에 없다. 그럴 때, 시는 출구이면서 또 입구가 되는 셈이다. 책상머리 시가 아니라 마음의 시가 되는 것이다. 그럴 때, 시는 마음에서 나온다. 좀 있다 보면 시는 몸에서 나온다. 이 나이에 문청 때처럼 시가 몸에서 나올 때가 있다. 몸이 다를 땐, 마음도 몸도 어떻게 할 수 없다. 몸에 시를 맡겨야 한다. 시한테 시를 맡겨놓아야 한다. 시는 관념이 아니다. 시도 그런 걸 알고 있을 것이다. 시도 웃플 때가 있을 것이다. 그럴 때, 시는 무슨 형식이나 무슨 내용이나 무슨 문예사조나 심지어 무슨 이념 같은 것도 무슨 철학 같은 것도 없다. 시도 길을 잃을 때가 있다. 시도 하늘을 쳐다볼 때가 있다. 그럴 땐 또 허공이 시가 되는 순간이다. 누군가 또 이마를 짚을 것이고 누군가 주먹 쥔 손등으로 허리를 탁탁 두드릴 것이다. 누군가는 어두운 들판을 달려갈 것이다. 그곳을 시가 또 달려갈 것이다. 누군가는 떨어진 나뭇가지를 주워들고 집으로 갈 것이다. 어두운 집에는 어둠보다 더 어두운 시가 불을 켜놓고 있을 것이다. 시도 고백하고 싶을 때가 있다. 그것을 또 사랑이거나 아픔이라고 할 것이다. 시가 창백한 청년 같다고 했었는데 어느덧 시는 백발이 되었다. 창백한 것만 시가 된다고 생각했었는데 어느덧 백발도 시가 되었다. 근린공원 꾹꾹 밟고 다녔던 저녁 어스름을 한 시간여 지나 되밟으며 돌아오는 긴 그림자가 있었다. 긴 그림자가 조금 움츠러들 때까지 혼자서 기다렸다. 누군가 나무에 제 등을 기대고 서 있었다. 나무도 가끔 남의 등이 필요할 것 같다. 서로 등을 기대고 사는 삶도 아름다운 것이다. 창백한 청년을 보았다. 한 번 더 쳐다보았다. 한 번 더 돌아보았다. 시를 밖에 놓아두고 온 것 같아 밖에 나가 돌아보았다. 이런 저런 생각이 다 시에 관한 소견이라고 한다면 용서 받을 수 있을까. 밖에 나가 보면 시가 마치 헐벗은 들판과 같다.

24.

오래 전 성북동 길상사 법정 스님 법회 참석하러 다닐 때만 해도, 길에서 스님들을 보기만 해도 다 법정 스님 같았다. 스님들의 청정한 독경소리는 작은 사찰이 아니라 그보다 더 큰 산천을 울릴 것만 같았고 소위 저자거리까지 닿을 것 같았다. 그땐 스님들의 뒷모습만 봐도 마치 선방에서 면벽하고 있는 스님들의 뒷모습을 보는 것 같았다. 저절로 두 손을 모을 때가 많았다. 그리고 여름철이면 하안거, 겨울철이면 동안거, 결제일이 되었나 또 해제일이 되었나 하고 혼자서 헤아려 보곤 하였다. 소요산 자재암에 오를 때도 법당에 들어가 꼭 삼배하곤 하였다. 심지어 '그대는 어느 생에 출가할 것인가?' 하고 되묻기도 하였다. 『조주록』이나 『운문록』 같은 조사 어록도 손에 닿는 대로 읽었다. 공(空)이 무엇인지, 공이 어디쯤 있는지 알 것도 같던, 시절과의 인연이었다. 그러다 속세에 더 묻혀 살다 보니 아님 나이가 들어서 그런지 몰라도 이젠 길에서 스님들을 뵈도 왠지 노고가 참 많으시겠다 그 정도만 생각할 뿐이다. 누구 말마따나 높은 산을 오르는 길은 달라도 만나는 곳은 하나일 것 같다. 물론 아무리 높은 곳이라 해도 그곳은 또 끝이 아니라 다른 길의 시작일 것이다. 그리고 그 모든 길은 또 모를 것 같다는 것뿐이다. 자유를 아는 것도 자유로워졌을 그때뿐일 것이다. 자유롭지 않고선 도저히 그 자유를 알 수 없을 것이다. 다른 걸 쳐다보면 쳐다본 만큼 자유롭지 못할 것이다. 자유는 자유 이외 그 뭣도 허용하지 않는다. 자유도 혹독한 세계다. 길상사에는 시인 백석의 시비가 있고 또 백석의 그분이 머물던 곳이다. 길상사는 어느 계절이 딱히 없다. 조각가 최종태의 관음보살상도 한 번 더 돌아보게 된다. 최종태에 관한 박용래의 「손끝에」라는 시가 있다.

시가 시대보다 한 발짝 앞서 갈 때도 있고 시대와 함께 갈 때도 있었다. 그나마 한 발짝이라도 앞서 가던 시가 김지하(1941~2022. 5. 8)였을 것이다. 김지하는 그런 점에서 한 시대의 정점을 찍었다. 모든 정점이 그렇듯 그 시대 김지하의 정점은 오직 하나의 정점뿐이었다. 암튼 또 많은 시인들이 그 시대와 함께 하는 길에 동참하였다. 시의 역량이 곧 시대적 정신 역량이었으며 이른바 그 시대 민주화 운동 역량과도 대등할 때였다. 그때야말로 한국 현대시의 또 다른 정점이었을 것이다. 시대와 함께 하였던 많은 시들은 때론 그 시대와 격렬하게 부딪쳤으며 그 시대의 맨 앞에서 시대와 맞서는 걸 주저하지 않았을 것이다. 시가 시대를 한 발짝 앞서진 못했어도 소위 개인보다 사회나 공동체와 함께 제일 앞에 있었다. 그런 시대가 있었고 또 그런 시가 있었다. 1970년대가 있었고 1980년대도 있었다. 개인의 삶을 형상화하기도 전에, 매일매일 하루도 빠짐없이 사회나 공동체의 삶이 턱 밑에 다가와 있었기 때문이다. 시는 회피하지 않았고 시인도 회피하지 않았다. 물론 지금은 1970년대도 아니고 1980년대도 아니다. 이제는 어쩌면 사회나 공동체의 문제보다 개인의 문제가 더 앞서는 시대가 되었다. 개인보다 앞서는 것은 또 다른 개인일 뿐이다. 개인보다 앞서는 것은 없다. 모든 것이 개인이 되었다. 어쩌면 사회나 공동체도 개인이 되었다. 시도 사회나 공동체보다 개인의 문제에 천착하게 되었다. 어쩌면 개인이 곧 사회일 것이며 공동체일 것이다. 세상이 변했고 세상이 뒤바뀌었다. 혹시 사회나 공동체가 침묵하여도 개인은 결코 침묵하지 않을 것이다. 가령, 카톡이나 트위터나 페이스북 같은 사회관계망 서비스를 묵살할 힘은 그 어느 곳에도 없다. 거대한 개인의 힘이 사회나 공동체의 힘을 오히려 거칠게 흔들어댈 것이다. 이미 그 힘은 그 무엇을 압도하였을 것이다. 어쩌면 시의 길도 개인의 길이 되었을 것이다. 그러나 개인은 결코 개인일 수밖에 없다. 개인의 힘은 또 다른 개인과 개인이 연대했을 때, 더 큰 개인의 힘이 되는 것이다. 아닌가. 개인이 염두에 두어야 할 부분이다. 아닌가.

암튼 큰 길을 종횡 무진하던 시의 길은 이 시대의 뒤안길이 되고 말았다. 그간 시를 향하던 모든 스포트라이트는 마침내 소멸되었다. 누구도 탓할 수 없는 시대가 되었다. 시대가 그렇게 되고 말았고, 시가 또 그렇게 되고 말았다. 초기 기독교 신자들이 사막보다 더 깊은 사막으로 들어갔다는 말이 무슨 뜻인지 알 것도 같다. 아니다, 정말 모를 것만 같다. 사막의 사도들이 나누었던 오래된 계율을 읽었는데 어쩌다 까맣게 잊어버렸다. 그 계율 중 기억하는 하나가 '늙지 말 것'이었다. 다시, 개인이 된 작금의 시 앞에서 간혹 몸 둘 바를 모를 때가 있다. 그럴 때마다 뭔가 허한 것도 같고 뭔가 배신 때리는 것도 같다. 그럴 때마다 또 개인보다 사회를, 개인보다 공동체를 돌아보게 된다. 필자로서는 그럴 때가 많다. 밖을 내다보는 이유도 거기쯤 있을 것이다. 이른바 문학적 노선을 변경하거나 철회하기가 쉽지 않다. 그런 것은 관념이나 신념이나 이성만으로 되는 게 아니다. 아닌가. 오히려 어떤 정서적 느낌이나 감정이나 감성에 의지할 때도 있다. 아닌가. 시가 무엇에 의해 움직이는지 조금씩 알 것도 같다.

그리고 또 시의 역사는 서서히 사라져 간다는 것을 조금씩 알 것도 같다. 시가 있는 곳에 시가 없고, 시가 없는 곳에 시가 있다. 시는 어디에 있는가. 어디에 시가 있는가. 시가 무엇인가. 무엇이 시인가. 시가 있는 곳은 또 어딘가.

'차라리 시가 무엇인가?' 하고 자문하는 그곳에 시가 있을 것이다. 아니다, '무엇이 시인가?' 하고 자문하는 그곳에 시가 있을 것이다. 그러나 또 시는 그곳에 있지 않을 것이다. 시는 그 어느 곳에 머물지 않을 것이다. 진보주의자가 아니라 해도 시든 삶이든 역사든 진보든 진일보해야 한다. 한국의 민주주의는 진일보하였는지 뒤돌아보지 않을 수 없다. 도대체 얼마만큼 진일보하였다는 말인가. 얼마만큼 진일보하였다는 것인가. 진보는커녕 얼마만큼 또 후퇴하고 있다는 말인가. 아닌가? 아닌가? 아닌가?

추신: 어제 이맘때쯤 지하철에서 휴대폰 메모장에 이 단락을 입력하고 있다가 200자 원고지 7~8장 분량, 아차 하는 순간 날렸다. 아 위기와 우울함이 동시에 물밀 듯이 들이닥쳤다. 풀이 죽은 것은 말할 것도 없고 몸도 축 늘어졌다. 만 하루 지나 입술 깨물며 기억을 되살렸지만 어제 글과 이미 다른 글이 된 것 같다. 1/3 분량은 정치권 얘기했는데 복원 과정에서 다 빠진 것도 같다. 하루 동안 빠져있던 우울에서 그나마 빠져나온 것 같다. 무지 어렵겠지만 뭐든 다시 또 시작하면 되는 것 같다. 그냥 축 늘어져 있는 것보다 몸도 마음도 정신도 한 번만 더 일으켜 보자. 축 늘어져 있기에는 할 일이 너무 많다. 당장 이 산문

집부터 몇 장 써야 하고 그래야만 늦게라도 한 시간여 산책을 나설 수 있기 때문이다. 이름 하여 '산산(散散) 투 트랙' 스케줄이다. 아주 귀엽고 예쁜 두 마리 토끼를 다 잡아야 하는 셈이다. 하루 일정이 이렇다 보니 누굴 만나 먹고 마시고 여기저기 돌아다니기에도 너무 늦었다. 추신이 길어졌지만 아픔뿐만 아니라 위기도 약간의 우울도 삶을 성숙하게 한다. 남 보기엔 아주 하찮은 위기였고 우울이 었겠지만 그 위기와 우울을 해결하기 위해 스마트폰 챙겨 들고 서비스 센터도 찾아갔지만 허사였다. 다시 휴대폰과 마주앉아 그 위기와 우울을 하나하나 맞서면서, 하루 전 기억을 되살리면서 하루 전 그 글의 맥락을 되짚었지만 아주 작은 문장들은 도저히 살려낼 수가 없었다. 좀 다른 글이 되었다 해도 결국 그 위기와 우울을 나름 극복할 순 있었다. 어제의 글을 되살리지 못해 고통스러웠지만 오늘의 글을 쓰면서 고통을 차츰 다독일 수도 있었다. 고통은 조금 나아졌지만 더 없앨 방법은 없었다. 그래도 어딘가 남아 있는 아쉬움이야 무엇으로 달랠 수 있을까. 없다. 있다. 좀 싱겁긴 해도 위기나 우울도 곧 위기나 우울일 뿐이다. 오히려 또 다른 위기나 우울이 되지 않게 하는 용기가 필요하다. 그런 용기는 어디서 나올까. 바로 그 위기나 우울에서 나올 것이며 그 위기나 우울이 또 어떤 에너지원이 될 수 있다. 어렵겠지만 위기나 우울도 삶의 일부로 받아들이는 순간, 서서히 사라질 것이다. 한 시간여 공들여 썼던 글이 사라졌는데 어떻게 금방 받아들이겠는가. 꼬박 하루는 꼼짝할 수 없었고 또 받아들이는 것도 꼬박 하루쯤 걸렸다. 아무리 급해도 아픔의 순간이 필요한 것이다. 누군가 필자의 옆구리에 쪽지 한 장 쿡 찔러 준 것 같다. "우울할 때 시가 나온다."(황동규)

　뒤늦게나마 무엇을 더 집중해야 되는지 돌아보게 되었다. 어제의 고통이 하루 만에 기쁨이 되었다면 너무 가벼운 짓일까. 너무 간사한 짓일까. 어떤 아쉬움도 받아들이면 곧 사라지는 것일까. 호불호가 갈리겠지만 일본 경영의 신이라고 일컬어지는 마쓰시타 고노스케(松下幸之助)의 말을 잠시 빌리면 "호황은 좋다. 그러나 불황은 더 좋다." 한다. 이런 말을 언제쯤 터득할 수 있을 것인가. 그는 불황조차 곧 경영이었다는 것인가. 경영의 신은 호황일 때 오는 것이 아니라 불황일 때 오는 것인가. 그런 것인가. 지금 한국 경제는 불황인가 호황인가. 지금 경영의 신은 어디 있는가.

25.

시는 결국 시의 자존심과 동시에 시인의 자존심의 결과
물일 것이다. 우선 삶의 진실을 외면하지 않고 시의 눈으
로 시인의 눈으로 포착한 것도 자존심의 일종이었을 것이
다. 시의 자존심이나 시인의 자존심을 어디서 갖다 쓸 수
있는 게 아니다. 오랫동안 시의 길에서 시인의 길에서 획
득되는 것이기 때문이다. 그것은 또 오직 그 시의 길에서
그 시인의 길에서 발현되는 것이다. 잠시 얻어다 쓸 수도
없다. 오래되었다고 자존심이 우러나는 것도 아니다. 그렇
다고 굳이 타고나는 것도 아니다. 그 바닥에서만 오롯이
생성되고 그 바닥에서만 발현되는 것이다. 잠시라도 그 바
닥을 비우면 금세 흐트러지는 것이 그의 생리라고 할 수
있다. 자존심도 사랑의 마음과 비슷할 때가 있다. 자리를
비울 수가 없다. 자존심도 안타깝지만 자영업자의 심경
이나 처지와 같을 때가 있다. 한눈팔다 보면 어느새 단골
손님마저도 확 빠져버린다. 암튼 시의 힘은 또 시인의 힘
은 자존심일 때가 많다. 시 한 줄에 시 한 편에 시의 자존
심과 시인의 자존심이 걸려 있다. 하물며 시집 한 권이야
더 할 말이 없다. 공들여 써야겠지만 공들인 만큼 또 비
워야 할 것이다. 시는 꼭 움켜쥐고 사는 게 아니다. 시는
놓아야 할 물건이다. 잘 놓아버리는 것도 자존심이다. 물

론 잘 움켜쥐는 것도 자존심이다. 끝까지 가는 것도 자존심이다. 뒤돌아보지 않는 것도 자존심일 것이다. 짧다고 시가 되는 것도 아니고 잠언 같다고 시가 되는 것도 아니다. 알게 모르게 다 자존심과 연관이 있다. 또 시뿐만 아니라 어느 곳에서도 그 독립심이야말로 일종의 자존심일 것이다. 시는 다른 업종과 달리 느낌도 중요하고 또 생각도 중요한 것이다. 그런 것도 다 자존심의 영역이다. 잘 쓴 시는 몰라도 좋은 시는 자존심을 미소처럼 띠고 있다. 좀 다른 말이긴 해도 침묵도 자존심이다. 자존심도 있어야 침묵할 수 있는 법이다.

26.

방금 앞에서도 얘기했지만 하루 일정이라고 해봐야 이 산문집에 매달리는 것과 이 산문집과 관련된 약간의 독서와 그리고 늦은 산책이 전부다. 이를테면, 오랫동안 이어온 신앙생활도 없고 정기적인 식사 모임도 없고 폭넓은 교우 관계가 있는 것도 아니다. 물론 퇴직 이후라는 특수성도 있겠지만 무엇보다 코로나 시국 탓이기도 하다. 그렇다고 이 시국이 풀려도 달라질 것은 없다. 다만, 부정기적이지만 금천구청역 근처 출판사에 가서 〈기획 시선〉 등을 관여하는 일이 필자로선 아주 구체적인 동선일 것이다.

마을버스까지 합하면 편도만 거의 두 시간 거리지만 대외적인 행보 중 하나임엔 틀림없다. 그리고 또 가끔 화장실 거울 앞에 서 있을 때도 있다. 그러나 휴대폰을 받거나 휴대폰 하는 경우는 거의 없다. 생각이 끊기면 모든 게 끊기는 것 같아 최대한 단조롭고 단순한 삶을 이끌어가고 있다. 이런 삶에 이끌려갈 때가 많다. 앞에서 삶을 이끌어간다는 것도 우스운 일이다. 삶은 살아가는 것이 아니라 때때로 살아지는 것이기 때문이다. 시작(詩作)도 마찬가지다. 그러나 거듭 말하지만 시보다 이 산문집에 매달릴수록 마음은 복잡하다. 하루도 빠짐없이 시에 온 힘을 다 퍼붓던 삶이 잠시 한눈팔고 있는 셈이다. 그러나 신작 시집 한 권 또 준비하고 있다. 준비하고 있다는 것은 탈고하진 않았어도 이미 초고 상태의 원고가 한 권 분량 넘었다는 것이다. 시를 멈출 순 없다. 시는 멈춰지지 않는다. 시는 모든 것을 원한다. 시는 이따금씩 시상이 떠오를 때, 쓰는 그런 장르가 아니다. 시상이니 시적 세계니 시적 대상이니 하는 그런 말은 다 개소리가 되었다. 이미 헛소리가 되었다. 시야말로 불특정 영역의 장르다. 시야말로 해방의 영역이다. 곧 자유의 영역이 되는 것이다. 시는 변명이 필요 없다. 시는 오직 전력투구할 때 겨우 만났다 헤어지는 장르다. 시는 만날 때 이미 '헤어질 결심'을 해야 하는 불쌍한 장르다. 시도 또 운수납자들처럼 한 곳에 머물지 않는다. 이 산문집도 오직 전력투구할 때 써지는 것이다. 이 산문집도 한 곳에 머물지 않는다. 이것도 이 산문집의 자존심일 것이다. 이 산문집의 백그라운드일 것이다. 이 산문집도 결국 전력투구할 때마다, 어딘가 집중할 때마다, 자존심을 발휘할 때마다, 그때그때 조금씩 아주 조금씩 얻어지는 미량(微量)의 결과물일 뿐이다. 손에 쥘 것도 없다. 그러나 개 눈에는 뭐만 보인다고 손대면 툭 터질 것만 같은 시적인 현상들이 눈앞에 펼쳐져 있다. 그러나 또 눈을 돌리면 작금의 한국 시의 현 주소를 알지 못하는 시인과 한국 경제의 현 주소를 알지 못하는 어느 지역구 국회의원과 그리고 또 많은 잡음들이 두서없이 다가온다.

27.

기쁨이나 즐거움은 기쁨과 즐거움 속에서 태어나는 것이 아니다. 기쁨이나 즐거움은 기쁨이나 즐거움이 미치지 못한 곳에 있을 것이다. 그곳은 기쁨도 아니고 즐거움도 아니다. 그런데 그곳에 기쁨과 즐거움이 있을 것이다. 그곳에 시가 있을 것이다. 시는 기쁨이나 즐거움이 아니다. 시는 무엇을 이루어놓은 것이 아니다. 도달했거나 이루었다면 시는 도중에 증발하고 말았을 것이다. 시는 별의 순간도 달의 순간도 아니다. 시는 허공을 긋는 별똥별의 순간이다. 시는 꿈을 확 깨는 순간이다. 나사 하나 빼놓고 사는 게, 시다. 낫 놓고 기역 자도 모르는 게, 시다. 여기 보시오 할 때, 그때 눈을 다른 쪽으로 슬몃 돌리는 게, 시다. 꿈같을 때도 있고 헛소리 같을 때도 있다. 그런 게, 시다. 누가 아무리 거대한 담론으로 그럴 듯하게 말한다 해도 시는 고민의 결과다. 누가 뭐라고 해도 고뇌의 분비물이다. 때론 독한 술과 같은 것이다. 때론 맹물과 같은 것이다. 그런 게, 시다. 그대는 또 어느 술잔을 들고 있는가. 여기 묵묵히 술잔 비우는 또 술잔 채우는 시가 있었다. 강원도 강릉 태생이고 창비 출신인 김선우의 시가 있다.

"2조(二祖) 혜가는 눈 속에서 자기 팔뚝을 잘라 바치며/ 달마에게 도(道) 공부하기를 청했다는데/ 나는 무슨 그리 독한 비원도 없고/ 단지 조금 고적한 아침의 그림자를 원할 뿐// 아름다운 것의 슬픔을 아는 사람을 만나/ 밤 깊도록 겨울 숲 작은 움막에서/ 생 나뭇가지 찢어지는 소리를 들으며/ 그저 묵묵히 서로의 술잔을 채우거나 비우며// 다음날 아침이면 자기 팔뚝을 잘라 들고 선/ 정한 눈빛의 나무 하나 찾아서/ 그가 흘린 피로 따뜻하게 녹아 있는/ 동그라한 아침의 그림자 속으로 지빠귀 한 마리/ 종종 걸어 들어오는 것을 지켜보고 싶을 뿐// 작은새의 부리가 붉게 물들어/ 아름다운 손

가락 하나 물고 날아가는 것을/ 고적하게 바라보고 싶을 뿐//
(…중략…) 드디어는 팔뚝 하나를 잘라 들고/ 다만 고요히 서
있어 보고 싶을 것이다// 작은 새의 부리에 손마디 하나쯤 물
려주고 싶은 것이다"(「입설단비(立雪斷臂)」 부분)

28.

그렇다, 빈 잔이면 어떻고 독주(毒酒)면 어떠랴. 그러나
빈 잔일 때가 있으리. 아니다 독주일 때도 있으리. 시도
일면 탁발(托鉢) 수행과 같다. 다만 한 손은 빈손이지만
한 손엔 시를 들고 있어야 한다. 시가 없는 빈손은 탁발이
아니다. 시가 까다롭고 복잡한 것도 다 이유가 있다. 이유
가 없다. 이유가 있어도 없다. 이유가 없으면 또 어떤가.
빈 잔에 시를 적셔 마신 적도 있는가. 그만 하자. 시는 괴
짜가 아니다. 시는 기인 행각의 부산물이 아니다. 속지 말
자. 속이지도 말자. 시는 속고 속이는 게 아니다. 속지 않
기 위해 시가 존재하는지도 모르겠다. 시는 속지 않는다.
시에 속지 말자.

다시, 또 빈 잔도 있고 독주도 있고 맹물도 있고 가득
채운 술잔도 있다. 그저 잔 하나 들고 묵묵히 들었다 내려
놓을 뿐이다. 그렇지 않은가. 술잔만 주고받을 뿐이다. 허

공을 향할 때도 있고 그대 가슴을 향할 때도 있으리라. 그대 머리꼭대기에 빈 잔을 털 때도 있을 것이다. 다시 허공을 향해 털 때도 있다. 털어? 원샷 할 때도 있다. 혼술할 때도 있다. 그러나 술과 함께 동행하던 시절은 지나갔다. 늦은 밤 술잔 앞에서 노닥거리기엔 너무 늦었다. 그런 삶에 연연할 때가 아니다. 더 이상 술로 인해 후회할 일은 없으리라. 오쇼 라즈니쉬처럼 말한다면 "나는 연약하고 민감하고 섬세하다".

시를 쓰는 순간, 이 산문집을 쓰는 순간, 시를 읽는 순간, 이 산문집을 퇴고 하는 순간, 산책 나가기 전에, 산책 나가기 두어 시간 전에, 시를 쓰지 못하는 순간, 시를 쓰지 못하는 날이 이틀 사흘 나흘... 지나가는 순간, 이 산문집이 써지지 않는 순간, 한국 사회가 진일보하지 못하는 순간, 한국 교육이 진일보하지 못하는 순간, 남북 관계가 진일보하지 못하는 순간, 오늘 산책 시간이 자꾸 뒤로 미루어지는 순간, 나는 연약하고 또 민감하고 섬세할 수밖에 없다.

29.

시와 삶의 경계는 사라졌다. 시와 삶은 어떤 목적도 어떤 형식도 인식하지 않는다. 인식하지 않는다는 것은 목적도 형식도 곧 자유라고 할 수 있다. 더 이상 영혼도 아름다움도 유지할 수 없는 어려운 현실 속에서 시의 목적도 시의 형식도 덧없을 수밖에 없을 것이다. 이 또한 삶의 덧없음과 무관하지 않을 것이다. 시도 삶도 일장춘몽이다. 시는 또 그 영혼이 없는 곳에서, 아름다움이 서서히 퇴락한 곳에서, 존재할 것이다. 시는 정직하다. 시는 투명하다. 시를 욕되게 하지 말자. 영혼이니 아름다움이니 하는 것도 반론이 필요하다. 뭔가 뒤엉켜 있고 뭔가 뒤섞여 있다. 시는 차라리 현실을 직시하라. 고달픈 삶을 기꺼이 기록하라. 우울한 삶을 주목하라. 그리고 또 시와 현실은 불가분의 관계가 되었다. 시와 현실의 간극을 좁히는 리얼리티가 시의 일이다. 아니면 또 시는 허구의 세계와 손을 잡아야 한다. 현실을 조롱하고 비판하는 풍자의 세계를 선택하든가. 다만, 할 수만 있다면 어느 것이든지 간에 '희망의 덧없음과 무목적의 반(反)목적론적 세계관'(김준오)을 반영하리라.

아 '반시(反詩)'라는 것도 있었다. 먼저 저 어두운 서가에서 그 『반시(反詩)』를 찾을 수 있을까. 붉은 벽돌을 꽉 채운 표지가 선명한 그 동인지를 찾을 수 있을까. 표지화는 실제로 사방이 아주 높고 붉은 벽돌담으로 둘러싼 감옥 안이었고, 그 안에 다닥다닥 붙어 서서 맴도는 빈센트 반 고흐의 그림 〈죄수들의 산보〉였다. 선명한 기억은 좀처럼 지워지지 않는다. 1970년대 끄트머리에서 만났던 동인지였으며 어떤 메시지가 시처럼 전달되었던 표지였다. 그 표지화는 무엇을 상징하였을까. 아마도 1970년대의 끝을 상징하고 있었을 것이다. 거의 시 한 편과 같은 '날—기억'이다. 반 고흐가 잠시 한국 화가로 활동한 것 같다. 그림도 시도 운명이라는 게 있는가 보다. 그러나 시는 운명론자가 아니다.

30.

어느 성직자는 머릿속에 있는 '사랑'을 '가슴속'에 담는데 무려 육십 평생이 걸렸다고 한다. 그의 정직한 고백이 경전의 어느 한 구절을 뛰어넘는다. 머리에서 가슴까지의 거리가 한평생이나 걸리다니 그 거리가 얼마나 멀고 험한지 짐작할 것도 같다. 그리고 '사랑'이라는 말이 얼마나 또 멀고 험한지 알 것도 같다. 가슴속에 있는 사랑은 한평생 살아야 겨우 담아진다는데, 사랑이 가슴속에 속히 담아지지 않는다고 서두를 일이 아닌가 싶다. 가슴속에 담은 사랑은 머리까지 올라가는 데 또 얼마나 걸릴까. 가슴의 사랑을 굳이 머리까지 올려다 놓아야 하나. 그 머릿속의 사랑은 또 어떤 것일까. 가슴속에서 맴돌던 사랑이 가슴 언저리에서 또 맴도는 것은 무엇 때문일까.

능동적인 태도는 중요하지만 수동적인 태도도 중요하다. 능동적인 태도는 적극적이고 수동적인 태도는 소극적이라는 것도 오해와 편견일 것이다. 능동이나 수동도 내성적인 성향이나 외형적인 성향과 비슷한 체질 같은 것 아닐까. 그러나 시는 그런 것을 뛰어넘는 열린 마음과 가까울 것이다. 시는 차라리 마음이 열리는 장르일 것이다. 시는 닫힌 마음으로 다가갈 수 없다. 시는 뜨거운 가슴속에서 타고 있다. 시가 가슴을 뜨겁게 불태우고 있다. 시는 가슴께 있을 것이다. 사랑도 가슴께 있을 것이다. 시도 사랑도 꽃송이도 '가슴을 뚫고' 툭 터질 때가 있다. 최백규의 시를 가까이 앉아서 읽어보자.

"오래된 마음은 장마에 가깝다// 창가의 화분도/ 죽은 듯 잠들어 있었다// 정말 죽어 버린 것은/ 아닐까 싶어/ 귀를 가져다 대보기도 했다// 심장 뛰는 소리가/ 너무 커서// 무언가/ 금방이라도 쏟아질 것 같았다// 꽃송이가 가슴을 뚫고/ 피어날 때마다// 어떻게 꺾어야 아프지 않을지/ 헤아려 보았다"(「여름의 먼 곳」 전문)

31.

시는 바둑처럼 무슨 급이 있는 것도 아니다. 아마추어다 프로다 그런 것도 없다. 시는 바둑처럼 어느 특정 공인기관에서 총괄하는 것도 아니다. 아마는 아라비아 숫자로 단수를 표기하고, 프로는 한자로 표기하여 차별하는 것도 없다. 시선(詩仙)이니 시성(詩聖)이니 하지만 한국 문단에 관한 칭호가 아니다. 한국 문단처럼 평등한 체제도 없다. 제 친구도 시인인데요, 그 친구 지난달에 시집 냈어요, 라는 말을 시인 앞에서 아무렇지도 않게 해도 된다고 생각한다. 심지어 모든 사람은 다 시인이다 해도 이의를 제기할 수 없다. 실제로 모든 사람은 다 시인이 된 것도 같다. 이젠 관용어가 되었지만 시를 읽는 사람은 없어도 시를 쓰는 사람은 많다. 시인도 많고 시도 많고 시집도 많다. 느닷없이 아주 태평한 시의 태평성대가 되었다.

옛 직장에 바둑 고수가 있었다. 그 시절엔 숙직실에서 바둑을 두곤 했다. 고만고만한 급수끼리 머리를 곤두세우며 바둑판에서 눈을 떼지 못했다. 1급은 없고 2급도 없고 3급도 없는 4급 정도, 동네 내기 바둑보다 조금 더 급이 있는 바둑이었다. 바둑판 옆에는 늘 그렇듯이 훈수꾼이 모였다. 다 일가견이 있고 일리가 있는 훈수였다. 때론 훈수꾼끼리 격론을 벌이곤 했다. 모두 바둑 한 점에 진지할 때였고 바둑 한 점에 예민할 때였다. 바둑 한 점에 또 쳐다보는 눈도 많았다.

필자는 바둑과 거리가 멀었고 바둑 한 점 들여다볼 일도 없었다. 필자가 가끔 숙직실 바람벽에 기대고 앉아 있으면 그 바람벽에 나란히 기대고 앉는 동료가 있었다. 그는 바둑 아마 5단, 일설엔 6단으로 알려진 고수였다. 그 무렵 아무도 확인한 바 없으나 너무 일찍 바둑에 입문하는 바람에, 그 바람에 휘날릴 머리카락을 다 날려버렸다는 우스갯소리만 들리곤 했었다. 그러나 그의 날아가 버린 머리숱만큼 그를 향한 뒷담이 무성했다. 대략 두 가지였다. 하나는 정말 바둑 5단, 6단일까 하고 다른 하나는 그렇다면 왜 저토록 바둑판을 쳐다보지도 않는 걸까. 일리가 있는 뒷담이다. 가산을 탕진한 것도 아닐 텐데 말이다.

어느 날 같은 벽에 기대고 앉아 있을 때 필자가 물어보았다. 바둑을 잘 둔다면서 왜 바둑판을 가까이 하지 않는 가. 그가 되물었다. 만약 어느 중고생이 쓴 시가 앞에 있다면 그토록 집요하게 쳐다보겠는가. 아 그가 바둑판을 멀리 하고 벽에 기대앉은 이유가 비로소 밝혀졌다. 또 그의 급이 드러나는 순간이기도 했다. 그렇다고 하여 바둑판 주변에 떠도는 뒷담을 잠재우려고 이 말을 손에 쥐고 쫓아다닐 순 없을 것이다. 암튼 바둑판 주변에서 떠도는 뒷담은 계속 바둑판 주변을 맴돌고 있었다. 다만, 어디선가 새로운 뒷담이 하나 추가되었다. 누군가 딱 한 판 두었는데 만방으로 깨졌다는 것! 삼십여 년도 더 지난 얘기지만 이 산문집에서 꼭 한 번 써먹고 싶었던 맥락이다.

그 공인 바둑 기사(棋士)가 필자에게 은밀히 건넸던 말이 또 하나 있다. 그 시절 퇴근길이나 직장 내 회식자리에서 필자는 끝까지 술을 마시는 편이었다. 바로 그때 그가 술에 잔뜩 취한 필자에게 문단 이외 자리에선 술 취하지 말라고 당부하였다. 취중이었고 바둑판도 아니었지만 그 기사의 말을 잊을 수가 없었다. 물론 까맣게 잊어먹고 문단 이외 자리에서 또 퍼마셨겠지만 그의 눈에는 문학판 이외 자리에서 곧잘 취하던 필자가 못내 안쓰러웠던 모양이다. 어쩌면 필자의 눈에는 또 뭇 바둑판을 건너다보지 않고 숙직실 바닥이나 숙직실 천장이나 쳐다보던 그의 눈길이 못내 안쓰러웠을 것이다. 어느 바둑판이든 불쑥 끼어들지도 못하던 바둑 고수는 지금도 뭇 바둑판을 멀리 떠나 있을까. 지금도 바둑판을 떠나 떠돌고 있을까.

시인은 시인 고수나 시인 기사 같은 제도가 없어 천만다행이다. 만약 시인 고수나 시인 기사가 있었다면 그들은 문학 판을 떠나 어느 집 바닥이나 천장이나 쳐다보았을까. 또 얼마나 멀리 떠나 떠돌고 있었을까. 홀로 떠도는 자가 시인 아닐까. 천장이나 쳐다보는 자가 또 시인 아니었을까. 여기 남의 집 천장이나 문창을 쳐다보던 시인이 있었다. 그가 백석이다.

"이리하여 나는 이 습내 나는 춥고, 누긋한 방에서,/ 낮이나 밤이나 나는 나 혼자도 너무 많은 것 같이 생각하며,/ 딜옹배기에 북덕불이라도 담겨오면,/ 이것을 안고 손을 쬐며 재 위에 뜻 없이 글자를 쓰기도 하며,/ 또 문밖에 나가지두 않구 자리에 누워서,/ 머리에 손깍지 베개를 하고 굴기도 하면서,/ 나는 내 슬픔이며 어리석음이며를 소처럼 연하여 쌔김질하는 것이었다./ (…중략…) 또 내 스스로 화끈 낯이 붉도록 부끄러울 적이며,/ 나는 내 슬픔과 어리석음에 눌리어 죽을 수밖에 없는 것을 느끼는 것이었다./ 그러나 잠시 뒤에 나는 고개를 들어,/ 허연 문창을 바라보든가 또 눈을 떠서 높은 천장을 쳐다보는 것인데,/ 이때 나는 내 뜻이며 힘으로, 나를 이끌어 가는 것이 힘든 일인 것을 생각하고,/ 이것들보다 더 크고, 높은 것이 있어서, 나를 마음대로 굴려가는 것을 생각하는 것인데,"(「남신의주 유동 박시봉 방」 부분)

32.

문청 때도 아니고 시를 하루 이틀 못 썼다고 안절부절하지는 않을 것이다. 그러나 이 산문집은 한 쪽이나 두 쪽이라도 못 쓰면 안절부절 한다. 누가 옆에서 본다면 아주 웃긴다고 할 것이다. 필자가 봐도 아주 가관이다. 가관이 아니라 볼썽사나울 지경일 것이다. 오죽하면 옆에 있는 이가 하루 반쪽만 쓰라고 할 정도다. 시에 관한 아주 사적인 잡담에 불과한 이 잡문 같은 산문집은 도대체 무엇일까. 어떨 땐 이 산문집을 피해 다닐 때도 있고 또 어떨 땐 이 산문집에 다가갈 수 없는 난처한 국면도 있다. 그런 국면을 타개하는 것도 쉽지 않다. 반면에 이 산문집에 푹 빠져 살 때도 많다. 마치 이 산문집이 늪 같아서 빠져나올 수도 없고 이 산문집에 갇혀 꼼짝할 수도 없다. 이 산문집은 그런 국면의 연속일 때가 많다. 제1권은 즐겁고 또 힘

을 좀 쏟은 국면이었다면 잠시 소강상태를 지나 곧바로
시작한 제2권은 힘도 좀 덜 들고 한결 가벼워진 것 같다.

　그러나 이 산문집의 행로라든가 구조라든가 논지라든
가 관점이라든가 그런 것은 없다. 처음부터 그런 것을 고
려하지 않고 시작하였다. 다만, 1권이든 2권이든 각 부의
소제목만 붙여놓고 그저 넘버링만 이어가고 있다. 숫자가
주는 단조로움과 무미건조함도 있겠지만 그저 그 정도의
구성만 챙기기로 했다. 이 일련의 숫자도 마치 저 달력의
날짜 같은 숫자라고 생각하면 대충 넘어갈 수도 있을 것
이다. 가끔 어제는 오늘이 아니라는 것도 단지 숫자 하나
때문에 인식할 때가 있지 않은가. 그럴 때 숫자는 날짜뿐
만 아니라 어떤 인식의 위력조차 느껴진다. 그런 것도 다
끝없는 연속 속에서의 불연속적인 인식의 결과일 것이다.
이 산문집의 숫자도 어쩌면 그러할 것이다. 물론 달력에서
의 그 위력과 비교할 순 없어도 최소한 숫자로 인한 구성
을 갖추고자 하였다. 어쩌면 그런 것보다 단지 읽기의 지
루함을 덜어주고자 함이었다. 그런 것보다 어쩌면 쓰기의
지루함을 덜어주고자 함이었다. 그러다 보니 결말도 없고
논리적인 구성도 필요가 없었다. 구구하고 미미한 변명에
불과할 것이다. 한 마디 더하면 이 산문집은 결국 시에 관

한 개인적인 주관적인 사유(思惟) 정도일 것이다. 그 사유
의 연속적인 체험은 간혹 과거일 때도 있겠지만 궁극적으
론 서정시의 시제인 현재시제를 따를 뿐이다.

33.

객관적인 태도를 버리고 주관적인 태도를 중시하라. 문
학 중에서도 특히 시는 주관적이며 개인적인 감수성의 발
현이다. 과거 공동체 문제를 적극적으로 염두에 두던 시절
의 객관적 공동체의식은 그 역사적 소명을 어느새 다 잃
고 말았다. 아닌가. 아직도 역사적 소명은 유효한가. 아닌
가. 물론 시가 공동체 문제를 염두에 두던 그 소명을 다했
다는 것은 아니다. 시는 여전히 공동체 문제를 염두에 두
고 산다. 그리고 쓴다. 다만 지금은 객관적 태도에서 주
관적 태도로의 전환을 거론할 뿐이다. 물론 객관적 태도
를 견지하겠다면 누가 말리겠는가. 당연히 그렇게 선택하
라. 그럼에도 불구하고 객관적 관점에서 주관적 관점으로
의 이동도 자연스러운 면이 있다. 자연스러운 것도 자연
의 이치에 가까울 때가 있다. 그리고 무엇보다 몸에서 시
작되는 것이다. 몸도 자연의 이치에 따를 것이다. 마음 챙
김도 중하지만 몸 챙김도 중하다. 몸의 변화나 몸의 흐름
을 잘 살펴보면 알 수 있다. 몸소 몸으로 직접 겪다 보면

알 수 있다. 마음보다 몸이 주인일 때가 있다. 객관적이다 주관적이다 이런 말도 마음과 몸의 추이를 보면 짐작할 수 있다. 또 몸도 변하지만 마음도 변한다. 그것도 자연의 이치일 것이다. 쓸 데 없는 말 같지만 마음도 놓치지 말고 잘 다스려야 하겠지만 몸도 놓치지 말고 잘 다스려야 한다. 음식을 적게 먹으면 몸도 좋겠지만 마음도 좋은 걸 느낄 수 있지 않던가. 하룻밤 묵어도 마음도 편해야 하겠지만 몸도 편해야 하지 않던가. 동서양 명의들이 공통적으로 하는 말이 하나 있다. 매우 어려운 일이지만 40대부터는 음식을 적게 먹으라는 것과 자기 자신을 포기한 **겸손**과 또 화내지 말라는 것이다.

34.

좋은 작가는 겸손하다. 한때 그런 말이 돌았다. 지금은 그런 말을 어디서 듣기도 어려울 것이다. 겸손이 미덕인 세월도 아니고 좋은 작가는 굳이 겸손하지 않아도 비난할 수 없다. 아닌가. 여전히 좋은 작가는 겸손해야 하는가. ~~매우 조심스럽지만 좋은 작가는 그냥 좋은 작가만 되면 안 되는 걸까.~~ 작가는 작가 이외 무엇을 또 해야 하는가. 나이가 들면 작가는 작가 이외 무엇을 더 할 것도 없고 작가로서 해야 할 일이 결국 하나밖에 남지 않는다. 비로소 하나에 집중할 수밖에 없다. 이 얼마나 기쁘고 또 좋은 일인가. 그럼에도 불구하고 작가는 겸손해야 한다. 좋은 작가는 겸손한가. 그렇다. 좋은 작가는 태도뿐만 아니라 그의 문학적 언어도 겸손할 수밖에 없을 것이다. 겸손한 작가나 좋은 작가는 둘째 치고 좋은 작품 근처라도 한번 가보고 싶은 것 아닌가. 그거 하나 밖에 남은 것 아닌가. 이제 다시 겨우 문청 때처럼 문학이 삶의 전부가 된 것 같다. 문학이 뭐 길래? 삶의 전부를 또 걸겠다는 걸까. 이번 생은 이 길밖에 없다는 것인가. 삶의 전부를 다 갖다 걸었으니 딴 생각할 겨를조차 없다는 것인가. 그런 걸 생의 전부라고 할 수 있을 것이다. 생의 전부를 걸었다면 그렇게 사는 것이다. 돌아갈 길마저 다 끊어버렸다고 해도 남들이 볼 땐 또 그래서 어쩌라고 정도 아닐까. 이것도 다 자기가 좋아하는 것일까. 그렇다 하자. 또는 다들 돌아갈 길을 끊고 살고 있다고 하지 않을까. 어디선가 작가에 대한 소위 일말의 선민의식 같은 게 남아 있다면 지금 당장 싹 다 갖다버리라고 할 것 같다. 그래 작가도 이미 평범한 부류일 뿐이고 많은 직종 중에 하나가 되었다. 어느 직종이든 다들 자존심 하나만 믿고 버티는 중이다. 그 알량한 자존심마저 다 갖다버렸다고 할 것 같다. 이미 삶의 전부를 걸어놓은, 많은 생 앞에서 삶의 전부 운운하는 것도 매우 아주 조심스럽기만 하다. 굳이 욕된 생도 없고, 속된 생도 없다. 또 가령, 누가 삶의 전부를 문학에 걸었다 해도 (미안하지만) 문학은 그 삶을 다 받아들이지도 않는다. 문학의 용량과 생의 용량은 각각 다르다. 문학은 생을 온전히 반영하지도 않고, 생은 문학을 온전히 살아내지도 못한다. 차라리 대충 해라. 대충 살자. 대충 써라. 입 밖으로 내놓기가 거북하지만 문학에 생의 전부를 걸면 문학도 생도 실패할 수 있다. 생의 전부를 걸었던 순간들을 생각하면 대체로 실패하지 않았던가. 인과 관계를 떠나 그렇게 되었던 것 같다. 예컨대 생수나 우유만 마시지 말고 차도 마시고 친구도 만나고 영화도 보고 음악도 좀 듣고 한 두어 가지 메뉴만 찾지 말고 맛집도 다니고 여행도 하고 중랑천만 고집하지 말고 북촌이나 서촌도 다니고 동해만 다니지 말고 남해도 서해도 가고...

35.

　시는 삶이 아니고, 삶은 시가 아니다. 시는 역사도 아니고 현실도 아니고 차라리 꿈이고 환상이다. 시는 꿈이다. 개꿈 같은 꿈이다. 달아난 꿈이다. '도망간 여자'가 두고 간 꿈이다. 그 여자가 두고 간 남루한 그림자다. 시 속에 꿈이 있는가. 시 속에 무슨 꿈이 있는가. 시는 꿈을 꾸고 꿈을 깨는 게 아니다. 시가 사물 같을 때가 있다. 시는 무(無)의미가 아니라 반(反)의미일 때가 있다. 시는 무슨 결말이나 결론을 내리는 게 아니다. 그런 것도 시의 결말이고 결론일 것이다. 시의 역사가 사라졌다는 것은 시의 소임이 사라졌다는 말이다. 마치 한 사회의 거대 담론이 사라졌다는 것은 한 사회의 거대한 꿈이 사라졌다는 것이다. 오리무중이다. 차라리 시는 언제나 **암중모색** 중이다. 상상력을 중시하든 시적인 인간을 중시하든 현실을 중시하든 허구를 중시하든 서정을 중시하든 지성을 중시하든 시의 입장에서 그 모든 것은 암중모색일 수밖에 없다. 시는 그런 곳에서 헤매고 다니는 꼴이다. 시는 삶을 비트는 것이고 현실을 비트는 것이다. 시는 또 시를 비트는 것이다. 때론 조금 비꼬기도 할 것이다. 때론 판을 바꾸기도 할 것이다. 아예 고정 관념을 바꿔 놓기도 할 것이다. 시는 대중적일 수 없다. 그러나 시가 무엇을 어떻게 하겠는가. 아무것도 없다.

36.

열여덟 살 이후 정신적 나이를 한 살도 더 먹지 않았다는 문학평론가 김현(1942~1990) 선생의 단언이 생각나는 밤이다. 열여덟 살, 그 정신적 나이라는 것도 어떤 시대에 먹었는지 중요하다. 또 어느 장소에서 그 나이가 되었는지, 그 나이를 어디서 먹었는지, 그 관련성이 생각보다 무지 중요하지 않을 수 없다. 결국 열여덟 살이었던 그 시대와 그 장소도 그 나이만큼 어떤 의미를 갖는 것 같다. 그러면 열여덟 살 이후 한 살도 더 먹지 않은 그곳은 어디인가. 그곳에 가면 열여덟 살의 정신이 남아 있을까. 그곳에서 정신적 나이는 멈추었을까. 더 이상의 나이는 없는 걸까. 열여덟 살이 전 생애의 정신을 간섭하는 것인가. 열여덟 살이면 정신은 다 큰 것인가. 더 이상의 정신은 없는 것인가. 열여덟 살 이후 정신적 나이는 더 먹을 수도 없는 걸까. 그런가. 그렇지 않은가. 과연 그대는 어느 시대에 열여덟 살이 되었다는 것인가. 이를테면 3선 개헌, 10월 유신, 긴급조치, 부마사태, 서울의 봄, 5월 광주, 비상계엄, 5공, 1987, 유월 항쟁, 88 올림픽, 2002 한일 월드컵, 코로나 19...

곧 동해역에 도착한다. 동해역에 도착하기 전에 먼저 바다부터 만나야 한다. 동해역에 닿기 전에 바다를 눈에 넣어야 한다. 저 큰 바다와 마주할 땐 먼저 그 입을 닫는 게 미덕이다. 바다 앞에서 또 저렇게 크게 입을 벌린 파도 앞에서 무슨 입을 벌리겠다는 말인가. 더 큰 입 앞에선 입을 오므리는 게 훨 낫다. 정신적 체급이 있듯이 육체적 체급이라는 것도 있을 것이다. 검객이라면 검객의 칼끝만 처다볼 것이다. 주방의 식칼을 들고 굳이 검객과 맞설 순 없지 않은가. 반대로 말해야 하는 것 아닌가. 바다 특히 7번 국도 라인의 동해바다에 관해선 할 말이 많다.

열여덟 살 이후 한 살도 더 먹지 않은 정신적 나이가 멈춘 그곳, 동해는 기쁨보다 슬픔이 많다. 어떤 사람 때문에 술을 마시기도 했고, 어느 집 담벼락을 향해 돌을 던진 적도 있었다. 친구의 한 달 치 월급봉투를 다 털어 술 마신 곳도 그곳이다. 그러고 보니 필자에게 동해는 바다가 아니라 술인 것도 같다. 차라리 동해는 술이다. 한 살도 더 먹지 않은 정신적 나이가 아니라 술로 정신을 박해하던 핍박 받던 곳이다. 열여덟 살 이후, 사랑의 나이도 멈추었다는 것일까. 사랑의 나이도 더 먹을 수 없다는 걸까.

동해는 또 적어도 오십여 년 지기와 절친들을 만났던 곳이다. 열여덟 살 이후, 많은 친구들을 더 만나지 못했다. 특히 열여덟 살 친구와 관련된 자녀 혼사가 있으면 오늘 아침처럼 서둘러야 하고, 상이 있으면 막차라도 타고 다녀와야 한다. 불참하기 어렵다. 그 나이에 도원결의처럼 맺은 사조직도 있다. 한 해 두어 번 친정집 나들이 하듯 댕기러 가는 곳이다. 그곳에 곧 도착할 것이다. 열여덟 살 때의 심장처럼 어딘가 설레고 어딘가 떨린다. 이럴 땐 역시 마음보다 몸이 알아서 먼저 움직인다. 시도 역시 몸이 먼저 안다는 것 아닌가.

동해는 1980년 북평읍과 묵호읍이 행정적으로 통합된 곳이다. 필자의 주거지는 북평읍 송정리였다. 북평이 동해시가 되기 직전 드라마틱한 일이 하나 있었다. 그야말로 드라마, 즉 연극도 하고 음악도 하고 시도 하던 '제1회 북평 예술제'였다. 예술제 전후 우여곡절도 많았지만 암튼 아주 젊은 새파란 영혼들이 뭣도 모르고 나섰던 축제의 한마당이었다. 2층 객석까지 완전 만석이었다. 위의 절친들이 말하자면 무명의 스태프로 나서서 가령, 팸플릿 디자인 및 제작, 무대장치, 관객 동원 등 그야말로 사소한 소품 하나까지 아무 대가 없이 물심양면으로 뛰어다녔다. 3부 연극을 위해 또 많은 스태프를 일일이 다 기억할 순 없어도 아직도 그 예술제와 관련된 기억은 훨씬 더 많을 것이다. 가령 간략하게 소개하면 제1부 북평의 역사를 대서사시로 노래한 최준관 씨, 제2부 클래식 독무대였던 정통 바리톤 가수 정의철 씨, 제3부 연극 연출은 얼떨결에 필자가 맡고 말았다. 또 연극처럼 만나서 노인회관 등지 찾아다니며 연습했던 여섯 명의 배우들도 생각난다. 그대는 지금 어느 무대 위에서 열여덟 살의 정신적 나이를 살고 있을까.

곧 동해역에 도착할 것이다. 이제부터는 이 산문집에서 눈을 떼고 바다를 만나야 할 시간이다. 왼쪽 차창으로 동해바다가 거대한 사막처럼 펼쳐졌다. 정동진역이 다가오는지 바다를 배경으로 여러 차례 셀카 찍는 소리 들린다. 어느새 정동진역 소나무 아래 젊은 커플이 서 있다. 사랑하라. 아름다운 그 사랑의 나이를 더 먹지 못할 수도 있다. 글구 그대여! 사랑할 수 있을 때 사랑하라. 다시 아마도 동해에 도착하면 커피, 커피, 술, 술, 술, 술, 해장국 조식, 막국수 점심 등이 차례대로 기다리고 있을 것 같다.

37.

눈앞에 있는 것이 곧 삶이고 또 눈앞에 있는 삶이 곧 시의 한 순간일 것이다. 삶은 눈앞에 있고 시도 눈앞에 있다. 굳이 환상이니 현실이니 시적 세계니 시적 대상이니 시적인 이미지니 뭐니 해도 시는 눈앞에 있고 삶도 눈앞에 있다. 그것을 떡 주무르듯 주무르고, 밀가루 반죽하듯 반죽하는 게 또 삶이고 시일 것이다. 떡도 밀가루도 눈앞에 있다. 가령, 떡과 밀가루 앞에서 눈을 떼지 않고 끝까지 관심을 가져야 할 것이다. 그게 열정일 것이다. 그게 시의 영역이다. 떡을 더 주물러야 하고, 밀가루도 더 반죽할 일이 많이 남아 있다. 날이 저물었지만 시를 속이지 말자. 삶을 속이지 말자. 시에 속지 말자. 삶에 속지 말자. 시는 주물러야 할 떡을 떠나지 않을 것이고, 시는 반죽해야 할 밀가루를 떠나지 않을 것이다. 시는 시 이외 멀리 도망가지 않을 것이고, 삶은 삶 이외 먼 곳으로 달아나지 않을 것이다. 그러나 또 시는 시가 아니고 삶은 삶이 아니다. 필자는 필자가 아니고 독자는 독자가 아니다. 시는 시의 밖에 있고, 삶은 또 삶의 밖에 있다. 그냥 또 헤매고 다니는 것뿐이다.

38.

다들 제 눈높이가 있다. 제 눈높이로 세상을 보고 제 눈높이로 시를 읽는다. 정작 세상의 높이나 시의 높이는 쳐다보지 않고 제 눈높이만으로 보는 것이다. 세상도 그렇겠지만 우선, 시는 그 시의 높이가 있다. 깊이까지는 몰라도 그 높이라는 게 있다. (하지만 이제 그런 것 따위 다 없어졌다.) 그리고 그 높이가 높고 낮은 것은 둘째 치고 우선 그 높이라는 게 있었다. 시는 그 높이가 그 시의 높이가 되는 것이고 그 시의 높이에 눈높이를 맞춰야 한다. 그 눈높이가 안 되면 그 시의 높이를 그냥 우러러보든가 차라리 그게 낫다. 공연히 제 눈높이로 그 시를 올려다보거나 내려다보면 그야말로 오독인 셈이다. 때론 모독도 된다. 오독이든 모독이든 심한 결례가 된다. (이제는 그런 결례 따위 다 사라졌다. 아무렇지도 않은 오독과 모독만 난무할 따름이다. 어쩌면 독서 자체가 이미 다 사라졌는지도 모를 일이다.) 조금 더 업계 현장 쪽으로 들어서면 매우 조심스러운 부분이다. 좋은 게 좋지 하고 넘어갈 수 없는 부분이다. 눈감아주기 어려운 부분이다. 제 눈높이와 제 눈의 안경을 혼동하지 않기를. 덧붙여서 근래 읽은 시집 두어 권 들고 오라고 하면 그 제 눈높이를 대충 짐작할 수도 있을 것이다. 아니면 주목하고 싶은 시집 두어 권 들어보라고 하면 대충 알 수도 있지 않을까. 그것도 아니면 좋은 시집 두어 권 들어보라고 해도 동 업계 종사자끼리는 대충 알아챌 수 있다. 그러나 거듭 말하지만 뭘 알기 위해서 아니라 그냥 그 눈높이를 대충 짐작하고 싶을 때가 있다. 아무짝에도 쓸 데 없겠지만 그냥 한번 짐작하고 싶을 때가 있다. 그냥 심심해서 그런 것도 아니고 그냥 궁금해서 그런 것도 아니다. 뭔가 억울해서 그런 것도 아니고 뭔가 서운한 일이 있어서 그런 것도 아니다. 이젠 그런 감정이나 느낌에 휘둘리고 싶지 않다. 그냥 한번 짐작하고 싶을 때가 있다. 이러다 또 지나가면 눈높이든 뭐든 다 잊어먹고 산다. 또 잊어먹고 쓴다. 외로움을 안고 살아야 할 때가 있다. 그냥 필자의 눈높이에서 하는 말이다. 누구든 제 눈높이에 딱 닿는 시가 많지 않을 것이다. 그리고 또 눈높이는 가슴높이와 다르다. 가슴높이와 눈높이를 헷갈리지 않았으면 좋겠다. 노선이나 진영이나 이념의 문제가 아니다. 소위 말하자면 흐릿해도 최소한의 어떤 기준이라는 게 있다. 소위 말하자면 끝까지 양보할 수 없는 업계의 눈높이라는 게 있다. 이런 말조차 힘주어 말할 데가 없다. 끝으로 앞뒤가 전혀 안 맞는 말 같지만, 시는 무엇보다 시는 제 눈높이로 읽는 게 아니다. 제 가슴높이로 읽는 게 아니다. 제 눈의 안경으로 읽는 게 아니다. 시는 그 시의 높이로 그 시의 높이에 맞춰서 각자 제 눈의 눈높이가 아니라 그 시의 눈높이로 그 시의 가슴높이로 그 시의 안경으로 읽는 것이다. 솔직히 말해 시의 독자를 향한 것은 아니고 고작 업계 종사자 둘이서 주고받을 말이다.

39.

아르튀르 랭보(1854~1891)의 시 한 구절 인용하면 '흠결 없는 영혼이 어디 있으랴?' 아 그렇지 않은가. 흠결 없는 영혼으로, 바람 많은 이 세상에서 어떻게 실존적 삶을 영위할 수 있으랴. 한 많은 생이고 상처 많은 생이다. (너도 나도 우리는) '지은 죄 많'은 생이다. 상처 많은 생이다. 돌을 던질 사람도 없지만 돌에 맞을 사람도 딱히 없다. 과거 어느 때처럼 가혹하고 격렬하게 적을 향해 돌을 던지던 시대도 아니다. 어쩌다 분노해야 할 대상도, 저기다! 해야 할 적도 사라졌다. 분노도 어느새 제 가슴의 상처가 되었다. 시는 제 가슴에 박힌 상처일 것이다. 상처 많은 영혼이여.

랭보하면 시 말고 또 빠뜨릴 수 없는 것이 그가 남긴 편지일 것이다. 많은 편지 중에서 랭보가 재학 중이던 학교 조르주 아장바르 쌤에게 보낸 편지도 있다. 오랜만에 편지의 일부를 다시 한 번 읽어보자. 이 업계 종사자라면 젊은 날 한번쯤 꺼내보았을 구절이다. 특히 랭보로 하여금 알게 된 개념인 '견자'를 만났던 기억도 있을 것이다. "견자(seer)란 세계의 본질을 꿰뚫어 보는 능력을 지닌 사람입니다. 인습적 관념과 함께 모든 제약에서 벗어나고 자신의 영혼을 인식해야 합니다. 신의 목소리를 내는 예언자가 돼야 하고 숨겨진 모습을 투사할 수 있어야 합니다. 견자는 기괴한 영혼을 만드는 데까지 나아가야 합니다."

폴 드므니에게 보낸 편지도 있다. 시인은 견자이면서 동시에 투시자(voyant)가 되어야 한다. 랭보에 의하면 시인은 가장 위대한 죄인이며 그 가운데 가장 위대한 범죄자, 가장 위대한 저주받은 자가 된다는 것이다. 랭보의 이 말도 다시 돌아보게 된다. "나는 더 이상 이 세계에 있지 않다."(지옥의 밤)

40.

시나 시인은 **명성**도 아니고 더구나 무슨 **명함**도 아니다. 특히 과거의 어떤 명성은 그 과거의 것으로 남아 있을 뿐이지 그 과거가 현재는 아니다. 그 과거는 결코 지금 이 순간, 현재가 될 수 없다. 작고한 선배 시인은 다르겠지만 암튼 그 명성이라는 것도 과거가 아니라 지금, 현재일 것이다. 시나 시인은 과거가 없다. 시나 시인은 미래도 없다. 어쩌면 시나 시인은 현재도 없다.

그러나 시나 시인은 지금 당장 신작시 1편을 제출할 수 있어야 한다. 아님 정기적으로 신작 시집을 출고(出庫)해야 한다. 아무리 게으른 농부라 해도 늦가을엔 출하할 작물이 있어야 한다. 물론 농부의 힘으론 어떻게 할 수 없는 자연 재해라는 것도 있을 것이다. 시나 시인도 저들과 다르지 않을 것이다. 가을엔 출하할 작품이 있어야 하지 않을까. 적어도 좋은 작황을 위해 일 년 내내 최대한 노트북 앞에 엎어져 있어야 하지 않을까. 시나 시인은 명성이나 명함으로 먹고 사는 게 아니다.

41.

하지(夏至)다. 오랜만의 외출이다. 너무 더워서 어디 들어가 맥주 한 잔 해야 할 것 같다. 미발표 신작시 5편씩 꺼내자마자 서로 주고받는다. 잠시 침묵과 함께 마주 앉은 자의 시를 읽어야 한다. 맞짱 뜨는 순간이다. 한 끗이 부족한가. 무릎 탁 치게 한다. 그리고 무릎 (닿을 듯 말 듯) 맞대고 앉아 병맥주 마시면서 김수영과 김종삼 시에 관한 얘기부터 꺼내놓는다. 김이듬과 김선우 시 몇 구절도 인용한다. 화제를 돌려 모 문학회 근황도 짚었다. 모 문학회에선 문학 얘기 하지 않는다고 했던가. 그런 문학회도 있다. 주로 여행만 다니는 문학회도 있고, 밥만 먹고 일어나는 문학회도 있다. 그 모 문학회는 신작 시집을 보내도 말이 없고, 옆에 앉아 있어도 문학 얘기를 꺼내지 않는다. 모 문학회가 아니라 모 침묵 동호회인가. 시가 언제 침묵의 장르가 되었나. 그 사이에 병맥주 하나 더 하고 합이 세 병이 되었다. 한 병 더 하기 전에 계란 프라이 두 판이나 먹었다. 계란 프라이 무한리필 주점이다. 명색이 하지다. 오후 다섯 시부터 마신 거나한 낮술(?)이다.

처음엔 텅 빈 동굴 같은 곳이었다. 1970년대 영화 포스터 몇 장 벽지처럼 붙어 있었다. 주인 여자는 카운터 쪽 테이블에 엎드려 있었다. 낮잠 포즈였다. 동지 즈음이었으면 동면 포즈였을 것이다. 계란 프라이 때문에 한 잔 더 했다. 당신 때문에 한 잔 더 하고 싶었지만 일어났다. 더 마시면 더 외로울 것 같아 툭 털고 일어섰다. 이런 심경은 어떤 심경일까. 이런 대낮에 어느 누가 이런 심경을 짐작이나 하리오.

리어카 두 대 다닐 만한 주택가 골목 지나, 횡단보도 건너 어느 아파트 정문 앞 지나 과일 가게에서 바나나 한 봉지 들고 중랑천을 찾아 나섰다. 중랑천 둑길엔 걷는 사람들이 많았다. 저녁식사 후 산책 나온 인근 주민들이었다. 현역 시인 둘이서 힘차게 걷는데 자꾸만 움츠러드는 것만 같다. 동행한 P 시인은 몰라도 필자는 자꾸만 움츠러드는 걸 감출 수가 없었다. 마치 시 쓰는 거 들킬 것 같아 고개를 숙였다. 어둠이 가까이 다가왔다. 역시 어둠이 반갑고 익숙하다. 시는 어둠의 배다른 형제와 다름없다. P 시인은 화장실을 다녀왔고 필자는 고개 떨군 채 앉아 있었다.

어둠에 묻힌 돌 벤치에 앉았다. 앉은 자리 가운데 검은 비닐봉지의 바나나를 놓았다. 바나나의 시간이 되었다. P 시인이 하나 먹는 동안 필자는 하나 먹고 하나 더 먹었다. 강바람이 불었다. 바로 앞의 자전거 길에는 쉬지 않고 자전거 꾼들이 오고가고, 산책로에는 걷는 사람, 또 걷는 사람, 뛰는 사람, 개와 함께 걷는 사람, 혼자 걷는 사람, 커피 들고 가는 사람... 그리고 벤치에 앉아 있는 사람...

돌 벤치에 앉자마자 김수영의 「죄와 벌」과 거제도 포로수용소와 미제 틀니와 김현경과 김순남과 민음사 시선 『거대한 뿌리』와 김종삼 「미사에 참석한 이중섭씨」도 앞에 꺼내놓았다. 좀 늦은 시각이었지만 북에 있던 백석과 백석의 연인과 『사슴』과 길상사와 멀리 있는 윤동주와 더 멀리 있는 남태평양의 고갱과 지난달 초 작고한 김지하와 그리고 김남주와 창비와 이승훈과 그의 시 「제주에서」와 이제하 〈모란동백〉도 두서없이 내놓았다. 아주 나직하게 〈모란 동백〉을 불렀다. 필자는 음정에 신경을 쓰는 것 같았고, 동석했던 P 시인은 가사에 신경 쓰는 것 같았다. 노래 더 부를 자리도 아니고, 바나나 더 사다 먹을 시간도 아니었다. 어둠이 밤길을 재촉하는 것도 같아 또 부리나케 일어났다.

중랑천 산책로 이 구간은 좀 낯설지만 중랑천 산책로 고객으로선 굳이 낯설 일도 아니었다. 가즈아. 티맵 검색 결과 10.8km. 오늘은 뛰다 걷다가 아니라 그냥 쭉 걷기만 해야 한다. 술도 마셨고 또 씩씩하게 뛰어야 할 기운도 아니다. 그럼에도 불구하고 시인의 감수성은 24시간 풀가동이다. 온몸을 다 열어놓아야 한다. 언제 어디서 시가 올지도 모른다. 언제 어디서 이 산문집이 튀어나올지도 모른다. 어느새 혼자 걷는 사람이 되었다. 어둠 속에서 누군가 나무처럼 서 있었다. 돌아보면 안 될 것 같았다. 돌아보지 않는 것도 익숙하다. 걷는 사람이 되어 천천히 밤길을 걸었다. 돌아보면 안 될 것 같아 돌아보지 않았다. 뒤돌아보지 않은 걸 누가 보았을까. 그 나무가 바라보았을까. 나무 곁에 있던 어둠이 보았을까. 뒤돌아보면 더 외로울 것 같아... 다행히 이 어둠 때문에 본 사람은 없을 것이다. 이제 고개 더 떨어뜨리지 않아도 될 텐데 고개 떨어뜨릴 일이 생겼나. 더 외로우면 안 되는데 또 외로워 할 일이 생겼나. 그래서 아마도 더 뒤돌아보지 않으려고 했었나. 어느 누가 단 한 번이라도 돌아보았을까. '떠돌다', '외로이'.

이제하 시인이 회갑 기념으로 직접 작사, 작곡, 노래한 〈모란 동백〉을 길 위에서 혼자 읊조렸다. 아시다시피 원제목은 〈김영랑, 조두남, 모란, 동백〉이다. 텔레비전에 나오진 않아도 인터넷 등지에 떠도는 이제하 라이브 버전이 있다. 휴대폰으로 검색해서 한번 들으면 그 맛을 잊지 못할 것이다. 참고로 이제하 선생과 시인 김영태는 홍익대 미대 57학번 동기생이다.

"모란은 벌써 지고 없는데/ 먼 산에 뻐꾸기 울면/ 상냥한 얼굴 모란 아가씨/ 꿈속에 찾아오네/ 세상은 바람 불고 고달파라/ 나 어느 변방에/ 떠돌다 떠돌다 어느 나무 그늘에/ 고요히 고요히 잠든다 해도/ 또 한 번 모란이 필 때까지/ 나를 잊지 말아요// 동백은 벌써 지고 없는데/ 들녘에 눈이 내리면/ 상냥한 얼굴 동백 아가씨/ 꿈속에 웃고 오네/ 세상은 바람 불고 덧없어라/ 나 어느 바다에/ 떠돌다 떠돌다 어느 모래벌에/ 외로이 외로이 잠든다 해도/ 또 한번 동백이 필 때까지/나를 잊지 말아요."(〈모란 동백〉 전문)

42.

　김영태(1936~2007) 시 한 편 읽고 싶다. 정말 읽고 싶은 김종삼에 관한 시가 있는데, 지난 해 출고한 필자의 시집 지면에 실려 있어 부득이 다른 시를 내보내야 할 것 같다. 다음에 등장할 시는 그의 생전에 발간된 전집(천년의시작, 2005)에 수록된 작품이다. 어느 누구든 시인의 시 전집은 그 시인의 전 생애나 다름없다. 전집이 주는 무게나 깊이라는 게 있다. 아무것도 아니겠지만 전집이 또 어디서 누구의 손에 의해 편집되고 진행되었는지 심지어 어디서 출판되었는지 꼼꼼하게 살펴보게 된다. 거듭 말하지만 전집은 그 시인의 문학적 전 생애가 깃든 것이기 때문이다. 이상하게 들릴지 모르겠으나 아무나 전집을 내는 게 아니다. 우선 그럴 만한 역량을 갖춰야 한다. 적어도 중량급은 되어야 한다. 그 계체량은 누구보다 본인이 스스로 잘 알고 있을 것이다. 본인이 모른다면 전집 운운할 체급이 아니다. ~~아무나 시집 내고 아무나 전집 내고 아무나 문단의 중견이 되는 게 아니다.~~ 오늘은 장맛비와 함께 이 전집을 끼고 살아야 할 것 같다. 폭우와 함께 폭풍 독서의 시간이 될 것이다. 무엇보다 전집은 앉은 자리에서 통독해야 제 맛이다. 잠깐, 통음이나 통독도 다 지난 시절의 용어 같다.

"독자 이 아무개와/ 박용래 얘기로 날 샌다/ 대전 그 집에 가면/ 맨발로 뛰쳐나왔다/ (반갑다는 게 무슨 격식은 얼어죽을)/ 일간지에 2개월/ 시 짧은 해설 비슷한 걸 썼더니/ 책으로 묶여졌다/ 출판사가 '아침의 시'로 제목을 정했다/ 나는 못하겠다고 돌아앉았다/ 대전 가면 아우야, 이놈아 반갑다고/ 동구 밖 가서 사이다를 사왔다/ '장판지 위에 사이다 두 병'/ 책 제목을 정했다/ 딸 연(燕)이가 행간의 장미였을 때/ (벌써 삼십 년 전 연이는?)/ 말집 호롱불에 눈 붉비던 용래 형님"「독자」전문)

43.

두통이 심해 내과에 갔었는데 차도가 없어, 마들역 일대 검색 후 ㄴ통증의학과 찾았다. 거북이목 때문이라고 또 머리 너무 숙인 탓이라 하며 아픈 부위와 뒷목에 주사 예닐곱 대 맞았다. 그리고 십여 분 동안 침상에 엎드려 전기 안마도 받았다. 생전 처음 머리에 주사를 맞았다. 맞자마자 금방 나은 것 같았다. 가급적 머리를 숙이지 말라고 한다. 아주 급한 글이 아니면 좀 쉬라고 한다. (다 급한 글이고, 휘발성 강한 글이라 쉬면 금세 증발할 텐데...) 말도 못하고 처방전 들고 조용히 내려왔다. 내과에서 통증의학과로 선회한 것은 다행이었다.

44.

노트북을 떠나 있었다. 마치 무단결근하는 것 같았다. 1박 2일 일정이었지만 앞뒤로 하루씩 까먹으면 실제로 노트북 떠난 것은 3박 4일인 셈이다. 노트북 집착인가 아니면 노트북 중독인가. 일종의 워커홀릭인가. 노트북 노예인가. 3박 4일 노트북 비우는 게 그렇게 불안한가. 그렇게 허전한가. 아님 얼른 탈고 하고 정말 놀고 싶은 마음도 있는 것인가. 지난해 신작 시집 2권 출하하고 두어 달 신나게 놀았던 것처럼 말인가. 그렇게 또 놀고 싶은 것인가. 암튼 당면한 현안은 노트북 관련 투 트랙 업무 '최대화 전략' 그리고 노트북 관련 업무 외 모든 일상은 '최소화 전략', 이 스탠스 유지 및 지속하는 것이다. 이 스탠스도 일종의 나름 슬로건이며 루틴인 셈이다. 고맙고 기쁜 일이다.

45.

1박 2일 일정의 하이라이트는 거진항도 아니고 화진포도 아니고 송지호도 아니고 왕곡마을도 아니고 속초 아바이 마을도 아니다. 하이라이트는 단연 마차진 K 콘도 앞의 '무송정 섬'이었다. 그리고 그 섬의 단독 등정이었다. (『동국여지승람』엔 송도(松島)라고 되어 있다고 한다.) 등정이라곤 했지만 실은 조그마한 뒷산 정도로 정겹고 한편

뜻깊은 '섬'이었다. 군사지역 경고문이 보였으나 앞서 오르는 탐방객이 보여 계속 뒤따라갔다. 이번 일정 중 대진항에서 술 마신 것도 좋았고, 반암 횟집에서 생산구이 먹은 것도 일품이었고, 콘도 바로 앞의 동해바다도 명품이었지만 일행들과 앉아서 그 섬 바라보다 불쑥 떨어져 나 혼자 걸음으로 한 발짝 한 발짝 나서는 순간, 시가 파도처럼 다가왔다.

이 산문집에 대한 압박도, 시에 대한 압박도 동시에 벗어날 수 있었다. 시에 매달릴 땐 시에 대한 압박감만 있었는데, 이 산문집에 매달리다 보면 시와 산문집에 대한 압박이 수시로 번갈아 찾아오고 동시에 왔다간다. 이 압박은 도대체 어디서 오는 것인가. 노트북을 단 하루라도 벗어날 일정이 잡히면, 불경스럽지만 라싸를 향하던 차마고도(茶馬古道) 그 순례자들의 삼보 일배처럼, 강이 나타나면 미리 그 강폭만큼 삼보 일배 하고 나서 건너야 한다. 이 산문집도 하루치 정도 미리 써놓고 노트북 자리를 비워야 한다. 그러나 그게 말처럼 쉽지 않다. 그나마 휴대폰 메모장으로 시 한 편의 초고 끄적거리고 나면 한숨 돌릴 수 있었다. 시 한 편이 아쉬운 날이었다. 생(生) 초고 은밀히 게재하는 마음이 이렇게 기쁘고 또 설렌다. 초고 몇 줄 건졌으니 늦은 밤까지 술잔이라도 들 수 있다. 사는 게 그렇고 글 쓰는 일이 그렇다. 시 한 편이 그렇다. 이 미발표 신작시를 여기에 둔다.

"24도 낮술 한 병 더 시킨다 해도 취하지 않을 것 같고/ 더 취해도/ 34도 무더위에 더위 먹을 것만 같다// 마차진 해변 이어 무송대 섬/ 바닷바람 쐰 대나무 숲길 양손 헤쳐 가며/ 몇 번 미끄러지며 오른 길/ 눈앞에 하늘 향해 힘껏 치솟은 쌍 줄기 노송/ 소나무 밑동에 금줄처럼 묶어놓은/ 한지 뭉치 두어 개/ 다시 또 거침없이 높이 찌른 육송 앞에/ 다 허물어졌지만 시멘트 제단도 만들어 논/ 신목(神木)/ 그 너머 또 혼자 슬몃 뵈던 바다/ 휴대폰 몇 컷 찍었지만 마음에 더 닿던 바다/ 저 혼자된 바다// 일행들 곁에 앉아 있다 요 앞의 섬처럼/ 혼자 빠져 나와 섬 한 바퀴 돌고/ 쌍 줄기 노송 한 바퀴 돌고 또 한 바퀴 돌고 나니/ (…중략…) 시가 도는/ 피가 도는/ 오른쪽으로는 좀 멀리 떨어진 대진 등대/ 왼편으로는 좀 더 멀리 북녘 땅 뵈는 저기 해금강 자락 아닌감?// 대진항 어판장 옆 저녁 겸 한잔 하던 횟집/ 분주히 서빙 하던 고등학생 알바 생/ 왜 자꾸 눈에 닿던지/ 나도 그해 여름 고2 때 알바 한 적 있었지?/ 휴대폰 번호 찍을 수 있나/ 네/ 번호 찍은 채 찍힌 번호 눌러야지 하다 번호 누르지 못하고/ 그만 날아가

버린 학생 번호/ 술김에 시집 한 권 보내준다 했는데/ 공연히 빈말 된 약속/ 대진항 금강산 횟집 알바생 들으라 오버?/ 연락처 날려버린 나를 용서해라/ 본의 아니게 미처 저장 못하고 날아갔다/ 술 확 깨던 순간/ 이 시 한 편은 날 위한 것도 알바 생 위한 것도 아니다/ 이 시는 그냥 여기다 둔다"(「마차진 해변 무송대(茂松臺)」 부분)

제2부
사랑의 힘, 자유의 힘

46.

천둥소리에 잠을 깼다. 이렇게 큰 천둥소리 들어도 덜 놀라는 것 같아 더 놀라웠다. 소리의 강도 즉 데시벨이라는 것도 나이와 상관 관계 있는가. 소리의 강도와 마음의 강도도 비례하는 것인가. 가는귀는 결국 마음도 작게 하는가. 몸은 좀 굼떠도 마음은 작아지지 않던데... 그렇지 않은가. 마음에도 나이가 있는가. 아닌데... 오히려 더 팽창할 때가 있지 않던가. 감수성이나 상상력이라는 것도 작아지기는커녕 오히려 더 팽창할 때가 많다. 특히 시가 가까이 다가올 때 더 그렇지 않던. 시 말고 또 팽창할 때가 있던가. 중랑천 산책길이 너무 궁금하다. 슬리퍼 끌고라도 나서야 하겠다. 더 늦으면 마음도 줄어들 것 같다. 그때를 놓치고 나서 후회한 적이 있지 않았던가. 시는 그때가 따로 있는 게 아니라 바로 지금 이 순간일 것이다. 지금 바로 그때그때 오는 것이다. 지금 이 폭우를 뚫고 그대를 만나러 갈 것이다. 방금 동부간선 수락 지하차도 전구간 통제 문자가 떴다. 중랑천 수위가 높아졌다는 것이다. 세월교 잠겼을까. 도봉구청 쪽 돌다리 잠겼을까. 무수골 주말농장은 괜찮을까. 중랑천 산책로는 어떨까. 뭔가 무지 단순하게 돌아가는 것 같다.

47.

몇 해 전만 해도 '내가 시를 쓴다' 생각했다. 또 시가 시를 쓴다고 생각한 적도 있다. (이 생각은 지금도 유효하다.) 아주 가끔 또 '시가 나를 쓴다' 생각한 적도 있다. (시 안에서 시에 끌려 다니는 나를 바라볼 때가 있기 때문이다.) 그땐 쓴다는 것보다 끌려간다는 말이 맞다. 시한테 끌려가는 즐거움도 있다. 그래도 또 시를 쓴다는 생각이 많다. 그러다 또 '시가 씌여진다' 생각한다. '시가 써지는 것'이다. 그리고 아주 가끔 또 시를 잠깐 만난다는 생각도 한다. 시를 만나다 보면 시와 잠깐 눈을 마주칠 때도 있다. 시와 눈을 마주치다 보면 무슨 말을 할 때보다 무슨 침묵에 빠질 때가 많다. 그냥 *끄덕끄덕* 할 때가 있다. 시는 뭘 알고 *끄덕*이는 것 같은데 나는 예의상 *끄덕*일 때도 있다. 그럴 때마다 '내가 나를' 옆에서 바라보면 '나는 내가' 아닐 때가 있다. 그냥 또 *끄덕*일 수밖에 없다. 내가 내 옆에 가까이 앉아 있어도 적당한 침묵도 필요하고 적당한 거리도 필요하다. 한 발짝 다가가면 한 발짝 도망가는 것 같다. 시도 서두르면 서두른 만큼 멀어진다. 시도 삶도 호흡이란 게 있다. 호흡만 잘 알아도 반은 챙긴다. 시가 또 올 때가 있다. 그때가 좋다. 그게 또 쓰는 기쁨이고 사는 즐거움이다. 그럴 때, 시는 꼭 불같다. 뜨거운 사랑 같다.

시도 사랑일 때가 있다. 그러나 사랑한다고 시가 되는 것도 아니다. 사랑한다고 다 가까워지는 것도 아니다. 사랑도 침묵과 거리가 필요하다. 시도 침묵과 거리가 있다. 시도 무대에 선 연극 같을 때가 있다. 사랑도 삶도 무대에 선 연극 같을 때가 많다. 또 시도 '이 산문집'도 사랑의 힘에 의해 굴러갈 때가 있다. 사랑의 힘이 감수성의 힘과 같을 때도 있다. (어떤 문자를 썼다가 급하게 지운다. 아주 흐릿하고 금세 지워질 것 같은… 그러나 결코 지워지지 않는 문자 말이다.) 지금 이 순간, 감수성이 열린 자는 알 것이다. 시는 감수성이 열린 자의 몫이다. 시인은 모든 감수성을 다 열어놓은 자일 것이다. 어떤 침묵 속에 주고받은 문자가 다 감수성일 것이다. 이 산문집이야말로 어떤 감수성의 힘일 것이다.

48.

아침에 시 한 줄 오고, 오후에 또 산문 한 줄 올 것인가. 지난번 강원도 여행길에서 시도 고맙고, 주민센터 주차장에서 보았던 폭우 속의 시도 고맙다. 차마 시치미 떼거나, 모른 척 할 수 없는 시 또는 시적인 것이 있다. 눈앞에 나타난 시를 정중히 모시는 편이지만 미처 챙기지 못한 시도 있다. 오다가 돌아선 시도 있다. 한방에 쭉 쓴 시도 있고, 한방에 날려버린 시도 있다. 특히 취중에 흘려버린 시도 있다. 그런 시는 유독 마음이 아프다. 시가 술과 만나면 더 빨리 취하는 것 같다. 어떨 땐 술도 취하고 시도 취해서 난장판이 될 때가 있다. 졸시 중에 「술」이라는 시가 있다. 물론 취중이었지만 다행히 주고받은 통화 기록이나 문자가 남아 있어 겨우 복원할 할 수 있었다. 그런 시는 발이라도 씻어주고 싶다. 발등에 입이라도 맞추고 싶다. 술을 피한 적은 있지만 시를 피한 적은 없다. 시가 마음을 알아주는 것 같아 고마울 때가 있다.

가끔 주말부부처럼 살/쓸 때도 있지만, 손이라도 잡고 살/쓸 때가 더 많다. 고맙기도 하고 또 미안하기도 하다. 원고를 들고 용강동 〈창비〉 찾아갈 때 생각하면 한순간도 흐트러질 수 없다. 그게 **시인간적 초심**이라면 또 초심일 것이다. 그보다 먼저 인사동 〈수휘재〉 신경림 선생 뵈러갈 때 생각하면 단 한순간도 흐트러질 수 없다. 그게 더 시인간적 초심이라면 더 큰 초심에 가까울 것이다.

49.

역사만 사라진 것이 아니다. 역사를 기록해야 할 역사도 사라졌다. 이젠 역사가 없는 시대를 살아야 한다. 더 이상 역사는 없다. 뜨거운 역사도 없고 싱거운 역사도 없다. 역사가 사라졌다는 것은 그런 것이다. 역사에 이름을 남긴 자도 사라졌다. 역사가 사라졌다는 것은 그런 것이다. 말짱 도루묵이 되었다는 것이다. 역사가 없는 시대를 살아야 하는 시대가 되었다. 시대도 사라졌다. 시대만 사라진 것도 아니다. 시대를 굳건하게 지키던 영웅도 사라졌다. 영웅만 사라진 것이 아니다. 영웅이 사라지면서도 그 시대도 사라졌다. 그 시대를 창조하던 영웅이 사라졌다는 것은 그런 것이다. 영웅도 시대도 사라졌다. 영웅도 시대도 없는 시대를 살아야 한다. 영웅과 시대만 사라진 것도 아니다. 희망도 사라졌다. 희망만 사라진 것이 아니라 절망도 사라졌다. 희망과 절망이 동시에 사라졌다는 것은 허공을 가슴 한쪽에 꽉 채우는 것이다. 또 아무리 쳐다보아도 하늘엔 꿈도 없고 별도 없다. 하늘엔 허공만 있을 뿐이다. 솔직히 허공만 있어도 하늘은 늘 충분하다. 하늘을 쳐다보는 것은 허공을 쳐다보는 것과 다르지 않다. 꿈이 없다는 것도 그런 것이다. 꿈도 없고 절망도 없고 희망도 없고 시대도 없고 영웅도 없고 역사도 별도 없는 시대는 그런 것이다. 그리하여 아주 극심한 사소함과 허전함에 시달릴 수밖에 없다. 무료함이라는 것도 그런 것이다. 아무리 일어섰다 앉았다 해도 무료함은 사라지지 않는다. 무료함을 달랠 길은 없다. 각양각색의 심심함이 모여서 만들어낸 것이 견고한 무료함이다. 그러니 오죽하면 진지함이나 복잡함이나 무거움이나 가벼움이나 엄숙함이나 방금 위에서 말한 사소함이나 허전함이나 더 나아가 어떤 가르침이나 깨달음조차 싹 다 무료함보다 더 못한 것이 되고 만다. 어떤 담론도 없고 어떤 담화도 없다. 어떤 토론이나 공적 논의 구조 같은 것도 없다. 아마도 무료함보다 더 센 놈은 없다. 뚜껑 열릴 때도 있지만 무료함은 눈 하나 꿈쩍하지 않는다. 무료함 앞에선 성찰이나 통찰 같은 것도 불가능하고 또 불필요할 뿐이다. 이 무료함 앞에선 가령 도덕이나 윤리조차 조선시대보다 더 먼 곳에 있는 것 같다. 그러나 어느새 바야흐로 거대한 무료함의 시대가 되었다. 그나마 잠시라도 소량의 풍자나 유머나 예능이 단비 같은 위안이 될 때가 있다. 암튼 앞에서 말한 이런 것들을 또 단순하게 자본이나 기계 탓이라고 하면 답이 없다.

(어떤 자본이나 기계를 훨씬 뛰어넘는 것이 있다. 왜냐하면 어떤 막대한 권력조차 간여하지 못하기 때문이다. 그러나 또 잠시 돌아보면 막대한 권력은 스스로 또 막대한 권력을 망가뜨린 것 같다. 그런 것도 이른바 시대적 역사적 과정이라는 것이다. 세상은 또 그렇게 굴러가는 것

이다. 당분간 적어도 그렇게 흘러왔고 또 그렇게 당분간 흘러갈 것만 같다. 묘안이 없다. 마음 아프지만 전후 역사적 맥락을 보면 그렇다는 것이다. 전후 역사를 인식하고 통찰하는 힘에 의하면 그렇다는 것이다.)

이미 답은 없다. 답을 찾지 마라. 답이 있다면 답을 찾아 나서겠지만 답이 없다. 답이 없는 것이 답이다. 지금은 중세도 아니고 근대도 아니다. 오죽하면 일상적이니 이상적이니 그런 것조차 갖다 댈 수가 없다. 어떤 정치적 상상력이나 역사적 상상력으로도 감당할 수가 없게 되었다. 오래전부터 이미 그렇게 되고 말았다. 차라리 지금이라도 속이 계속 불편한 것이 무언인가 하고 한번이라도 더 돌아본다면 그나마 속지 않고 사는 것이다. 어떻게 살아야 더 이상 속지 않을 수 있을까. 어떤 역사적 과정을 한 방에 다 건너 뛸 순 없는 노릇이다.

(여기 문맥에 맞지 않더라도 책 제목부터 급하게 끼워 넣으려고 한다. 『속지 않는 자들이 방황한다: 세월호에 대한 철학의 헌정』(백상현, 위고, 2017) 꽤 여러 날 제목만 중얼거렸을 것이다. 목차도 한번 쭉 읽었다. 아무튼 제목이 뭔가를 확 쓸어버린다. 아님 무언가 확 쓰러뜨린다. 이

상징 어법을 어떻게 받아들여야 할까. 이 심경을 어떻게 타이핑해야 할까. 오래 전에 나온 책인데도 불구하고 이제 이렇게 거론하는 게 매우 난처할 뿐이다. 타 장르라 해도 이렇게 문외한으로 사는 게 아니다. 문외한은 한 마디로 무식한 것이다. 독서의 범위를 들킨 것도 같다. 쪽 팔린다. 책을 읽지 않으면 망한다. 신간 서적을 읽자.)

(그 '세월호'에 대해 누구보다 급하게 시 한 편을 썼고, 덕수궁 대한문 앞 작가회의 첫 추모 집회도 참석했지만 더 이상 무엇을 하였다는 걸까. 아닌가. 아닌가. 슬픔이나 기억은 결코 한 번만 하는 게 아니다. 기억이나 슬픔은 오랫동안 그리고 오래도록 되뇌고 또 되뇌는 것이다. 기억도 슬픔도 끝없이 재생산하고 재발견하고 재인식하는 것이다. 어느덧 필자도 아주 나쁜 기성세대가 된 것 아닌가. 아닌가. 아닌가. 그날 이후 썼던 그 시를 게재하려고 했으나 지금 여기서 갑자기 염치가 없어졌다. 시 제목조차 언급하지 말고 그냥 조용히 지나가는 게 맞다. 쪽 팔릴 줄도 알아야 한다.)

(그럼에도 불구하고 누가 방황하고 있는가. 누가 속지 않았는가. 누가 방황하고 누가 속지 않았는가. '속지 않는

자들이 방황한다.' 그대는 방황하고 있는가. 그대는 속지 않았는가. 그대는 결코 속지 않았고 그대는 지금 방황하고 있는가. 그대 지금 어디서 방황하고 있는가. 그대가 스스로 묻고 그대 스스로 나직하게 답하라.)

그리고 다시, 차라리 떳떳하게 주체적으로 고립 무원하라. 그렇다고 또 가슴을 칠 것인가. 무릎을 탁 칠 것인가. 아니면 영혼이라도 살짝 울릴 것인가. 가슴이나 영혼도 사라졌다는 것 아닌가. 무릎을 탁 칠 일도 사라졌다는 것 아닌가. 근데, 잠깐 아직도 사라지지 않고 꾸물대고 있는 것은 무엇인가. 이제 어쩌면 사라지지 않고, 살아갈 수 있는 것은 없다. 아직도 사라지지 않은 것이 있다면 그것은 흉물 같은 것이다. 돌아보라. 아직도 사라지지 않고 있는 것은 무엇인가. 제 경험만 믿지 말고 남의 경험도 보라. 그리고 저 우물 밑을 깊이 들여다보지 않고 대충 봐도 보이는 걸 어떻게 하겠는가. 우물물 다 퍼내지 않아도 우물 밑 바닥이 보이지 않던가. 아 우물이란 것도 다 사라졌다는 것인가. 그대는 어디서 방황하고 있는가?

50.

이 산문집은 굳이 산문집이 되고 싶지 않다. 그렇다고 물론 시집이 되는 것도 아니다. 그러나 산문집에 머물고 싶지 않다. 역설적이지만 산문집을 통해서 산문집으로부터 벗어나려는 의중도 있다. 이 산문집 한 단락 한 단락 넘어설 때마다 이 산문집에 더 이상 빠지지 않으려고 뒤도 돌아보지 않은 것 같다. 그리고 터무니없지만 이 산문집 끝에 마치 시가 있다고 믿는 것 같다. 갑자기 신흥종교에 빠진 것 같다. 그러나 고달프고 고통스런 유혹이지만 달콤하다. 달콤한 고통에 혀끝을 대고 산/쓴다. 이것도 일종의 불가피하고 당면한 현실이다. 현실보다 조금 더 복잡한 환상이다. 환상과 현실의 뒤섞임이다. 환상과 현실의 근친상간이다. 이러시면 안 되는데... 이러지 않으면 하루가 영 무미건조할 뿐이다. 이보다 더 강력한 압박도 없을 것이다. 이보다 더 강력한 기쁨도 없을 것이다. 마치 희극과 비극 사이에서 우왕좌왕하는 꼴 같다. 또 폭염 속의 시원함이다. 휴대폰에 뜬 서울 동북부 지역 현재 낮 기온 35도 찍었다. 이 산문집에 매달려 있으면 굳이 다른 것에 매달리지 않아도 될 것 같다. 앞으로 이 일련의 산문집은 이 일련의 산문집 없이는, 가령 밥을 먹어도 밥이 먹어지지 않는 것과 같을 것이다. 이 산문집에서 해방되기 위해 시라도 이 산문집에서 하루에 대략 네댓 시간 정도 (혹은 운이 좋으면 한두 시간 정도) 꼼짝 않고 알바하듯 집중해야 한다. 그것도 오직 무보수 자원봉사라고 할 수 있다. 이 산문집의 처지가 어쩌면 이러한 포맷으로 쭉 갈 것 같다. 일일이 해명할 수도 없고 설명할 수도 없는 일이다. 난감하겠지만 마땅한 대상도 없이, 그저 링에 오르는 이종격투기 선수 같을 때가 있다. 헛손질 할 때가 있고, 헛발질 할 때도 많을 것이다. 헛짓을 해도 또 헛짓이 이어진다. 헛짓을 해도 또 헛짓이 남아 있다. 그 남아 있는 헛짓을 위해 또 헛짓을 해야 한다. 마치 헛짓의 반복과 복제가 끝없이 반복되고 재생산되는 것도 같다. 마치 반복과 복제가 삶의 생산 시스템인 것처럼 말이다. 이 반복과 복제를 벗어나기 위해, 이 반복과 복제를 도저히 설명하거나 해명할 수 없어서 이 산문집에 매달리는 것 같다. 반복하지만 이 산문집에 매달릴 때, 그때가 이 산문집에서 벗어나는 순간이며, 이 산문집이 그 자체로서 오롯이 존재하는 순간이다. 결국 또 시를 떠날 수 없다는 것이다. 떠날 수 없기 때문에 떠나지 않고 또 떠나는 것이다. 이 산문집도 떠날 수밖에 없다. 시를 쓰는 것도 이 산문집을 쓰는 것도 또 견딜 수 없는 그 무엇일 것이다. 그 무엇 때문에 떠나고 또 떠나는 것이다. 사랑하고 사랑하게 되는 걸 어떻게 할 수 없지 않은가. 쓰고 또 써지는 걸 어떻게 할 수 없지 않은가. 커피는 마실 줄 모르고 딱히 운동 하는 것도 없지만 그래도 늦은 밤 나서는 산책이 빛이고 길일 때가 많다. 그게 큰 낙이다. 실은 말이 산책이지 그것도 일종의 배회에 가까울 것이다. 그것도 일종의 방황일 것이다. 시 쓰는 자가 배회하거나 방황하지 않으면 누가 이 길에서 배회하거나 방황할 것인가. 글 쓰는 자는 여기저기 떠도는 자일 것이다. 이 또한 달콤한 떠돎일 것이다. 그 또한 헤맴일 것이다. 헤맨다는 것은 뚜렷한 목적이 없다는 것이다. 뚜렷한 목적이 없는 게 시의 길이다. 어쩌면 뭇 삶의 길이기도 하다. 그저 헤매다 보면 그게 목적이 되고, 그게 길이 되기도 한다. 시의 길도 이 산문집의 길도 그러한 것이다. 가령 체위를 바꿔가면서 몸부림치는 것과 같다. 자기만족이며 자기 위안의 다른 형태일 것도 같다. 굳이 다른 것도 아니고 같은 것도 아니면서 말이다. 그렇게 또 하루하루 삶을 이어가고, 한 단락 한 단락 이 산문집을 좀스럽게 이어가는 중이다.

제 몸도 제 마음도 누구보다 자기가 먼저 아껴야 한다. 또 누구보다 제 가슴이 먼저 뛰고 뜨거워야 할 것이다. 제 가슴만 뛰어도 제 가슴만 뜨거워져도 시는 할 일 다 한 것 아닐까. 제 가슴 뛰어야 남의 가슴도 뛰게 하고, 제 가슴 뜨거워야 남의 가슴도 뜨겁게 할 수 있지 않을까. 시가 예능이 된 것 아닌가. 아니다. 시는 다만, 시인의 가슴에 머무를 뿐이다. 가끔 시인의 손끝에 머무를 때도 있지만, 시는 결국 또 시인의 가슴을 떠날 것이다. 그러나 현타 오는 순간, 아! 시도 없고 시인도 없고 심지어 독자도 없다. 현 단계 한국 문학도 주시해야 할 부분이다. 시만 모르는 것 같고, 시인만 모르는 것 같고, 독자만 모르는 것 같다. 아니다, 한국 문학만 모르는 것 같다. 이제 더 이상 한국 문학을 향한 독설은 없다. 한국 문학은 어디서 배회하고 있는가. 한국 문학은 이미 어디서 완성되었다는 것인가. 더 이상 한국 문학은 없다는 것인가. 개떡 같은 소리라고 싹 뭉개버릴 것인가. 그러나 한국 문학은 생각보다 평온하고 평화롭다. 엉뚱한 말 같지만 한번만이라도 다음 신작 시집은 리미티드 에디션처럼, 한 스무 권만 찍고 싶다. 좀 이상한 말 같지만 문단에 또 문우들에게 시집을 돌리던 일이 더 이상 뜨겁지 않다. 드디어 식었다는 것이다. 나이 먹었다는 뜻이다. 그냥 조용히 성실히 최선을 다해 시를 쓰고, 그때그때 시집을 내고 싶을 뿐이다. 이 또한 생물학적 나이 탓이라고 탓해야 할 것이다. 여기서, 그럼, 과연 한 해 동안 문단 선후배, 동료들로부터 받아본 신간 시집이 몇 권이나 되는지 솔직히 한번 헤아려 보자. 한국 문학의 현 주소가 또 거기 어디쯤 있을 것이다. 시의 빛은 이제 더 이상 빛나지 않는다. 빛바랜 추억이 되었다. 그래도 만약 독한, 그 고독한 자존심이 남아 있다면 그 빛은 또 그대의 가슴과 그대 시의 가슴을 정확히 향할 것이다. 그래도 그 빛은 차마 그대 가슴조차 비추지 못할 것이다. 그대 가슴만 또 허하고 공할 것이다. 시는 그 어느 곳에서도 별처럼 빛나지도 않을 것이다. 시는 다시 '음울한 청년'이 되고 말았다. 시는 별이 되기도 전에 빛이 되기도 전에 또 어둠이 되고 말았다. 시는 다시 어둠의 서자(庶子)일 뿐이다. 시는 영원한 난민일 것이다. 이즈음 대구법으로 말한다면 시는 빛도 아니고 어둠도 아니다. 시는 어느 가슴을 들뜨게 하는 게 아니라 오히려 어느 가슴을 더 차분하게 가라앉히는 것이다. 아예 축 처지게 하는 것이다. 시는 우울을 먹고 산다. 어두운 시는 또 어두워질 뿐이고, 우울한 시는 또 우울할 뿐이다. 행복하고 밝은 것은 시가 할 일이 아니다. 어둡고 우울한 곳에서 시가 태어날 것이다. 시가 술을 좋아하는 것도 어떤 이유가 있을지 모른다. 그러나 모르겠다. 시는 더 이상 술을 마시지 않는다. 술이 시보다 먼저 술자리를 떠났을 것이다. 술뿐만 아니라 이제 아무도 시를 쳐다보지 않는다. 시가 가급적 천천히 지나가도 아무도 알아보지 않는다. 시가 저 골목길 끝까지 걸어가도 시를 알아주는 독자를 만나기 어려울 것이다. 시만 그 길을 홀로 하릴없이 왔다갔다 반복할 것이다. 그게 시의 길이다. 시는 시인의 가슴에서 홀로 잠들고 시인의 가슴에서 겨우 깨어나는 것이다. 시가 남의 가슴에서 잠들고, 남의 가슴에서 깨어나던 시절은 돌아오지 않는다. 시는 이제 담담할 것이다.

언제부턴지 모르겠지만 문단에 이미 공공연하게 떠돌아다니는 말이 있지 않은가. 시는 '읽는' 장르가 아니라 '쓰는' 장르가 되었다. 얼마 전 유튜브 쇼츠에 뜬 "예수는 고정된 관념이 아니다"(김용옥). 이 일갈은 가히 그 여파가 크지 않을 수 없다. 암튼 이 세상에 고정된 대상은 없다. 시가 읽는 장르라는 것도 이를테면 고정된 관념이다. 이 세상에 고정된 관념은 없다. 시가 좀 더 자유할 수 있는 순간이다. '시의 자유'가 있다면 이런 것 아니겠는가. '시적 자유'가 있다면 또 이런 것 아니겠는가. 시도 시로부터 자유를 얻었고, 시인도 시인으로부터 자유를 얻었다. 고정된 것은 없다. 그렇지 않은가. 얼마나 좋은 세상이냐. 시도 이제 거리를 활보할 수 있게 되었다. 카페에서 커피도 마실 수도 있고, 연인과 함께 벤치에 앉아 시를 쓸 수도 있고, 아무도 모르게 시를 개무시할 수 있지 않은가. 이제 누구도 시를 쳐다보지 않으니, 차라리 시는 온 천하를 얻었을 것이다. 시는 천천히 천하를 주유할 것이고 천하를 소요할 것이다. 시가 천하를 끌어당길 수도 있고, 반면에 끌어당기지 못하면 시가 천하에 끌려 다닐 수도 있다. 천하를 끌어당길 것인가. 천하에 끌려 다닐 것인가. 시가 드디어 자유인이 되었다. (하루 종일 안방구석 노트북 앞에 앉아 있을 수도 있고 하루 종일 노트북에 빠질 수도 있다.) 이 모든 것을 좌우하는 기준은 시가 주체적으로 독립적으로 사유할 때일 것이다. 시의 독립이나 시의 주체성은 아무리 강조해도 지나치지 않다. 시의 독립이나 주체성은 그 어떤 간섭으로부터 자유로울 때 얻을 수 있을 것이다. 시야말로 독자 노선일 것이다. 어딘가 자유롭지 못하다면 분명히 어딘가 사로잡혀 있다는 것이다. 어딘가 사로잡힐 필요 없고 어딘가 자유롭지 못할 일도 없으리.

여기서 한국 정치나 한국 교육도 뼈아프게 한번쯤 숙고해야 할 부분이 있다. 이를테면 교육이나 정치도 공동체 안에서의 큰 틀이나 방향만 정해 놓고 나머진 독자 노선을 추구해야 한다. (여기서 할 말은 아니겠지만 왜 '선택과 집중'을 하지 못하는가. 왜 정무적인 '판단과 통찰'을 갖지 못하는가. 주제넘고 아예 빗나간 말이지만 기득권부터 더 비우고 더 내려놓아야 한다. 그리고 결국 다 비우고 다 내려놓아야 한다.) 다시, 특히 공적 논의의 영역에선 다른 목소리가 쏟아져 나와야 하고, 다른 목소리를 존중해야 하고, 쓴 소리가 쏟아져 나와야 하고, 쓴 소리를 또 존중해야 한다. (입에 쓴 약이 몸에 좋다고 하지 않던가. 또 벤치마킹은 기업 경영 전략에만 한정된 것도 아니다. 비로소 다양성의 시대가 되었다.) 하나의 목소리나 하나의 노선만 내세우던 시대가 아니고, 듣기 좋은 소리나 듣기 좋은 소리만 난무하면 난무할수록 더 큰 난관에 봉착할 것이다. 다양한 의견과 다양한 노선과 다양한 가치가 큰 노선과 큰 가치와 큰 담론을 만들어내는 것이다. 더 늦기 전에 어디선가 아주 큰 틀을 만들어내야 할 것 같다.

　물론 시는 그러한 큰 그림을 그리지 못할 것이다. 시가 그토록 예민하고 민감한 이유가 거기쯤 또 있을 것이다. 시의 독자 노선은 아무래도 이 세상에 없는 독자 노선일 것이다. 시의 외로움은 그런 것이다. 시는 심지어 독자 노선 그 길 위에서도 또 다른 길을 모색할 것이다. 시가 물타기나 코스프레 하지 못하는 것도 그런 이유 아닐까. 시인이 어렵게 사는 것도 거기쯤 있을 것이다. 시는 사교도 비즈니스도 아니다. 시는 성공이나 부의 영역이 아니다. 시는 대중적이지도 않고 친시장적이지도 않다. 시는 자본적이지도 않고 권력 지향적이지도 않다. 시는 그 모든 것으로부터의 저항이며 반항이며 몸부림인 것이다. 시가 체제 순응적일 수 없는 까닭이다. 그런 것도 시가 오랫동안 축적해 온 반체제적인 사유의 결과물이다. 시도 시인도 유독 어렵게 사는 게 다 그런 것 아니겠는가. 시나 시인의 언더그라운드적인 생리도 다 그런 것 아니겠는가. 그렇다고 시나 시인이 광장이나 거리와 거리를 두고 살지도 않는다. 예나 지금이나 광장과 거리야말로 시의 또 다른 처소일 것이다. 오래전 거리와 광장에서 만났던 시인들이 있다. 기회가 되면 그 중의 한 시인을 초대할 것이다. 또 시나 시인은 불처럼 급하다. 빛처럼 빠르다. 불보다 더 급하고 빛보다 더 빠르다. 조심스럽지만 감수성은 시보다 시인보다 더 빠르고 더 급하다. 물론 한낮의 어떤 그림자보다 더 느리고 한없이 게으르다. 물론 아주 한심할 때가 더 많을 것이다. 시나 시인이 바쁘다면 그것이야말로 또 쥐약일 것이다.

오늘도 하루 먹고 살 만큼 오늘의 글을 써야 한다. 마치 하루 벌어 하루 먹고 사는 날품팔이 인생이다. 계절도 없고 변명도 없는 인생이다. 감수성도 아이디어도 쉴 틈이 없다. 구멍 뻥뻥 뚫린 낡은 그물을 허공에 휙 또 던질 뿐이다. 그리고 그저 시와 앉아서 밥을 먹고, 시와 함께 예능도 보고 에프엠도 듣고, 시와 잠깐 낮잠 잘 때도 있고, 시와 함께 산책 나설 때도 있다. 어떨 땐 그가 먼저 손을 내밀 때도 있다. 사랑의 힘은 그런 것이다. 감수성이나 아이디어의 힘도 그런 것이다. "부처는 중생의 삶으로 되돌아가지 않는다."(강정진) 사랑도 감수성도 아이디어도 마찬가지일 것이다. 먼 길을 가야 할 나그네는 알고 있다. 그런 것도 직관이다. 직관은 항상 논리를 뛰어넘는 곳에 있다. 직관도 일종의 생물이다. 움직이지 않는 직관은 없다. 직관은 굳이 머물 곳이 없다. 때때로 직관은 흐르는 물과 같다. 직관은 또 자유로울 뿐만 아니라 자연스럽기도 하다. 자연 그 자체가 직관일 때도 있고, 자유 그 자체가 직관일 때도 있다. 직관과 시가 부부 사이일 때도 있다. 시가 외롭기 때문이다.

시는 끝내 별의 순간을 잡을 순 없다. 시는 별의 순간보다 풀의 순간이 될 것이다. 시는 모든 풀을 별의 순간으로 만들고 싶을 뿐이다. 별이 영원한 것이 아니라 풀이 영원하다는 것이다. 그래도 아주 가끔 낮에는 풀과 함께, 밤에는 별과 함께 놀자. 가끔 빗나갈 줄도 알아야 한다. 가끔 어긋날 때도 있어야 한다. 낮에는 웃고 밤에는 푹 자거라. 그리고 또 "낮에는 선비처럼 행세하다가 밤에는 무당으로 돌변하는 양면성을 잘 컨트롤해야..."(이시형 박사).

그리고 또 아무데서나 선을 긋지도 말고 성을 쌓지도 마라. 선이나 성은 그대의 것도 아니고 타인의 것도 아니다. 선이나 성은 타인도 밀어내지만 그대도 밀어내고 마는 것이다. 굳이 미워할 것도 없이 그냥 살면 되는 것이다. 언제나 어떤 선이나 성이 문제가 아니라 시가 무너지고 시가 일어설 때가 문제다. 간혹 선이나 성을 무너뜨리고 일으켜 세웠다 해도, 시는 그 자리를 떠나야 한다. 시에게 주어지는 보상은 없다. 시의 자리는 없다. 시는 어떤 대가가 없다. 예컨대 문학상 근처에 가지도 마라. 이제는 문학상 뒤풀이 장소에 가지 마라. 특히 등단 삼십 년 차 넘어가면 문단 그 어느 곳에도 출입하지 마라. 그런 것도 선이고 성이다. ~~개인적으론 등단 십 년 차 넘으면 문학상 후보에서조차 이름을 빼야 한다.~~ 그런 것도 문단의 자존심이고 문단의 자긍심 아니겠는가. 그러나 문단이든 작가든 자존심이나 자긍심을 지키기도 어렵고, 자긍심이나 자존심을 버리기도 어렵다. 그래도 만약 그렇게 한 십 년, 이십 년, 삼십 년 휙휙 지나가면 서로 자긍심이나 자존심을 건들지 않을 수 있지 않을까. 그러나 시의 자존심이나 자긍심은 끝이 없다. 시는 한때의 영화로 이루어지지 않는다. 시가 끝내 미완성인 까닭도 거기쯤 있을 것이다. 시는 끝없는 사막을 달려가는 거친 '모래 바람'과 같은 것이다. 시는 가도 가도 끝이 없는 사막과 같은 것이다. 그리고 마침내 끝도 없고 시작도 없다. 아니다. 끝도 없고 시작도 없이, 그냥 시작만 있을 뿐이다. 시는 과거도 없고 미래도 없다. 오죽하면 과거도 없고, 현재도 없다. 인도 없고, 과도 없다. (無因無果) 누가 시인이고 누가 독자인가. 자기 삶을 어떻게 간절히 기록할 수 있는가. 무엇을 기억하고 무엇을 기록할 것인가. 무엇을 잊어야 하고 무엇을 버려야 하는가. 시는 무엇을 구원하는 게 아니고 무엇을 구도하는 것도 아니다. 그대 화살 같은 시가 어디를 향하는지 묻고 또 물어보라. 그리고 자문자답하라. 시는 끊임없이 자문자답하는 장르이다.

시는 이제 우군도 없지만 적군도 없다. 시의 전선은 붕괴되었다. 총을 들어야 할 이유도 없다. 시는 그럴 때 또 총을 들어야 한다. 시의 총구가 허공을 향할 때가 되었다. 시의 총구가 제 가슴을 향할 때가 되었다. 시가 아무것도 아니지만, 시가 아무것도 아닐 때, 시의 총구는 허공을 향해 폭죽처럼 꽝꽝 쏟아댈 것이다. 그 허공은 실은 비대상이다. 무대상이다. 허공은 곧 허구다. 시가 허구를 지향해야 하는 지점이 있다. 시는 집착의 대상이 아니다. 허공도 집착의 대상이 아니다. 시는 허공도 아니지만 총도 아니다. 시는 잠언도 아니지만 시는 수사(修辭)도 아니다. 시는 시가 되기 전에, 잠시 기다려주는 기다림일 것이다. 그리움일 것이다. 망설임일 것이다. 설렘일 것이다. 막막함일 것이다. 두려움일 것이다. 불안함일 것이다. 돌아보지 않고 돌아서는 것이다. 허허벌판이다. 헛헛한 웃음이다. 허탈함이다. 우울함이다. 〈밤배〉를 같이 부르던 옛 제자와 같은 것이다. 불가피함이다. 잘못한 것도 없는데 잘못해서 매 맞는 느낌이다. 시는 무주공산이다. 더 이상 뜨거운 시는 없다. 더 이상 낭만도 없고 로맨티스트도 없다. 바야흐로 대시민주의자도 없고 소시민주의자도 없고 무시민주의자도 없다. 이제 더 이상 환상도 없고 현실도 없다. 간간이 보헤미안을 따르던 보헤미안의 추종자들도 없다. 아무리 돌아보아도 이제 더 이상 시도 없고 시인도 없고 심지어 독자도 없다. 시는 아무것도 없고, 시는 아무것도 아니다. 시는 얻은 것도 없고, 시는 잃은 것도 없다.

51.

시는 아무것도 아니고, 시는 아무것도 없는 것도 아니다. 시는 없는 것도 아니고, 시는 결코 아닌 것도 아니다. 그러나 시는 있다. 시는 뒤를 쫓아다니면서 일일이 증명하지 않는다. 시는 세상의 한쪽 구석에 처박혀 있어도 세상을 머리에 이고 산다. 우주의 세계에 한 발짝도 진입한 적 없지만 우주도 머리에 두고 산다. 또 자유가 무엇인지 낱낱이 증명하지 않아도 시는 문득 자유를 툭툭 던질 수 있다. 그때 시는 아무것도 없는 것도 아니고, 시는 아무것도 아닌 것도 아니다. 그때 시는 머리에 시만 이고 사는 것도 아니다. 시의 이마가 얼마나 외로운지 얼마나 뜨거운지 알 수 있다. 많은 시가 어떻게 여기까지 왔는지, 많은 시가 또 어떻게 여기까지 방황하였는지, 어떻게 일일이 다 증명할 수 있으리오. 시는 설명도 하지 않지만 증명도 하지 않는다. 시는 차라리 묻고 또 되물을 따름이다. 어쩌면 시의 방황과 시의 외로움으로 여기까지 왔을 것이다. 시는 돌아서지도 못하고 돌아보지도 못한다. 그러나 마치 '어둑한 사내만 두고 어떻게 돌아서야 하는지, 어떻게 돌아섰다 해도 다시 돌아서야 할' 것 같다. 마음이 아프다. 그러나 마음 아프지 않기 위해 시를 쓴다. 울지 않기 위해 시를 쓴다. 시를 써야 울지 않고, 시를 써야 아프지 않다. 굳이 이기기 위해서가 아니라 지지 않기 위해 시를 쓴다. 시를 써야 지지 않는다. 시를 쓰지 않으면 지는 것이다. 시가 어디로 가야 하는지 알 것도 같다. 시가 어디로 가는지 알 것도 같다. 시가 어디쯤 있어야 하는지 알 것도 같다. 책꽂이에서 오래된 시집을 꺼낸다. 시가 또 얼마만큼 헐벗어야 하는지 알 것도 같다. 다 헐벗은 시가 어떻게 여기까지 왔는지 알 것도 같다. 시가 왜 또 **패배**해야 하는지 알게 될 것이다. 시가 왜, 무엇을 포기해야 하는지 알게 될 것이다. 왜, 포기한 자가 왜, 이탈한 자가 '자유'의 획을 그을 수 있는지 알게 될 것이다. '자유'가 어떻게 여기까지 왔는지 알 것이다. 무덥지만 심독하자. 김중식의 첫 시집 『황금빛 모서리』(문학과지성사, 1993) 제일 앞에 있는 시를 옮겨놓는다.

"우리는 어디로 갔다가 어디서 돌아왔느냐 자기의 꼬리를 물고 뱅뱅 돌았을 뿐이다 대낮보다 찬란한 태양도 궤도를 이탈하지 못한다 태양보다 냉철한 뭇별들도 궤도를 이탈하지 못하므로 가는 곳만 가고 아는 것만 알 뿐이다 집도 절도 죽도 밥도 다 떨어져 빈 몸으로 돌아왔을 때 나는 보았다 단한 번 궤도를 이탈함으로써 두 번 다시 궤도에 진입하지 못할지라도 캄캄한 하늘에 획을 긋는 별, 그 똥, 짧지만, 그래도

획을 그을 수 있는, 포기한 자 그래서 이탈한 자가 문득 자유
롭다는 것을"(「이탈한 자가 문득」 전문)

52.

여기 또 궤도를 이탈한 별이 있다. 그 별은 다행히 시인
의 가슴에 닿았다. 그 별은 '상심한 별'이다. 그 상심한 별은
왜 또 하필 시인 박인환의 '가슴'에서 부서지는지 알게 될
것이다. 그리고 왜 시인의 가슴이 '상심'한지도 알게 될 것이
다. 상심한 별이 어떻게 여기까지 왔는지 알게 될 것이
다. 시가 어떻게 여기까지 왔는지 돌아보면 알 것이다. 그
먼 곳에 있는 '상심한' 별이 왜 하필 시인의 가슴에서 부서
지는지 알 것이다. 시인의 가슴도, 시인의 별도 결국 상심
한 것이다. 시는 상심(傷心)의 세계다. 이 시와 관련된 사
족 같은 풍경이 하나 있다. 1970년대 말 유신과 긴급조치
시대, 염산국 시인이 강릉 안경아줌마 집 벽면에 굵은 매
직펜으로 옮겨 쓴 시가 여기 있다. 한 잔의 술을 마시고,
한 편의 시도 마시던 강릉의 문학청년들이 있었다. 어둡
던 그 시절 차라리 모든 술은 다 상심하고 어두운 술이었
고, 모든 별은 다 상심하고 어두운 별이었다. 그 시절의 술
과 시의 세계는 그러하였고, 그 시절의 별의 세계도 그러
하였다. '문학이 죽고 인생이 죽'은 시절이었지만, 문학이 살

고 인생이 살던 시절이었다. 「강릉 안경아줌마 집」에 관한 시는 이 행간 어디에 구겨 놓는다. 그 시는 강릉 문학 그리고 강릉 문청들에 관한 개인적인 아주 사적인 압축 파일인 셈이다. 시가 한 컷 짜리 생생한 다큐 같을 때도 있다. 그리고 여기선 한국 문학에서 좀 더 구체적인 이해가 필요한 박인환의 시를 낭독하려고 한다. 이해가 필요하다는 것은 불필요한 오해가 있다는 것과 같은 말이다. 과대평가된 시/인도 많고 물론 저평가된 시/인도 많다.

"한 잔의 술을 마시고/ 우리는 버지니아 울프의 생애와/ 목마를 타고 떠난 숙녀의 옷자락을 이야기한다/ 목마는 주인을 버리고 거저 방울 소리만 울리며/ 가을 속으로 떠났다 술병에서 별이 떨어진다/ 상심한 별은 내 가슴에 가벼웁게 부서진다/ 그러한 잠시 내가 알던 소녀는/ 정원의 초목 옆에서 자라고/ 문학이 죽고 인생이 죽고/ 사랑의 진리마저 애증의 그림자를 버릴 때/ 목마를 탄 사랑의 사람은 보이지 않는다/ 세월은 가고 오는 것/ 한때는 고립을 피하여 시들어가고/ 이제 우리는 작별하여야 한다/ (…중략…) 인생은 외롭지도 않고/ 거저 잡지의 표지처럼 통속하거늘/ 한탄할 그 무엇이 무서워서 우리는 떠나는 것일까"(「목마와 숙녀」 부분)

53.

잠깐 이 산문집 맥락으로 볼 땐, 좀 어색한 내용일 수도 있겠지만 방금 휴대폰에 뜬 필즈상 수상한 허준이 교수(미국 프린스턴대)와 관련된 인터뷰 몇 구절 인용한다. 대학원 시절 대입 준비하던 허 교수의 수학과 과학 과외 선생이었던 김철민 교수(울산과학기술원)의 말이다. 김 교수는 허 교수가 "틀에 갇힌 생각보다는 약간 허튼소리도 하고 계속 질문하던 친구였다"고 회고했다. 그리고 "시를 썼던 기억"이 있고 "학교에 다니는 동기들과 비교해보면 독특하고 자유로운 기질"이었다고 했다. 김 교수는 이어서 "우리 학생들도 좀 더 자유롭게 생각할 수 있는 여지가 필요한 것 같다", 또 "우리 입시가 요구하는 스킬과 필즈상 받는 건 별 관계가 없는 것 같다"고 말했다(연합뉴스, 2022. 7. 5).

어떤 틀에서 벗어나야 한다. 물론 오래된 어떤 틀에서 벗어나는 게 쉽지 않다. 그러나 어떤 틀에서 벗어나야 할 때, 어떤 틀에서 벗어나야 한다. 그것이 생각이든 말이든 행동이든 관념이든 말이다. 그리고 좀 다른 말이지만 가령, 좀 어렵겠지만 문학 교육 특히 시에 관한 교육은 어떤 틀에서 벗어나야 한다. 이제 한번쯤 돌아볼 때가 되었다.

공론화할 때도 되었다. 물론 그 틀이 맞는다면 계속 그 틀을 뒤집어쓰고 가면 되는 것이다. 그러나 작금의 문학 교육 특히 시에 관한 교육은 과연 그대로 받아들여야 할 것인지 혼자 또 생각해본다. 정말 아무도 없이 혼자 생각하고 혼자 또 생각만 하다 말 것 같다. 그래도 한 번 더 생각하면 문학 교육 즉 시에 관한 교육을 정규 교과 과정에서 확 다 빼면 어떨까. 아주 필요하다면 소수 선택 과목으로 따로 떼어놓으면 어떨. 그리고 소위 국정 교과서인 중등 국어 교과서에서 시를 다 빼면 어떨까. (더 나아가 소설도 싹 다 빼면 어떨까.) 시나 소설은 소수 선택 과목에서 집중적으로 선택한 학생만 접하게 하는 것이다. 대한민국 모든 학생들에게 시를 접하게 하는 것도 어떤 틀에 끼워 맞추는 것만 같다. 그리고 시를 어떤 틀에 맞춰서 가르치고 배우는 것도 문제가 너무 많다. 그렇다면 정말 아무 문제가 없는 걸까. 시가 예술적 향유나 교양이나 세상에 대한 안목이나 정서적 함양이나 '자기표현' 등 그야말로 어떤 기초가 되는 걸까. 학교 현장에서부터 시가 그렇게 되고 있을까. 시는 어디에 있고 학교는 어디에 있는가. 대한민국 모든 학생들을 대상으로 문학 교육을 지속적으로 시행해야 할 것인지 한번쯤 숙고해야 하지 않을까. 과연 그렇게 해야 할 시대도 아닌 것 같다. 또 말도 안 되겠지만 인공지능이 시를 쓰는 것은 충분히 예상되었지만 인공지능이 굳이 시를 읽어야 할 일이 있을까. 지금은 시를 읽는 국민은 없다. 시를 읽지 않아도 되고 시를 읽을 일도 없다. 정말 학교 현장에서도 문학 교육만 없다면 시를 읽지 않을 것이다. 시를 읽히지 말자. 차라리 시를 읽을 사람만 독하게 지독하게 읽게 하자. 그리고 다른 지면에서도 언급한 바 있지만 정말 학교 현장에서 문학시험만 없다면 시를 읽지 않을 것이다. 그러나 오히려 문학시험만 없다면 시를 더 많이 읽을지도 모른다. 문학 시험을 없애자. 정규 교과 시간의 문학 수업도 없애자. 모든 교과서에서 문학 작품도 싹 다 빼자. 좀 더 빗나간 말이겠지만 교과 과정도 이를테면 오전엔 정규 필수 과목만 수업하고, 급식 점심 먹고, 오후엔 수많은 선택 과목에 집중할 수 있도록 하자. 오후에 축구도 하고 골프도 하고 수영도 하고 문학도 하고 고급 수학도 하게 하자. 다시 한 번, 할 수만 있다면 일단 문학 시험부터 없애자. 글구 문학 교과서도 없애자. 문학 교과서는 대한민국 모든 시집이나 소설책으로 하자. 예를 들면 김수영 『거대한 뿌리』와 김종삼 『북 치는 소년』, 최인훈 『광장』 등을 교과서로 하자. 그리고 문학을 편하게 하자. 문학을 편하게 접하게 하자. 문학을 적어도 시험으로부터 해방시키자. 문학을 아무 부담 없이 읽게 하자. 그것도 오후에 집중 선택한 학생만 읽게 하자. 문학도 열고 어떤 틀도 깨고 어떤 생각을 다 열어 놓게 하자. 열린 생각을 갖게 하자. 모든 것을 다 열어 놓자. 좀 더 열린 생각을 하게 하자. 다 열린 생각을 하게 하자. 시도 소설도 좀 더 자유롭게 읽게 하자. 앞의 김 교수 말대로 좀 더 자유롭게 생각하게 하자. 심지어 제멋대로 생각하고 제멋대로 읽게 하자. 어차피 답도 없는 세상이고, 답도 없는 인생이고, 답도 없는 문학 아닌가. 시험이 망치고 문학 교육이 망치고 교과서가 망치게 하는 게 아닌지 한번쯤 되돌아보고 또 공론화할 시기가 되었다. 아닌가. 아직은 논의조차 할 수 없는 시기인가. 아닌가. 역시 또 시기상조인가. 그런가.

다시 한 번 매우 외람되지만 문학 시험이나 문학 교육이나 문학 교과서가 그 소임을 다 한 것 아닌가 하고 혼자 또 헤아려 본다. 마치 우두커니 서 있는 공중전화나 거실 한쪽 구석에 처박혀 있는 집 전화처럼 말이다. 이제는 더 이상 시험에 빠지지 않도록 하자. 이제는 더 이상 문학 교육에 빠지지 않도록 하자. 이제는 더 이상 문학이 교과서에 빠지지 않도록 하자. 교육도 어떤 틀에서 벗어나야 한다. 그러나 요원하고 또 요원한 일이다. 그냥 내버려두자.

그냥 되는 대로 내버려두자.

그리고 이어서 이튿날 휴대폰에 뜬 허준이 교수의 화상 기자 브리핑 내용이다. 몇 줄만 인용한다. (특히 앞의 내용은 공적 영역이나 공적 논의 과정이나 아주 작은 집단의 팀장이나 리더라 해도 한번쯤 새겨 볼 만하지 않을까.)

"혼자 하는 것보다 다른 동료들과 함께 생각하는 것이 훨씬 더 효율적이기 때문에 멀리 갈 수 있고 깊이 갈 수 있다." 또 "특별한 취미는 없고 종일 수학 연구를 하기에는 지구력이 조금 떨어져 4시간 정도만 집중한다. 집안일을 하고 청소하며 그렇게 매일 똑같은 일상을 보낸다."(연합뉴스, 2022. 7. 6)

54.

시의 세계는 철학도 논리도 아니다. 시의 세계는 지성도 진리 탐구도 아니다. 오히려 시의 세계는 진실 탐구의 여정이다. 시의 세계는 지성이나 철학이나 논리보다 감정이기 때문이다. 그것은 시가 지성적이거나 철학적이거나 논리적이지 않다는 것이 아니다. 그 감정은 어쩌면 시가 세계를 인식하고 이해하는 태도일 것이다. 시의 입장에선 아주 자연스러운 일이다. 그러므로 시의 세계에서 굳이 지성을 찾지 마라. 시는 지성의 향연이 아니라 감정의 향연이다. 시는 논리를 뛰어넘는 지성을 뛰어넘는 철학을 뛰어넘는 감정의 세계다. 인간의 모든 감정을 총망라한 것이 곧 문학의 세계 아니었던가. 이상한 말 같지만 무엇을 가지고 있었는지 알아야 무엇을 버릴 수 있는 것 아니겠는가. 시의 세계는 무엇인가. 시는 어디에 있는가. 시는 또 어디에 없는가. 무엇이 시가 되는가. 그리고 또 무엇이 시가 되지 않는가. 시는 어디 있는가. 이제부터 무엇이 시인지 되물어야 할 것이다. 시의 세계는 슬픔의 세계다. 시의 세계는 아픔의 세계다. 시의 세계는 눈물의 세계다. 시의 세계는 승리보다 패배의 세계다. 시의 세계는 웃음보다 비웃음의 세계다. 시의 세계는 만남보다 이별의 세계다. 시의 세계는 그리움의 세계다. 시의 세계는 속상함의 세계다. 시의 세계는 냉철함보다 따뜻함의 세계다. 시의 세계는 긍정보다 부정의 세계다. 시의 세계는 희망보다 절망의 세계다. 시의 세계는 큰 길보다 뒷골목의 세계다. 시의 세계는 군주보다 백성의 세계다. 시의 세계는 자본이나 기계보다 노동의 세계다. 시의 세계는 권력보다 민초의 세계다. 시의 세계는 속죄가 아니라 대속(代贖)의 세계다. 시의 세계는 속고 속이는 것이 아니라 속지 않음의 세계다. 시의 세계는 타협이 아니라 단호한 결별의 세계다. 시의 세계는 체험의 세계다. 시의 세계는 이해타산이 아니라 좌고우면하지 않는 세계다. 시의 세계는 즉흥적이다. 시의 세계는 단도직입적이다. 시의 세계는 성공의 길이 아니라 패망의 길이다. 시의 세계는 굴욕과 치욕의 세계다. 시의 세계는 객관적인 것이 아니라 주관적이고 사적인 세계다. 시의 세계는 역사의 세계가 아니라 허구의 세계다. 차라리 허무한 허무의 세계다. 시의 세계는 성취의 세계가 아니라 상실의 세계다. 시의 세계는 가치의 세계가 아니라 무가치의 세계다. 시의 세계는 비애의 세계다. 시의 세계는 밥자리가 아니라 술자리의 세계다. 시의 세계는 고백의 세계다. 시의 세계는 머리가 아니라 가슴의 세계다. 가슴의 중심이 아니라 가슴 언저리를 맴도는 세계다. 여백의 세계다. 마치 산 그림자 같은 잔상(殘像)의 세계다. 시의 세계는 결코 낙관이 아니라 비관의 세계다. 시의 세계는 운전자가 아니라 맨 뒷자리 승객의 세계다. "운전하지 말고 승객이 되어라."(아잔 브람) 막차 타고 종점까지 가는 늦은 귀갓길 승객의 세계다. 시의 세계는 팩트가 아니라 오히려 픽션의 세계다. 시의 세계는 권모술수가 아니라 정면 승부의 세계다. 정면 돌파가 시의 세계다. 그리고 승부가 아니라 패배의 세계다. 서러움과 설움의 세계다. 청승의 세계다. 부끄러움의 세계다. 나태와 권태의 세계다. 빛보다 어둠의 세계다. 낯익음보다 낯섦의 세계다. 정착보다 떠돎의 세계다. 방황과 헤맴의 세계다. 맛보다 멋의 세계다. 허무맹랑한 세계다. 기다림의 세계다. 감수(甘受)의 세계다. 사막의 세계다. 가슴 한쪽이 또 허전한 세계다. 비판과 분노의 세계다. 억압이 아니라 해방의 세계다. 시 아닌 것들과 함께 비로소 시가 되는 세계다. 마침내 시 없는 시가 되는 세계다. 헛걸음의 세계다. 무대상의 세계다. '비대상'의 세계다. 무엇보다 인식의 세계다. 시는 당신은 당신의 자리에서, 그대는 그대의 자리에서 존재하는 세계다. 시의 세계는 존재론적 세계다. 슬픈 인연이고 슬픈 존재의 세계다. '시간적 존재'(하이데거)의 세계다. 시는 애매모호한 세계다. 시는 차마 참아지지 않는 무엇과 그 무엇의 세계다. 시는 침묵의 세계다. 시는 묘사의 세계다. 시는 진영이 없는 무소속의 세계다. 시의 세계는 환상과 현실의 부조화다. 시는 그보다 부조화의 세계다. 시는 어긋남의 세계다. 시는 과거가 없다. 시는 반역의 세계다. 시는 혼술과 혼삶의 세계다. 시의 세계는 빵의 세계가 아니다. 시는 '내용 없는 아름다움'의 세계다. 시의 세계는 어딘가 겉멋이 잔뜩 든 세계다. 시의 세계도 물거품과 물안개의 세계다. 지금 휴대폰에 뜬 각종 뉴스의 세계가 곧 시의 세계다. 시의 세계는 현재를 사는 것이다. 시의 세계는 결코 깊은 산중에 있지 않다. 시의 세계에는 '적막 같은 건' 없다. 시의 세계는 시의 세계일 뿐이다. 시의 세계도 청산유수의 세계일 뿐이다. 시는 무반주 독주(獨奏)의 세계다. 시는 1인 극(劇)이며 1회용품의 세계인 셈이다. 시는 시인으로부터, 시인은 시로부터 벗어나는 순간이 시의 세계다. 시는 시인을 버리고, 시인은 시를 버릴 때 비로소 시도 자유로울 것이다. (시는 비우고 또 비우는 것! 시는 또 버리는 것! 버릴 줄 알면 시가 또 올 것이다.) 그런 것도 시의 독립이고 시의 해방일 것이다. 시의 세계가 독자 노선일 수밖에 없는 이유가 또 있다. 가령, 큰 권력을 쥐었다 해도 딱히 의미도 없는 세상사에서, 시의 세계도 딱히 큰 의미를 갖기 어렵지 않은가. 그리고 할 수만 있다면 세상만사 다 잊어야 한다. 그런 게 바로 시의 세계다. 이래저래 무의미한 세계가 시의 세계다. 이래저래 무의미한 권력의 세계가 시의 세계다. (그러나 또 싱거운 소리 같지만 국민의 권력은 큰 권력처럼 무의미하지 않을 것이다. 국민의 권력은 결코 미미하지 않을 것이다. 그리고 아주 평범한 시인의 눈으로 또 은퇴한 국민의 눈으로 볼 땐, 비록 아무리 작은 것이라도 누가 무엇을 망쳐놓았는지, 누가 무엇을 망치고 있는지 또 누가 무엇을 했는지, 누가 또 무엇을 하고 있는지 다 알고 있다. 역사는 발전하는 것이 아니라 후퇴하고 있다는 생각을 지울 수가 없다.) 다시, 기표에 겨우 의지한 채 존재하는 것이 또 시의 세계다. 어떻게든 삶의 현장에서 딱 한 포인트만 꼬집어내는 것이 시의 세계일 것이다. 이 모든 메시지를 한 방에 탁 치는 것이 시의 세계일 것이다. 번번이 안타는커녕 번트도 못 대면서 타석에 나서는 대타(代打)의 심경이 또 시의 세계일 것이다. 독자도 없이 아무 목적도 없이 시를 쓰는 무명작가의 심경이 시의 세계일 것이다. 늦은 밤 산책길에 시를 써서 흐르는 물에 버리지 못하고 혼자 읽을 때가 있다. 그리고 또 이 모든 것을 시가 가지고 있었다면 이제 시는 서서히 다 내려놓아야 한다. 시도 너무 많은 것을 가지고 살았다. 시도 시의 힘을 빼야 한다. 시는 시가 가진 것을 내려놓아야 하고, 시는 시가 가지고 있지 않은 것도 내려놓아야 한다. 이 또한 말도 안 되는 소리 같지만 시는 시에 대한 생각조차 다 내려놓아야 한다. 싹 다 비우고 싹 다 버려야 한다. 그런 만큼 시는 또 시에 대한 생각을 더 무겁게 들고 있어야 한다. 생각보다 시의 세계는 슬프고 또 아프다. 시의 세계는 슬픔과 아픔과의 동맹 관계일 것이다. 때때로 눈에 띄지 않는 내연 관계일 것이다. 그러나 아픔과 슬픔은 천천히 메마를 것이며 또 늙어갈 것이다. 시도 시의 장르로부터 독립할 것이며 보잘 것 없는 범부의 인생론이 될 것이다. 그리고 또 시의 시간은 서서히 아주 지리멸렬할 것이며 지지지부진할 것이므로...

55.

시를 쓰기 위해 살고, 살기 위해 또 시를 쓴다 했다가 시를 쓰기 위해 살지 않고, 살기 위해 또 시를 쓰지 않는다고 급히 정정한다. 그리고 다시, 시를 쓰기 위해 사는가, 살기 위해 시를 쓰는가, 잠시 자문한다. 시를 쓰기 위해 살지 않는가, 살기 위해 시를 쓰지 않는가, 잠시 또 자문한다. 아님 살기 위해 사는가, 시를 위해 쓰는가, 또 묻는다. 아니면 살면서 시를 쓰는가, 시를 쓰면서 사는가, 답변을 요구하지 않는 질문도 있다. 질문을 위한 질문이다. 많이 보던 질문이다. 답변은 됐고요 제 질문만 들으시오. 다시, 시를 쓰기 위해 살아야 하나, 살기 위해 시를 써야 하나, 이 역시 질문을 위한 질문이다. 잠깐, 사는 것과 쓰는 것은 별개인가. 사는 것은 사는 것이고, 쓰는 것은 쓰는 것인가. 하필 이 무더운 날 이런 질문을 계속 이어가야 하나, 이런 질문을 이런 무더위 속에서 하는 이유는 무엇인가. 시를 쓰지 못해서 그런 거 아닌가. 시의 간격이 좀 멀어진다 싶으면 사는 게 먼저 온통 뒤죽박죽이다. 시는 사는 형편을 알고, 삶의 형편은 시를 알고 있다. 시와 사는 형편은 막역한 사이다. 불가분의 관계다. 그러나 또 시와 삶의 형편은 서로 눈치 볼 게 없다. 시는 어차피 사는 것에 대해 다 말할 수도 없고, 또 좀 알아도 다 말할 수 없다. 차라리 알아도 모른 척하고, 몰라도 모른 척 하는 게 시 아닌가. 시가 가끔 헛소리 할 때가 있다. 그럴 때마다 시는 차라리 개소리에 가깝다. 시는 차라리 하고 싶은 말을 못하고 살 때가 많다. 그래도 시를 쓰다 보면 천연덕스럽게 하고 싶은 말을 다 하는 것 같다. 때로는 엉뚱한 말을 할 때가 있다. 시는 차라리 엉뚱한 말이다. 저쪽이다 하지만 실은 이쪽을 가리키는 것 아닌가. 시가 정색을 해야 하는지 반색을 해야 하는지 알 것도 같다. 그렇다고 시가 굳이 정색할 일이 아닌 것 같다. 문학개론 시간이 아니더라도 시는 반어나 역설의 세계라는 것을 들어 보았을 것이다. 굳이 어디서 본 것이 아니라 어디서 본 것 같은 것을 써야 하나. 급기야 보지 않은 것도 써야 하나. 시를 쓰기 위해 살지 않아도 되고, 살기 위해 시를 쓰지 않아도 된다. 시를 쓰기 위해 살지 말고, 살기 위해 시를 쓰지 말자. 이렇게 말하고 나니까 굳이 하지 않아도 될 말을 한 것 같다. 엉뚱한 질문을 하고 싶다. 그대는 평등론자인가 균형론자인가. 아니면 개성론자인가 몰개성론자인가. 현실을 중시하는가 환상을 중시하는가. 아니면 보수주의인가 진보주의인가. (차라리 평등도 없고 균형도 없는가. 개성도 없고 몰개성도 없는가. 현실도 없고 환상도 없는가. 보수도 진보도 없고 각자 '개인'이 되었고 '개인'만 남았는가. 이제 개인보다 앞서는 것은 그 어떤 것도 없는가.) 아니면 입을 크게 벌린 채 또 침묵할 텐가. 그대는 침묵하기 위해 시를 쓰는가, 시를 쓰기 위해 침묵하는가. 그대는 침묵하면서 시를 쓰는가, 시를 쓰면서 침묵하는가. 굳이 답변을 요구하는 질문이 아니라는 것을 그대는 또 알고 있을 것이다. 시가 답변이 아니라 질문이라는 것을 알 때도 되었다. 시는 끊임없이 쏟아내는 질문일 것이다. 시는 어떤 생각을 하는 것이 아니라 어떤 생각을 하게 하는 것이다. 시의 자리가 점점 줄어들 수밖에 없다. 사는 게 바쁜데 뭘 더 생각하게 해야 하나. 시가 수시로 도망 다니는 형국이다. 바쁘게 어렵게 사는데 무슨 생각을 하고 싶을 것인가. 그래도 가끔 많은 댓글을 읽어보면 그렇지도 않다. (그리고 또 어떤 현안에 대해 그냥 퍼 나르는 것만 가지고 어떤 생각을 한 것이라고 보기는 어렵다. 좋아요만 가지고 어떤 생각을 하게 되었다고 말하긴 차마 어렵지 않은가.) 시의 세계가 끝도 없는 허황한 세계로 빠질 수밖에 없는 이유가 또 있다. 이유가 없다. 그러나 허황한 세계가 고작 시의 세계일까. 질답이 막 뒤섞인 것 같다. 뒤섞어 놓은 것 같다. 시와 삶이 일심동체가 된 것 같고, 어느 날엔 시와 침묵이 일심동체가 된 것 같다. 아님 둘이서 하룻밤 만에 만리장성을 쌓은 것 같다. '그대도 나를 생각하는가. 나도 그대를 생각하는가.' 이 허황함을 또 어떻게 견딜 수 있으랴. 이 막막함을 또 어떻게 참을 수 있으랴. (그대와 나는 얼마만큼 먼 곳에 있는 것일까, 얼마만큼 가까운 거리에 있는 것일까.) 시와 삶의 길이는 또 얼마나 될까. 시와 침묵의 길이는 또 얼마나 될까. (그대가 있는 곳은 멀고, 내가 있는 곳은 또 얼마만큼 먼 곳일까. 먼 곳보다 더 먼 곳엔 누가 있을까. 시 한 줄 얻기 위해서라면, 헛헛한 가슴을 또 쓸어내려야 하고 헛걸음할 수밖에 없으리라. 그리고 그 헛걸음이야말로 시의 욕망일 것이고 현실일 것이고 환상일 것이다. 시는 친구한테 돈을 빌리러 갔다가 돈 얘기는 꺼내지 못하고 돌아서던 헛걸음 같은 것이다. 그대의 감수성은 또 시를 받아들일 수밖에 없을 것이다. 아멘!) 몇 해 전 준관, 영복, 동식 등 친구들과 서문여고 근처 강원도 집 주점에서 한잔 할 때, 흰 벽의 많은 낙서들 중 맨 꼭대기 천정 쪽에 한 줄 써놓았을 것이다. 시인 박정대를 위하여! 그리고 또 미처 낙서하지 못한 것, "이곳엔 영혼의 동지들이 있으니 그리 춥지 않을 게요"(박정대, 「불란서 고아의 지도」 부분).

56.

"살면서 힘들었던 일들, 특히 이즈음 몸이 속을 바꾸며 도드라지게 드러나는 일들을 시로 변형시켜 가지고 가고 싶다. 가지고 가다니, 어디로? 그런 생각은 지난날의 욕심이 아닌가? 그래? 그렇다면 못 가지고 가는 시를 쓰자."(황동규, 『오늘 하루만이라도』 뒷표지)

시집 앞에 자리한 '시인의 말'을 무겁게(?) 건너뛰고 제일 뒤의 표사를 인용하고 말았으나 앞의 시인의 말이 마음에 걸린다. 마음에 걸린 채 그냥 지나가려고 했다. 어디로 가려고 했다는 것인가. 어디로? 어디로 가지도 못하고 마음에 걸린 걸 풀어내는 것도 이 산문집에서 할 수 있는 일 아닌가? 이 산문집에서의 욕심 아닌가. '살면서' 마음에 걸린 것도 힘들고, 마음에 걸린 걸 풀어내는 것도 힘들다. 그렇다면 마음에 걸린 걸 조금이라도 풀고 가자. '가다니, 어디로?' 이즈음 마음에 걸린 게 뭘까? 마음에 걸린 걸 시로 변형하지 못하고 왜 죄다 여기서 헤매고 있는지 모르겠다.

그러나 여기는 마음에 걸리는 것도, 마음에 걸린 걸 풀어내기에도 딱 좋은 단골 카페 같은 곳이다. 아주 개인적인 독방 같은 곳이다. '거기 또 누구 없소?' 중랑천변 다시 걷든가, 이 더위 좀 식으면 석계역이라도 다녀와야 할 것 같다. "석계역 앞 박정만이 드나들던/ 꼭 고만한 술집에서 저녁술을 마시고 싶다("이 노래 끝나면」 부분). 그곳에 가면 누군가 불러낼 것만 같다. 아니면 노래라도 불러야 할 것 같다. 아주 느리고 슬픈 노래 말이다. 아무리 느려도/ 빨라도 노래든 시든 다 순간이다. 단 한순간만 존재하고, 단 한순간에 초연(超然)하는 것이다. 멀쩡한 길 놔두고 샛길로 샐 때가 있다. 시는 독자도 청중도 없는 독백이다. 물론 독백도 화자도 없을 때가 있다. 그저 가슴 한번 툭 치고 가는 것이다. (어디로?) 아무것도 없이 혼자 중얼거리다 그만 둘 때도 있다. 아무것도 아닐 때가 많다. (그래?) 다시, 앞에서 말했던 건너뛰지 못하고 마음에 걸린 채 또 좀처럼 풀어지지 않는 시인의 육성에 보다 가까운 '시인의 말'을 한 줄 한 줄 읽어보자. 미처 돌아서지 못한 사정이 있었다.

"마지막 시집이라고 쓰려다 만다./ 앞으로도 시를 쓰겠지만 그 시들은/ 유고집에 들어갈 공산이 크다. 는 건 맞는 말이다./ 그러나 내 삶의 마지막을 미리 알 수 없듯이/ 내 시의 운명에 대해서도 말을 삼가자.// 지난 몇 해는 마지막 시집을 쓴다면서 살았다."

57.

시인은 어디에 있어야 하나. 시적 화자 바로 옆에 붙어 있어야 하나. 그렇다면 시는 결국 시인의 자전적인 장르인가. 시는 시인의 고백인가. 아닌가. 그럼 이미 널리 알려진 바, 시는 픽션 아닌가. 시도 결국 예술적 영역인 허구 아닌가. 아닌가. 시적 화자는 작품 속에서 또 하나의 독립적인 퍼스나일 뿐인가. 그는 시인이 아닌가. 그는 오히려 시인의 입을 군데군데 틀어막고 있는가. 아닌가. 그런가. 시의 세계는 또 하나의 독립적인 세계인가. 망명정부 같은 또 하나의 독립정부인가. 아주 독립적 세계이며 독립적 체제라는 말인가. 그리고 적어도 작품 속에서의 시적 화자의 목소리는 시인의 육성보다 화자의 목소리에 더 가까운가. 아닌가. (시적 화자의 목소리도 독립적인가.) 작품 밖의 시인도 결국 대역 아닌가. 아닌가. 결국 시인도 타자 아닌가. 누구의 말보다 이미 오래 전부터 관용어가 되어 버린 '나는 타자다.'(랭보)가 된 것 아닌가. 아닌가.

과거 때문인가. 미래 때문인가. 그냥 무의식인가. 시가 매우 고백적이라 해도 시의 순간은 픽션 아닌가. 고백조차 독백 아닌가. 심지어 모든 대화조차 독백 아닌가. 독백을 위해 대화하는 것 아닌가. 그럼에도 불구하고 시는 비대상의 독백이고, 반(反)대화의 독백 아닌가. 소통 부재의 독백 아닌가. 독백을 위한 장시간의 독백 아닌가. 멈출 수 없는 독백 아닌가. '눈앞의 모든 것은 푸르러 가는데, 내 눈앞은 카오스다.'(황지니) 그리고 시가 되는 순간 곧 시인도 사라지는 것 아닌가. 시의 순간엔 시와 시적 화자만 남는 것 아닌가. 아닌가. 작품 속에 시인이 있는가. 아니면 시인은 작품 밖에 있는가. 시인이 어떻게 작품 밖에 있는가. 아닌가. 작품 속에 시인이 있어도 그곳은 또 작품 밖이라는 것 아닌가. 시적 화자는 '작품 밖의 시인'이 아니라 '작품 속의 시인' 아닌가. '작품 속의 시인'은 '작품 밖의 시인'과 다른가. 아닌가. '작품 속의 시인'도 '작품 밖의 시인'의 대역 아닌가. 임시 배역일 뿐이다. 시인의 운명이 그런 거 아닌가. 시인은 어디에 있어야 하는가. 시인은 없는가. 시인은 없고 시와 시적 화자만 남아 있는가. 신이 말을 걸어준다는 그 자만 남았는가.

　난해하고 난처한 일이다. 또 시도 없고 화자도 없고 언어만 남은 것 아닌가. 시는 언어 아닌가. 언어도 아닌가. 언어도 허구인가. 아닌가. 시인은 어디 있는가. 시적 화자는 어떤 '형식' 속에서 독립적 주체로서 인식하고 있는가. 또 '전복적 인식'과 역사의식도 갖추고 있는가. 이제 이 단락 끝에서 어떤 말보다 시론 교과서에서 한 줄 대독하면서 잠시 마무리 하고자 한다.

　　"시인이 작품 속에 들어갔을 때의, 실제와는 다른 예술적 존재양식, 즉 지나치게 자기중심적인 서정시라 해도 '형식적'이라는 것이다."(김준오, 『시론』, 195쪽)

58.

　비현실이나 무의미 시와는 거리를 두고 살았다. 거리를 두기보다 오히려 더 현실적이며 더 의미를 추구하려고 애쓰며 살았을 것이다. 때론 시보다 더 현실 문제에 골몰한 적도 있었다. 거기가 어딘지도 모르고, 어디에 있는지도 모르고 아예 현실에 발을 담그고 살았다. 마치 삶 따로 시 따로 살 수 없다고 무슨 결심을 한 것도 같다. 그렇게 결심하면 할수록 시는 자꾸만 움츠러드는 것만 같았다. 시는 공짜가 없다. 시의 마음을 사로잡는다는 것은 그만큼 어렵다. 그렇다고 천사의 손을 잡는다고 시가 오는 것도 아니고, 악마의 손을 잡는다고 시가 손을 뿌리치는 것도 아니다. 시는 어디에 있는가. 시의 무대는 현실 세계이고, 시의 방향은 어떤 의미의 발견이나 의미부여 같은 것이라고 생각했던 것 같다. 대체로 그렇게 살아왔고, 그렇게 또 여기까지 온 것 같다. 그러나 이제 시는 어디로 가고 있는가. 그대는 그대 가는 곳을 알고 있는가. 그냥 또 모르는 것인가. 시의 길은 '길 없는 길'을 가는 것인가. '가도 가도 끝이 없는' 길을 가는 것인가. 시여! 어디로 가는가? 시는 본래 오는 것도 아니고, 가는 것도 아닌가. 시는 차라리 있는 것도 아니고, 없는 것도 아닌가. 우연인가, 우연인가 하다가 우연도 아니고 굳이 필연도 아닌가. 오죽하면 춤추는 자는 사라지고 춤만이 남는다고 하지 않던가. 시가 어디로 가겠다는 것인가. 시는 길이 없는 것인가. 웃으면 웃는 것이고 울면 또 우는 것인가. 기쁘면 기쁜 것이고 슬프면 또 슬픈 것인가. 시도 그런 것인가. 예전에 어느 직장 동료는 툭하면 '쓰잘데기 없는' 일에 빠져 산다고 주기적으로 필자에게 핀잔을 퍼부었다. 그럴 때마다 시는 '쓰잘데기 없는 것'이라고 되뇌었을 것이다. 시는 그런 것이다. 시는 또 힘으로 하는 것도 아니고 무슨 승부의 세계도 아니다. 시는 힘을 주는 것이 아니라 가급적 힘을 빼는 것이다. 힘을 다 빼는 것이다. 힘을 다 뺀 것이다. 거듭 말하지만 시는 쓰잘데기 있는 게 아니라 쓰잘데기 없는 것이기 때문이다. 시는 또 잠시 허전할 뿐이다. 그렇게 살고 그렇게 쓰는 것이다. 그 '쓰잘데기 없는 일'에 최선을 다하지 못해 늘 조급할 따름이다. 그러나 또 설움이나 회한 같은 것은 없다. 오히려 더 단순하게 살아야 할 까닭이 생겼다. 좀 더 집중해야 할 까닭이 생겼다. 입을 다문 채 살 때가 많다. 그렇다고 상상적 공간이 크게 확대되는 것도 아니다. 상상적 공간을 확대하기 위해 혹은 비현실이나 무의미로 다가가기 위해 침묵하는 것은 아니다. 크게 의식하지 않고 살지만 이렇게 산 것도, 저렇게 살지 못한 것도, 아주 조금씩 뭔가 보일 때가 있다. 좋은 것도 아니고 나쁜 것도 아니다. 차라리 좋다 나쁘다 생각하지 않는 것이다.

59.

잠깐, '내 문학의 에포크(epoque)는 언제였던가?' 물론 아직 돌아볼 때는 아니겠지만 여담 삼아 돌아보고자 한다. 아마도 첫 번째 에포크는 『창작괴비평』 복간되던 해 겨울호로 등단하여 첫 시집을 비롯해 두 번째 시집도 하늘같던 〈창비시선〉으로 출간한 무렵이었을 것이다. 좀 늦깎이 등단이었지만 마치 구름 위를 걷는 것만 같았고 특히 첫 시집을 친정집 같은 창비에서 출간할 무렵엔 그야말로 별의 순간을 잡고 있었다. 돌아보면 실제로 별을 안고 살았던 것 같다. 천하를 얻은 것도 같고 천하를 주유

(周遊)할 것만 같았다. 오죽하면 주변에서 '강창비'라고 했겠는가. 지금도 어디선가 아이디나 가명을 급하게 써야 할 경우엔 곧잘 갖다 쓰곤 한다. 그리고 이미 몇 군데 지면에 밝힌 적도 있지만 등단과 곧 이은 시집 출간에 관해 '도움을 주신 분'들을 잊을 수가 없다. 세상만사 다 그렇지만 준 사람은 잊어먹어도 받은 사람은 잊을 수가 없다. 별의 순간을 지나 또 오랫동안 잠행의 날들도 있었다. 잠행이라고 쉽게 말하지만 시에서 좀 멀어지는 고통의 나날이었을 것이다. 주말부부 같은 긴 세월을 지나, 매우 사적이지만 세컨드 에포크는 몇 해 전 퇴직한 일이다. 문청시절과 맞먹을 정도로 삶의 전부가 온통 문학이 되었다. 하루 종일 시 앞에 앉아 있을 수 있고, 일어섰다가 다시 시 앞에 또 앉아 있을 수도 있다. 별의 순간도 아니고, 별을 안고 사는 것도 아니지만 손닿을 만한 곳에 별이 있는 것만 같다. 한 가지 달라진 것은 과거와 달리 손을 뻗어 별을 끌어당길 생각은 없다. 굳이 별을 움켜쥘 생각도 없이 그저 가까이 앉아서 별과 대화만 나누어도 기쁘고 감사한 일이다. 마치 은퇴한 부부처럼 살고 있다. 우스갯소리 같지만 시가 바깥사람 같고 필자가 종종 안사람 같을 때가 많다. '그대는 내 곁에 있고, 나는 그대 곁에 있다.' 소박한 일상이지만 실로 어마어마한 사건이 아닐 수 없다. 감히 한 마

디 더 언급하다면 '나는 그대로부터 해방이 되었고, 그대는 나로부터 해방이 된 것이다'. 이 해방이야말로 외로움이며 또 하나의 집중력일 것이다. 이제는 별 하나 하나가 곧 시 한 편 한 편일 것이다. 시의 순간이 곧 별의 순간이다. 시와 함께 늦은 밤 산책―산책보다 조깅에 더 가까운―을 나서는 것도 별의 순간이다. 그리고 아직 구체적으로 말하긴 일러도 이 산문집도 퇴직 이후 삶의 일부가 되었다. 삶의 일부라고 했지만 어느 날엔 삶의 전부 같아 깜짝깜짝 놀랄 때가 많다. 이러면 안 되는데 하고 끌려갈 때도 있다. 어느덧 세컨드 에포크의 일정 부분이 되었으며 또 한 축이 된 것 같다. 당분간 이 일련의 에포크와 관련된 일들이 삶의 일부든 삶의 전부를 지속적으로 지배할 것이다.

60.

시는 딱히 시간이 없다. 시의 과거는 과거가 아니고, 시의 미래는 미래가 아니다. 시의 시간은 실제 시간이 아니라 허구의 시간이다. 시를 위해 꾸며낸 시간이다. 시의 시간에는 과거도 없고 미래도 없다. 어떤 상황에 대해 시인의 감정이나 인상을 효율적으로 드러내기 위해, 시의 시간도 어떤 형식이 되고 마는 것이다. 시는 시간에 연연하지 않는다. 시의 시간은 작가의 시간도 아니고 이른바 자연적 시간도 아니다. 그럴 때마다 소위 '문학적 시간'이 되는 것이다. 문학적 시간인 시의 시간은 시만의 어떤 시간이 되는 셈이다. 말하자면 되돌릴 수도 없는 시간이다. 때때로 비문법적인 시간이다. 과거도 현재가 되고, 때때로 현재도 과거가 되는 것이다. 과거는 과거가 아니고, 미래는 또 미래가 아니다. 시의 시간은 비현실적이다. 무의미할 때도 많다. 어쩌면 시의 시간은 과거, 현재, 미래가 통째로 돌아가는 것이다. 시는 한꺼번에 오는 것이기 때문이다. 그런 것에 너무 신경 쓰지 않는 것이 시의 시간일 것이다. 시는 그런 문법적 시제에 의해 좌우되지 않는다. 그런 시제조차 다 뛰어넘을 때마다 시의 시간이 존재한다. 과학도 논리도 분석도 일차원적인 시제도 뛰어넘어야 한다. 또 과거는 나쁘고 미래가 좋은 것도 아니고 현재만 고집할 수도 없는 것이 시의 시제일 것이다. 시의 시간은 어떤 특정 시제를 지향하지 않는다. 오히려 어떤 특정 시제를 지향하지 않는 것이 시의 시제일 것이다. 특정 시제를 좋아하는 것도 아니고 특정 시제를 좋아하지 않는 것도 아니다. 오히려 이런 복잡한 말보다, 이런 문법적인 시제보다 시는 그보다 '신화적 감수성'(김준오)에 의지할 때가 있다. 시의 시간이 물리적인 시간이 아니라 화학적인, 즉 케미의 시간이 되는 순간일 것이다. 시는 단순한 시간이나 사유 (思惟)가 아니라 생각보다 훨씬 복잡한 시간과 사유에 의해 굴러가는 것이기 때문이다. 좀 어불성설이긴 해도 시도 비로소 시제로부터 자유로워지고 싶은 것이다. 그 자유는 해방의 다른 이름이다. 그리하여 시는 더 많은 시의 시간을 얻게 될 것이다. 어색하지만 급한 대로 '시제의 유희(遊戲)'라고 부르겠다. 시의 시간이 먼 들판 끝에 닿을 것만 같고, 시의 시간이 모든 과거를 다 용서할 것만 같다. 세상의 나무들도 과거가 되고, 세상의 나무들도 부르르 몸을 떨 것만 같다. 세상의 나무들을 하나도 무너뜨리지 못하면서 말이다. 세상의 나무들처럼 우두커니 서서, 흐르는 시간만 쳐다보고 있을 것이다. 과거도 아니고 미래도 아니고 현재도 아닌 그냥 오롯이 시의 시간만 남을 것이다. 시의 시간이 또 초인의 시간이 되는 순간이다.

61.

좀 어색하겠지만 한국 현대 정치사의 일정 부분은 양김의 부침(浮沈)과 함께 한 역사라고 해도 과언이 아닐 것이다. 필자는 양김을 실물 영접한 바 있다. 필자는 양김 중 한 분을 1980년 '서울의 봄' 기간 중, 강릉 b 호텔 대학생들과의 시국 간담회 석상에서 마지막 발언 기회를 얻어 대면하게 되었다. 또 한 분은 1990년대 초 작가회의 일일 주막, 무대 위에서 김근태 의원과 손을 맞잡고 노래를 불렀다. 그러나 이런 에피소드보다 양김의 민추협 등 민주화 운동이나 정치적 영향력은 동시대 청년들의 내면을 충분히 의식화하고도 남았을 것이다.

그러나 또 어떤 정치적 이해 관계에서 벗어나, 현실 정치에서는 양김 시대가 아니라 **삼김** 시대라고 해야 할 것이다. 한국 현대 정치의 어느 부분은 양김이 아니라 삼김의 부침이었기 때문이다. 이를테면 3당 합당이나 DJP 연합은 현실 정치의 스크린이었기 때문이다. 물론 양김 시대도, 삼김 시대도 그 대단원의 막을 내렸다. 어느덧 역사의 뒤안길이 되고 말았다. 자꾸 얘기하면 '라떼'가 되는 것이고, 꼰대가 된다.

또 지극히 매우 개인적인 편견이겠지만 해방 이후 한국 현대 시 부문에서도 **삼김**이 있었다. 필자는 문학에 눈 뜰 때, 민음사에서 나온 삼김 중 **양김**의 시선집은 머리맡에 두고 살았다. 양김 중 한 분의 민음사본(本) 시와 산문 전집은 아마도 출간되자마자 가장 먼저 구입하였을 것이다. 앞서 나온 시집이나 산문집을 다 읽었겠지만 전집이 주는 무게는 또 다른 무게였기 때문이다. 전집은 시인의 전신을 영접하는 것과 같았을 것이다. 또 한 분도 모든 시집을 다 구입하였고 다 읽었겠지만 청하본(本) 전집이 출간되자마자 가장 먼저 뛰어가 구입하였을 것이다. 역시 전집이 주는 무게는 또 다른 무게였기 때문이다. 지금도 그 무게를 가늠할 수 있을 것 같다. 마찬가지로 그 전집도 시인의 전신을 영접하는 것과 같았을 것이다.

그러나 또 어떤 개인적 편견을 벗어나면, 삼김 중 양김만 운운 할 일이 아니다. 왜냐하면 삼김을 거론한다면 이 분보다 앞에 놓을 김도 없을 것 같기 때문이다. 그 분의 문장본(本) 전집 역시 출간되자마자 급히 구입하였고 타계하기 전, 정말 운이 좋게도 한 십여 미터 앞에서 실물 영접한 바 있다. 더 다가가지 못한 것을 아주 먼 훗날 후회한 적도 있었다. 그때 그의 육성 강연을 다 잊었지만 흘려듣지 않고 아직도 남아 있는 것도 있다. (멀리서 나직이 들리던 시 읽는 두 가지: 하나는 내용으로! 하나는 형식으로!) 그래도 후회는 남는 법이다. 양김도, 삼김도 그 대단원의 막을 내렸다. 어느덧 문학사의 뒤안길이 되고 말았다. 자꾸 얘기하면 '라떼'가 되는 것이고, 꼰대가 되는 것이다. 빠이~

62.

시가 어떤 관념이나 어떤 정서에 천착하면 망한다. 가령, 어떤 슬픔을 드러내지 말고, 어떤 슬픔을 그 '어떤 형식'에 의해 드러내야 한다. 그것도 매우 독립적인 혹은 독자적인 형식으로 드러내야 한다. 이른바 반어나 역설이 여기서도 드러날 것이다. 어려운 말이지만 시는 슬픔을 겉으로 토로하는 것이 아니다. 가지 않아도 될 길을 알면서도 굳이 헛걸음 하는 것과 똑같다. 이를테면 시는 먼 길을 돌아가는 '헛걸음의 미학'이다. 기름기 빼는 것이 시다. 마치 기름기 다 뺀 것이 시다.

시가 자전적이다, 아니다 이런 것도 단지 시에 의해서만 좌우될 때가 많다. 역시 어려운 말이지만 시인이 선택하고 시인에 의해 좌우되는 것도 아니다. 시는 시인과 갑을 관계도 아니고, 시인도 시와 갑을 관계가 아니다. 이를테면 사이좋은, 때때로 거리를 두고 사는 파트너십 관계이다. 마치 각방 쓰는 한 집 부부와 같다. 시와 시인의 관계는 일심동체가 될 수 있을까. 없다. 다시, 시와 시인도 '어느 형식'에서 잠시 만났다 또 헤어지는 것 아닌가. 아닌가.

그리고 이른바 '경험적 자아'와 '시적 자아'라는 것도 둘이 아니라 하나 아닌가. 불이(不二), 불이 아닌가. 이를테면 나눌 수도 없고, 도저히 뗄 수도 없는 성실한 부부 같은 것 아닌가. 아닌가. 시 속에서도 시인 속에서도 둘 다 혼재한 것 아닌가. 양손의 떡 아닌가. 아닌가. 시가 불안하고 시인이 불안한 이유도 이런 것 때문 아닌가. 아닌가. 어느 초상화처럼 얼굴 반쪽은 웃고, 다른 반쪽은 울고 있는 것 아닌가. 아닌가. 그 반대인가. 아님 혼자 웃고 혼자 울고 하는 것인가. 결국 이 둘 사이는 자로 잰 듯이 나눌 수도 없고, 두부 모 자르듯 딱 자를 수도 없는 것 아닌가. 아닌가. 다시 헤어져야 하나. 시와 인생은 어디서 만났다가 어디서 또 헤어져야 하는가. 문학과 인생은 어디서 손을 잡았다가 어디서 또 손을 놓아야 하나. 그렇다면 시와 시인은 어디서 만나야 하고 또 어디서 헤어져야 하나. 아님 그냥 헤어져야 하나. 아님 통일과 분리 그리고 분열과 통합 그리고 혼란이나 혼동도 다 한 통속이며 어떤 과정의 한 단계일 뿐인가. 아닌가. 삶의 형식에서도 시의 형식에서도 혼음은 불가피한 것 아닌가. 아닌가. 가령 1차원이 아니라 3차원의 순환적 사유가 필요한 것 아닌가. 아닌가. 여기서 또 '저만치 혼자서' 각자 도생의 생존 철학을 이마에 딱지처럼 붙여놓고 살아야 하나. 그럼, 또 어떤 '형식'이 되어야 하나. 그 형식만 남는 것인가.

63.

시인이나 시적 화자나 청자나 독자나 심지어 시도 다시 밖에 있는 것 같다. 시 안에 들어가지도 못하고, 이 산문집 안에 들어가지도 못하고 밖에서 맴돌고 있는 것 같다. 그럴 때가 있다. 시 밖에서 이 산문집 밖에서 이렇게 더 있다 보면 정말 '밖'으로 나가지도 못하고, '밖'에만 있을 것 같다. 불안한 시간이다.

어제는 빗속에 갇혀서 어느 절집 마루턱 끝에 앉아 있었다. 낙숫물과 빗소리와 빗방울과 빗줄기와 빗줄기의 굵기와 빗줄기의 강도와 비바람의 여파와 빗줄기의 강약과 빗소리의 음량과 빗방울이 무릎에 닿을 때마다 빗방울의 개수를 헤아리는 일과 먹구름과 구름의 흐름과 산마루의 구름과 구름의 이동과 구름의 색채와 구름의 움직임과 구름과 빗소리의 상관 관계에 대해 생각하다 말다 하였다.

그리고 또 어떤 비애와 비루함과 비장함과 비창함과 비관과 비겁함과 비굴함에 대해 침묵할 수 있었고 침묵하지 않을 수도 있었다. 어떤 관념에 빠져 있었고 어떤 관념에 끌려 다닌 것만 같다. 물론 어떤 감정에 깊이 빠진 적도 있었다. 오래되었지만 대표적인 감정이 아마도 분노였을 것이다. 분노는 하루도 쉬지 않았고 분노로 인해 하루 종일 분노에 휩싸일 때도 있었다. 오죽하면 아무것도 모르는 봄비 속에서도 적에 대한 분노로 몰두했었다. 봄비를 바라보면서 적을 생각하였다면 적어도 봄비에 노예가되었거나 거지가 되었다는 뜻이다. 분노는 어떤 일상을 무너뜨리기에 안성맞춤이었다. 그러나 적을 이기지도 못하고 봄비를 이기지도 못하고, 오히려 적에게 끌려 다녔고 봄비에 갇혀버린 꼴이 되었다. 적과도 거리를 두지 못했고 봄비와도 거리를 두지 못한 결과였다. 적은 저기 있는 게 아니고, 적은 바로 여기 있다. 그래도 시 한 편이 필자를 위로하는 형식이 되었다.

"오직 적만 생각하고 살았다/ 그러나 적은 나를 생각하지 않았다/ 나는 적들만 생각하고 살았다/ 그러나 많은 적들은 나를 생각하지 않았다/ 적들은 나를 생각하지 않아도/ 나는 적들을 생각하고 살았다"(「봄비」 부분)

노트북 앞에 앉았다 일어나면 또 앉아서 시를 쓸 수밖에 없었다. 그럴 땐, 시가 옆에 있고 시 바로 옆에 또 시가 있었다. 그러다 또 사나흘 멀어지면, 한 주 두 주 지나면 불안하고, 앉아 있지도 못하고 서 있지도 못한다. 그럴 때마다 두렵고 불안하고 폭력적일 때도 있다. 밥 먹을 때도 더 급하게 먹고, 마트 무빙워크 위에선 서 있지 못하고 빨리 걷기도 한다. 마음이 급하고 바쁘다. 물론 이 노트북 앞에서도 매우 급하고 빠르고 또 폭력적이다. 노트북 앞에서 폭력적인 행동 양식은 대체로 다음과 같은 증상이 나타난다. 아무리 더워도, 덥든 말든 방문을 걸어 잠그고 방에 갇힌다는 것이다. 아니다. 스스로 가둬놓는 것이다. 일종의 형벌 같은 것이다. 자학이다, 그래도 키보드 두드리는 거친 소리가 밖에서 들리지 않게 해야 한다. 밖에서 들으면 기분 나쁠 것 같고 옆에 앉아 같이 들으면 더 기분 나쁠 것 같다. 키보드 두드리는 소리가 거칠고 또 급하다. 키보드한테 미안할 따름이다. 소리를 죽여야 한다. 더 죽여야 한다. 좀 다른 말이지만 몇 차례 경험을 통해 뼈저리게 후회하면서 얻은 것인데, 가까운 사람한테 말할 땐 목소리를 높이는 게 아니다. 목소리를 더 낮춰야 한다. 이제 키보드 탁탁 때리는 뭇매 소리가 〈당신의 밤과 음악〉보다 한층 낮아졌다. 모차르트 〈음악의 농담〉보다 더 낮아졌다. 아주 사소하고 또 아주 작은 일이 되고 말았다. 드뎌 농담이 되고 말았다. ㅋㅋㅋ

(그러나 솔직히 예컨대, 하루 일과 중 밥 먹고 잠자는

것 즉 최소한 삶의 영역 외에는 최대한 문학의 영역이 되어야 한다. 때때로 이 산문집이 '천사' 같을 때가 있지만 때때로 이 산문집 앞에서도 '폭력적'일 때가 있다. 이 산문집이 비로소 문학의 영역이 되었다는 뜻이기도 하다. 미안하기도 하고 고맙기도 하다. 이미 이 산문집은 폭력적이거나 자학적이 될 것 같다. 비록 키보드나 두드리는 하찮은 폭력이라 해도 폭력은 폭력일 것이다. 자책할 때도 있다. 지금부터라도 키보드를 가볍게 하자. 키보드 두드리는 소리를 낮추자, 더 낮추자, 아무도 들리지 않게, 아무도 듣지 않게 더 낮추자. 아예 진동으로 하자. 차라리 무음으로 가자. 무음으로, 더 무음으로...)

글을 쓴다는 게 무슨 거창한 일도 아니고 딱히 존중 받아야 할 일도 아니다. 누구 말마따나 다 본인이 좋아서 하는 일인데 누구 앞에서 굳이 티를 낼 것도 없다. 그냥 조용히 쓰고 조용히 살면 되는 것이다. 문학의 위상이 달라진 것도 아니고 문학의 위상이란 게 본래부터 있었는지도 차마 의문시 된다. 크게 내세울 것도 없고 그냥 조용히 찌그러지는 것이다. 그냥 조용히 지나가는 것이다. 그저 기성 문법이나 기존의 상식에 부합하지 않고 부화뇌동하지 않고 스스로 도태되거나 오랫동안 부정하는 것이 시의 형식일 것이다. 권세를 따르지 않는 것만 해도 엄청난 역사의식이 있다는 것이다. 시나 시인이 아무리 왜소해졌다 해도 최소한의 체면을 지켜야 하지 않겠나. 최소한의 체면 따위도 집어치워야 하나. 체면 따위도 기성 문법이고 기존의 상식이 되었는가. 앞에서도 말했지만 이제 시는 길도 없고, 길 없는 길을 가는 것이다. 시만 사라진 것도 아니다. 모든 길이 사라졌다. 그러나 그러한 문법이나 상식과 타협하지 아니하고 망설이면서 또 부정하고 부정할 때 시가 올 것이다. 혁명은 시대적 유물이 되었고, 그 아름답던 시도 시인도 서서히 시대적 유물이 된 것 같다. 거대한 낙관도 그보다 더 큰 거대한 비관으로 바뀌었다. 매우 서글프지만 그런 서글픔을 안고 사는 것이다. 고작 반 세기만에 김수영이 살았던 시대와 김종삼이 살았던 시대가 까마득한 전설이 되고 말았다. 적절한 비유가 아니겠지만 오래 전에 다 남남이 된 것 같다.

64.

삶도 견디기 힘들겠지만 시도 견디기 힘들 때가 있다. 삶이든 시든 또 견딜 수도 없지만 참을 수도 없을 때가 있다. 밥자리가 아니어도 그 자리에 앉아 있어야 할 때가 있고, 시가 아니어도 그 자리에 앉아서 손끝으로 뭔가 끄적

거릴 때가 있다. 뾰족한 길이 없어도 길을 나서야 하고, 뾰족한 일이 없어도 노트북 앞에 앉아 일을 찾아야 한다. 시는 삶을 건너다보고 삶은 또 시를 건너다본다. 눈이 마주쳐도 서로 눈을 피할 때가 더 많다. 시도 좋은 시절이 다 지나갔다는 뜻이다. 한국 국내 정치도 좋은 시절이 다 지나갔다는 생각이 든다. 심쿵은커녕 숫제 열조차 받지 않을 때도 있다. 예열도 미열도 없다. 더 이상 열 받고 싶지 않을 때가 많다. 그렇다고 냉소나 무당 층도 아니다. 국가가 무엇인지 생각하게 된다. 정치가 무엇인지 생각하게 된다. 정자(政者) 정야(正也), 즉 논어의 한 구절을 끌어당길 생각도 없다. 결국 다시 문학이 무엇인지 생각하게 한다. 시가 무엇인지, 무엇이 시인지 한 번 더 생각한다. 삶은 또 무엇인지 생각하게 된다. 다만, 진지하지 말고 가볍게 스쳐지나가듯이 생각하자. 그럼에도 불구하고 뭘 안다고 말하지 말 것. 뭘 좀 안다고 말하는 순간, 시는 곧 사라질 것이다. 시인에게 말이라도 걸어준다는 신도 모르고 시인도 모르고 시도 모르는 일이다. 그런 것이다. 그렇다고 여론조사를 포함한 여론이나 민심이나 또 문학의 독자층을 외면하라는 것은 아니다. 소위 여론이나 국민의 눈높이를 외면하면 안 되고 외면해서도 안 되겠지만 또 부단히 그 눈높이에서 뾰족한 길을 찾아야 할 것이다. 그러나 다만 예외적으로 시의 길에는 뾰족한 길이 없다. 뾰족한 칼도 없다. 그저 허공을 향한 빈주먹일 뿐이다. 헛일이다. 그런 것이 그의 길이다. 정치에 대한 열망이나 신념이 시들해졌듯이, 시에 대한 열망이나 신념은 더 시들해졌을 것이다. 그러나 지금도 시에 대한 열망과 신념을 무슨 종교처럼 믿고 사는 혹은 믿고 쓰는, 그 불침번 같은 인류만 시들해지지 않았을 것이다. 그들은 또 어디 있는가. 그러나 그들은 홀로 들판을 횡단하고 있을 뿐이다. 따르는 자도 없고, 앞서 가던 자도 없다. 오직 홀로 있을 뿐이다. 들판 곳곳에 희미한 옛 사랑 같은 불빛만 보였다 사라질 뿐이다. 그 불빛으로는 무엇을 밝힐 수도 없고, 무엇을 불태울 수도 없을 것이다. 이상한 불빛만 들녘을 비출 뿐이다. 빈 들녘을 지나다 희미한 불빛이 보이거든 그것이 어느 시인이 밝혀놓은 불빛이거늘 눈여겨보라. 그리고 그들은 끝내 그 들녘을 떠나지 않을 것이다. 이것도 그들이 할 수 있는 마지막 남은 열망이며 신념일 것이다. 그들이 그 열망과 신념만으로 시작하였듯이 그들은 또 그 열망과 신념만으로 견디고 참을 것이다. 그런 것이 깨끗한 열망이며 신념일 것이다. 그런 것이 대가 없는 열망이며 신념일 것이다. 그런 것이 순결한 신념이며 열망일 것이다.

65.

 이상한 말 같지만 이미 할아버지 세대는 갔고 아버지 세대도 갔고 삼촌이나 아재들 세대도 지나간 것 같다. 세대 갈등이나 세대 갈라치기가 아니라 그렇게 빠르게 세월이 흘러갔다. 과거는 흘러갔고 과거는 돌아오지 않는다. 이제는 조카들 세대가 되었다. 고모나 이모들의 세대도 아니고 대세는 조카들의 시대가 되었다. 그들은 앞 세대의 빛나는 칭호인 산업화나 민주화 세대가 아니다. 그들은 아주 새로운 인류들이다. 신인류가 낯선 말이 아니다. 산업화나 민주화로 그들의 발등을 찍을 수도 없고, 아시다시피 이제 그들의 발등에 떨어진 불은 그런 것도 아니다. 산업화나 민주화도 앞에서 언급했듯이 시대적 유물이 되었거나 전설이 되었다. 시라는 장르도 이러한 추세와 크게 다르지 않을 것이다. 문학의 독자 혹은 작가를 세대론으로 구분하자는 것은 아니지만, 문학의 독자 혹은 작가도 이미 오래 전에 '조카 세대'가 점령했다. 오히려 점령당했다는 말이 더 설득력이 있을 것이다. 이따금 텔레비전의 각종 프로그램이라도 본다면 이런 것은 더 명약관화할 것이다. 과거는 흘러갔고 어떤 과거도 다시 돌아오지 않는다. 그것은 또 아주 자연스러운 일이다.

민주화도 산업화도 그 열매를 부정할 순 없고, 그 누구도 훼손할 순 없다. 민주화나 산업화 못지않게 시의 열매도 결코 부정할 순 없고 훼손할 수도 없다. 한국 근현대문학사가 그렇게 허술하거나 허탈하지 않다. 다만, 민주화나 산업화의 역사가 지나갔듯이 시의 역사도 서서히 지나갔을 뿐이다. 물론 아직도 여전히 역사가 진행 중이다 하면 반박할 힘은 없다. 그런 것도 일종의 제도가 되어 버렸기 때문에 반박하기가 쉽지 않다. 어쩌면 제도가 아니라 그 또한 산 역사에 가까울 것이다. 제도나 산 역사는 바위보다 더 견고하다. 그 어떤 제도나 산 역사도 그 제도나 산 역사의 힘으로 버티기 때문이다. 그보다 더 큰 또 다른 제도나 산 역사의 힘이 아니면 무너뜨릴 수가 없을 것이다.

　작금의 시도 어떤 제도나 산 역사의 힘에 가까울 것이다. 시의 힘이 쇠잔했다 해도 시의 제도도 거의 산 역사의 힘에 근접해 있을 것이다. 시의 힘보다 시의 제도에 의한 역사가 산 역사가 되었을 것이다. 시의 제도도 아시다시피 이미 오래 전에 산 역사가 되었다. 필자도 그 역사의 변방에서 가끔 불침번도 섰고 때론 본의 아니게 그 제도의 구성원이 될 수밖에 없었다. 오프 더 레코드이지만 등단 직후엔 '강창비'하던 문우도 있었지만 근래 어느 가까운 문우는 아예 '창비 서자'라고 부르기 시작했다. 그만큼 세상도 변했지만 세월도 변했다. 암튼 등단 이후 그 문학적 열망이나 신념은 다 식었을 것이다. 그러나 그 열망과 신념을 앞에 앉혀놓고 스스로 혼자 부정하기도 하고 또 긍정하기도 한다. 다시 비관주의자가 된 것도 같고, 어떨 땐 패배주의에 의지할 때도 있다. 앞에 앉혀놓고 보면 열망도 신념도 누군가를 억압한 것 같다. 어쩌면 그 뜨거웠던 열망도 신념도 그저 떠도는 기표인 것 같다. 그렇다면 세상이 변한 것도 아니고 세월이 변한 것도 아니다. 변한 것도 없고 변하지 않은 것도 없다. 열망과 신념도 그저 있었던 것이고, 세상도 세월도 그렇게 또 있었던 것이다. 시도 그저 있었던 것이다. 강창비는 강창비의 무대가 있고, 창비 서자는 또 창비 서자의 무대가 있을 것이다. 그래도 피는 못 속일 것이다. 아무나 강창비가 되고 아무나 창비 서자가 된 것도 아니다.

그러나 또 머물 곳도 기댈 곳도 마땅치 않겠지만 이제 더 도망 갈 데도 없는 그 열망과 신념으로, 시와 함께 '어느 나이든 부부처럼' 그저 살아갈 뿐이다. 무낙(無樂)도 낙일 것이고, 무(無)재미도 또 하나의 재미일 것이다. 무재미든 무낙이든 그게 또 삶이고 그게 또 시일 것이다. 또 맛집 운운 할 게 아니라 그저 1식 3찬이면 족한 것 아니겠는가. 굳이 날마다 함포고복(含哺鼓腹)해야 할 일이 있겠는가.

66.

시는 밥도 아니고 약도 아니다. 무슨 낙도 아니고 무슨 재미도 아니다. 길을 가리키는 것도 아니고 길을 찾아주는 것도 아니다. 오히려 길은 길이 아니고, 길에는 길이 없다고 할(喝)한다. 시는 어떤 문제에 대해 이를테면, 삶의 문제든 사회문제든 더 복잡하게 하고 더 생각하게 하고 한 번 더 그 문제에 대해 인식하게 한다. 솔직히 이런 말도 20세기, 즉 '라떼' 얘기인 것 같다. 21세기는 완전히 다른 세상이다. 무엇이 변하고 변했는지 그것은 각자 곰곰이 생각할 수밖에 없다. 하루에 단 10분이라도 조용히 앉아 있어야 할 까닭이 있다. 공부하라는 것도 아니고 명상하라는 것도 아니고 기도하라는 것도 아니다. 그냥 가만히 앉아 보라는 것이다. 가만히 앉아서 가만히 생각해 보라는 것이다. 생각은 자유다. 벽이 있으면 벽을 바라보고 숲이 있으면 숲을 보면 된다. 물이 있으면 물을 바라보고 빗소리가 있으면 빗소리만 바라보면 된다. 아주 가끔 시가 있으면 시를 읽으면 된다. 아무것도 없으면 아무것도 없이 생각하면 된다. 생각하기 싫으면 생각하지 않으면 된다. 생각하지 않는 것이 어쩜 앉아 있음의 최고의 미덕일 수도 있다. 생각 않는 것, 생각 없는 것, 할 수만 있다면 생각을 다스리는 것, 할 수만 있다면 그 생각조차 버리는 것, 아아 갈수록 태산이다. 어느 선방처럼 그저 호흡만 바라보자. 호흡만 지켜보자. 바람소리나 듣자. 놀이터에서 노는 아이들 웃음소리나 듣자. 좀 멀긴 해도 향호리 호수의 수면(水面)이나 생각하자. 그 너머 겨울 바다도 생각하자. 여름 바다도 생각하자. 향호리 호숫가를 천천히 산책하던 어느 시인을 생각하자. 화진포 호숫가에 서 있던 어느 시인도 생각하자. 마차진 해변 무송대 섬을 오르던 어느 시인의 뒷모습도 생각하자. 송지호 호숫가를 거닐던 어느 시인도 생각하자. 생각을 내려놓자. 생각을 버리자. 생각이 너무 많은 시는 무겁다. 생각이 너무 많은 시인도 무겁다. 구름을 보라. 구름은 얼마나 가벼운가. 갈매기는 또 얼마나 가볍게 날고 있는가. 보라 저 하늘을 보라. 그러나 시는 구름도 아니고 갈매기도 아니다. 시는 호수도 아니고 바다도 아니다. 시는 바람소리도 아니고 웃음소리도 아니다. 시는 또 어디로 갔는가. 시도 가면 가고, 오면 오는 것이다. 허허. 오면 쓰고, 쓰면 또 간다. 일정한 주기도 없이 오고 가다 보면 좀 견디기 힘든 것도 있다. 시가 웃지 못하는 장면이다. 장면이 아니라 정면이다. 생얼이다. 시도 시인도 민낯일 때가 많다. 비록 두꺼운 담요를 뒤집어쓰고 있다 해도 시인의 이름을 감출 순 없다. 시인이 된 것만으로도, 이렇게 시를 놓치지 않고 있다는 것만으로도 이번 생에선 성공한 것이다. 어디서든 시인 이외의 자리나 명예를 탐한 적도 없고 탐낸 적도 없다. 그리고 한 방에서 붙어살다 보면 괜한 일로 언짢을 때도 있지만 각자 각방을 쓰진 않는다. 서로 의지할 때가 많다. 퇴직 후엔 차 한 잔 가운데 놓고 앉아 있을 때가 많다. 그래도 시와 함께 살기 위해선 24시간 감수성을 풀가동해야 한다. 시가 지성보다 감수성에 의해 좌우될 때도 많다. 시는 감수성 그 자체일 뿐이다. 시는 무얼 갖다 채워도 채워지지 않고, 가슴을 쥐어뜯어도 그저 손톱자국만 두어 개 남아 있는 불쌍한 가슴 같은 것이다. 허하고 공할 뿐이다. 시는 또 아무리 높이 있어도 그대 가슴높이쯤에 있을 것이다. 시는 그저 그대들의 가슴높이쯤에서 말없이 주고받을 뿐이다. 아니면 백석처럼 말한다면 그보다 조금 더 '가난하고 외롭고 높고 쓸쓸하'게 살아가는 것일까?

67.

시가 아무리 어떤 현실과 대상에 대해 집중한다 해도 결국 남는 것은 언어일 것이다. 시는 시가 쓰는 것도 아니고 시인이 쓰는 것도 아니다. 시는 언어로 쓰는 것이다. 그러나 언어에 속지 마라. 잘 아시다시피 언어 그 자체는 현실도 아니고 대상도 아니다. 구름도 아니고 나무도 아니다. 폭포도 아니고 꽃도 아니다. 앞에서도 언급한 바, 어떤 형태 즉 시라는 어떤 형식만 겨우 남은 것이다. 언어가 아니라 어떤 형식만 남은 것이다. 어떤 형식이라고 하여 무슨 형식주의로 오인하지 않기를 바란다. 여기서 저기서 말하는 형식은 그저 한갓 어떤 형태일 뿐이다. 그러나 또 그 어떤 형태는 삶을 움켜쥐고 있다. 차라리 삶을 변명하고 있다. 구름을 가리키고 꽃을 가리키고 있지만 실은 대부분 삶을 배경으로 하고 있다. 언어라는 손바닥을 펼쳐놓고 보면 구름도 꽃도 보이지 않지만 삶의 옆모습은 희미하게 남아 있을 것이다. 그때 시는 제 모습에 화들짝 놀랄 것이다. 시는 때때로 제 얼굴에 침을 뱉고 또 제 발등을 찍고 그리고 제 손등마저 깨물고 있는 형국이다. 시의 형세가 늘 그러하다. 날이라도 흐리면 몸이 좀 쑤시는 것 같지만 실은 마음을 뾰족하게 쑤시는 것이다. 시도 그런 것 아니겠는가. 예컨대 외로움이라는 것도 몸으로부터 시작하여 몸속에서 잉태하고 몸속에서 생산되어 비로소 몸 밖으로 조금 내비친 마음 표시 같은 것 아닌가. 그게 시 아니었던가. 그게 이른바 시의 표현 아닌가. 삶 속에서 생겨난 감정들이 시의 정서로 환기되는 것 아닌가. 시도 몸과 마음이라는 두 개의 비빔밥 같은 것이다. 물론 몸은 몸대로, 마음은 또 마음대로 부대끼면서 겪어내는 것이다. 견디는 것이다. 시도 삶도, 몸도 마음도 부단히 견디는 것이다. 몸은 마음에 부대끼고, 마음은 또 몸에 부대끼면서 견디는 것이다. 견뎌내는 것이다. 몸도 마음도 결국 살아내는 것이다. 그것을 관용어처럼 통일이라고 말할 수도 있고 분열이라고 말할 수도 있다. 위의 외로움을 괴로움으로 바꾸어 읽어도 그리 낯설지 않을 것이다. 외로움과 괴로움도 몸과 마음과 같은 관계 아닐까? 몸과 마음을 시와 삶의 관계로 해석하면 너무 나간 것일까? 시의 길이 없는 게 아니라 되돌아갈 시의 길이 없다는 것이다.

시의 길도 작두 위에 두 발을 올려놓은 무당의 길과 같은 것이다. 작가회의 등 문단 말석이라도 앉아볼까 하고 쫓아다닐 때, 어느 날 선배 시인은 그보다 대선배 시인을 일컬어 '무당'이라고 하였다. 뭔가 확 깨우치는 순간이었다. 잠시 무엇을 용서할 수 있는 순간이었다.

68.

　시는 어디 있는가. 시가 여기 있다면 과연 시는 여기 있는가. 시는 시가 될 수 있는가. 시는 시를 움켜쥐고 있는가. 시는 시가 되는 순간 달아나는 것 아닌가. 혹시 시는 시를 찾아가는 여정 아닌가. 혹시 시는 시가 되지 않으려는 몸부림 같은 것 아닐까. 시는 시가 되는 것이 아니라, 시가 되지 않으려는 지속적인 항변 같은 것 아닐까. 아닐까. 시는 시를 겨우 의지했다 마는 것 아닌가. 시는 시의 몸을 잠시 빌려 외로움을 달래는 것 아닌가. 그 허전함을 달래지도 못하면서 말이다. 달래기는커녕 호주머니 속에 든 외로움을 만지작거리면서 꺼내놓지도 못하면서 오히려 더 깊은 곳에 밀어 넣으면서 말이다. 잊지 말자. 시는 다시 또 실패하고 패배하는 것이다. 시는 시가 되지 않으려는 어긋남이고 엇갈림이다. 출가도 못하면서, 출가를 꿈꾸지도 못하면서, 그저 어느 생에 출가할 것인가 하고 무작정 기다리는 한심한 중생 같은 것 아닐까. 아닐까.

　시도 어떤 욕구이며 본능에 가까울 때가 있다. 그것은 생산적인 것보다 헛것에 대한 욕구이며 본능에 가까울 것이다. 적당한 가면도 골라 쓸 줄 알고 때론 가면을 살짝 벗어 보이기도 한다. 마치 아주 엷게 화장한 생얼 같은 것 말이다. 속이 적당히 비치는 옷을 입은 것 같다고 할까. 암튼 시는 이 '적당히'가 중요하다. 과하지도 않고 부족하지도 않은 어떤 지점 같은 것 말이다. 말이 쉽지 적당하게 한다는 것도 어렵다. 시는 다 하거나 더 하면 지는 것이다. 그렇다면 그동안 많은 과음은 대체로 다 실패한 것인가. 패배한 것인가. 그 실패와 패배로 인해 시가 된 것일까. 남의 집 담장을 넘은 적 있는가. 제 집 담장 넘는 게 아니라 남의 집 담장 넘보고 사는 것 아닌가. 오죽하면 누구 말처럼 한국인은 제 안을 들여다보는 게 아니라 자꾸만 밖을 내다보고 산다고 했던가. 여기서도 나는 내가 아니다. 안타깝지만 내 눈으로 나를 보는 것이 아니라, 남의 눈으로 나를 보는 것이다. 할(喝)!

시는 어디 있는가. 시가 묻는 게 아니라 당신이 묻는 것만 같다. 어색하지만 스스로 묻지 않는 것은 묻는 것이 아니다. 시가 얼마만큼 솔직해야 하는지 묻는 말도 있었다. 스스로 묻고 스스로 답해라. 시가 당신에게 그런 말을 하는 것만 같다. 시가 광화문 광장을 횡단할 때도 있었다. 이제는 아무리 눈을 씻고 둘러보아도 꽃을 든 자는 보아도, 촛불 든 자는 볼 수 없다. 지금 여기서, 광장에서, 하루도 빠짐없이 홀로 촛불 든 자여! 그대가 시인이며 시일 것이다. 촛불은 단 한 번 들고 내려놓는 것도 아니고, 촛불은 오랫동안 홀로 들고 끝까지 내려놓지 않는 것이다.

그리고 세상을 보는 눈도 있어야 하지만 일종의 정점을 통찰할 줄 아는 눈도 있어야 한다. 정점에 가닿진 못해도 정점을 볼 줄 알고 정점이 무엇인지 아는 밝은 눈이 필요하다. 바닥을 쳐다볼 것인지 정점을 쳐다볼 것인지 그것이야말로 작가의 자존심의 문제가 아니겠는가. 그리고 정점이나 바닥을 찍는 것도 잠깐 하고 마는 게 아니다. 시의 행간이나 이면(裏面)에 무엇을 끼워두었는지 짐작해보는 것과 같이 곰곰이 사유해야 할 것이다. 그곳에 시가 있다. 복잡한 것도 있지만 매우 헐렁한 것도 있다. 그 행간 너머 그 이면 너머엔 또 무엇이 있을라나. 그러나 시는 행간이나 이면에 있는 것도 아니고 심지어 시 속에 시가 있는 것도 아니다. 누차 언급한바, 시는 시가 되면 시가 사라지는 법이다. 그게 법이다. 시는 시가 되기 전에 시가 되는 것이다. 시가 되기 바로 직전의 그 시를 만나고 싶다. 그때 그 시는 이른바 주제도 없고 소재도 없다. 비유도 없고 역설도 없고 아포리즘도 없다. 메시지도 없고 묘사도 없다. 마치 어두운 그림자 같은 것만 있고 물컹한 우울만 유혹하듯 분분할 뿐이다. 비로소 시도 시인도 딱히 할 수 있는

게 없다. 그것을 감히 또 자유라고 불러야 하겠다. 그것을
또 해방이라고 불러야 하겠다.

　시의 형식은 어쩌면 언어뿐만 아니라 이면이나 행간을
다 뭉뚱그려놓는 것인지 모르겠다. 시의 구조를 너무 단
순하게 생각하는 것도 문제다. 시가 비록 단순한 소재 하
나만 가지고 어떤 세계를 형상화했다 해도 그 세계에는
어떤 커다란 세계관이 드리워져 있을 것이다. 그렇다면 시
는 단순한 어떤 세계가 아니라 어떤 복잡한 세계관일 것
이다. 시가 간결한 형태를 띠고 있다 해도 그 형태는 결코
가볍지 않다. 시는 그러한 세계를 넘어, '하룻밤에 크고 작
은 강을 아홉 개나 건너' 어떤 세계관의 기슭을 향하고 있
는 것이다. 새벽녘 그 기슭에 도착하면 미련 없이 돌아보
지 않고 또 다른 세계를 찾아 또 다른 세계관을 향해 또
강을 건너야 한다. 그게 시의 길이다. 시의 끝이 있겠는가.
없다. 사랑의 끝이 있겠는가. 없다. 그런 것이 시의 세계일
것이다. 그 바닥을 좀 휩쓸려 다니다 보면 그 바닥이 그렇
다는 것을 알게 된다. 그러나 이제 이 바닥도 바닥이 드러
났다. 큰 손은 떠났고 큰 힘도 떠났다. 남은 것도 없고 남
아 있는 것도 없다. 쳐다볼 것도 없고 굳이 바라볼 것도
없다. 시/인만 불쌍한 것도 아니다.

고개를 들어라. 가슴을 펴고 허리를 꼿꼿하게 세워라. 어디서든 쉽게 수긍하지 마라. 김치를 담그든 피자를 굽든 빵을 굽든 바다낚시를 하든 그대의 손으로 직접 하라. 그리고 나서 남의 손도 보라. 다만 기존의 관습적 인식이나 관념을 무턱대고 무심히 따르지 마라. 그대는 그대의 제국을 건설하라. 당신의 촛불을 들고 살아라. 그 촛불로 그대의 세계를 드러내고 그대의 세계관을 크게 드러내라. 그것이 그것만이 그대의 브랜드가 될 것이다. 그런 것이 또 시가 될 것이다. 마치 하룻밤 판돈을 걸어야 하듯 그렇게 시를 써라. 그런 것이 시의 길이고 시인의 길이다. 지금 뭔가 쥐고 있다면 툭 끊어라. 뭐든지 손에 쥐고 있으면 잃는 법이다. 주장자(柱杖子) 탁, 내려놓는 소리 들었느냐. 못 들었다. 탁. 들었느냐. 들었다. 탁. 그만 해라. 탁. 대충 해라. 탁. 탁. 탁...

69.

시는 시대를 뚫고 나가는 것이지, 시대에 순응하는 것도 아니고 더구나 시대를 앞서 가는 것도 아니었다. 시가 그 시대의 한 가운데 발을 딛고 서서, 발을 떼지 않고 서서, 무릎까지 빠졌다 해도 시는 그 시대를 뚫고 나가야 하는 것이다. 실제로 많은 시는 그 시대를 뚫고 나왔다. 1970년대 1980년대 저 어둡던 시대, 이 땅의 많은 시는 그 시대를 딛고, 그 시대를 뚫고 나왔다. 가령, 더 깊은 시대 속으로 빠져들었든지 아니면 그 시대를 뛰어넘었든지 간에, 그 많은 시들은 마치 전쟁터에서 돌아온 상처 많은 영혼들이었으리라. 라떼 같은 얘기지만 때론 또 낡은 군복을 입고 시를 썼다. 어떤 시대에 더 이상 빠져들면 시를 잃을까 두려워 풀이라도 잡고 싶었을 것이다. 그 시대와 맞서 나가던 대로엔 나서지도 못하고 고작 뒷골목이나 배회하며 또 방구석에서나 시름을 겪었을 것이다. 이래 저래 흠이 많은 영혼은 또 죄 많은 영혼이 되었으리라. 그럼에도 불구하고 거지가 되더라도 시를 잃지 않으려고 시를 썼다. 살아남으려고 시를 쓴 것이 아니라 시를 잃지 않으려고 삶을 살아내고 있었다. 사랑을 해도 사랑보다 더 깊은 곳에 시를 써서 깊숙이 찔러 넣을 수밖에 없었다. 죄 많은 영혼은 순식간에 용서 받을 수 없는 영혼이 되었으리라. 그렇게 살아서 왔고 또 그렇게 시를 써서 살아내고 있었다. 때로는 시보다 사랑에 더 빠진 적도 있었으리라. 때로는 사랑보다 술에 더 많이 빠진 적도 있었으리라. 이것은 또 무엇인가. 어떤 시대에 살았다는 것인가. 어떤 사랑에 빠졌다는 것인가. 아님 어떤 술독에 빠졌다는 것인가. 이것은 도대체 무엇이었다는 말인가. 시는 정말 무엇인가.

시는 무엇에 관한 것인가. 시는 또 무엇을 위한 것인가. 시는 정말 아무것도 없는 것인가. 시는 정말 아무것도 아니었던 것인가. 무엇이 시라는 것인가. 김종삼의 말을 빌리면 '죽어서도 영혼이 없다'는 말인가. 박용래의 말을 빌린다면 '살아 무엇 하겠다'는 말인가. 그렇다면 시는 이제 겨우 살아남은 영혼의 몫이라는 것인가. 살아서도 죽어서도 시를 써야 할 이유가 여기 또 있다. 비록 비루한 삶을 살아도 용서 받을 수 없는 영혼이라 해도, 시를 써야 한다. 그나마 좋은 시를 써야 겨우 용서라도 받을 수 있다는 것인가. 시를 써야 한다. 시를 잃지 않으려면 시를 써야 한다. 삶을 살아내기 위해서라도 시를 써야 한다. 시의 영혼은 딱 한번 그대의 불쌍한 영혼을 용서할 수 있다. 그리고 또 세상은 변했다 해도 시대는 변하지 않았다. 어둡지 않은 시대가 어디 있었으랴. 그러나 시대를 슬퍼하는 자도 없고 시대를 뚫고 나가는 자도 없다. 시가 없는 세상이란 그런 것이다. 시는 없다. 시는 힘이 없다. 시의 눈에는 시대는 언제나 성이 차지 않고 어둡기만 할 뿐이다. 세상은 또 아프고 슬프기만 할 뿐이다. 아닌가. 또 그만큼 허탈하지만 즐겁게 놀고 크게 웃어야 할 일이다. 아닌가. 아닌가. 그럼 또 무엇인가.

70.

어제는 아주 사적인 하루였다. 오랜만에 아주 사적인 시간이었다. 자체 진단 증세론 가히 번 아웃 증후군(Burn-out Syndrome)에 가까웠다. 한 가지 일에 너무 몰두한 탓이었고 뭔가 방전되면서 갑자기 무기력함이 코앞에 바짝 다가온 것 같았다. 물론 다 노트북 때문이었다. 갑자기 노트북에 단, 한 음절도 입력할 수 없었다. 커서가 그냥 제멋대로 움직였고 별 표시 그 특정 기호만 드르륵 드르륵 쭈욱 대여섯 줄 정도 제멋대로 그으며 돌아다녔다. 그럼, 바이러스인가 급히 전원을 끄고 나왔다가 또 전원을 켜고 들어가 자판기를 조심스럽게 누르면 또 그 별 표시만 드르륵 그어졌다. 오전 내내 들어갔다 나왔다 그러다 마침내 위험하고 불안한 생각이 들었다. 비로소 빈 노트북을 바라보게 되었다. 마우스를 들었다 내려친다 해서 될 일이 아니었다. 번 아웃이 왔다. 오후엔 급하게 공대 출신한테 물어보고—키보드의 어느 부분이 누르고 있는 것 같다.—나중엔 노트북 들고 동네 컴퓨터 센터도 찾아갔더니 노트북 자판기를 통째로 교체하라고 한다.

다시 노트북을 앞에 두고 아무것도 못하고 그저 쳐다만 보았다. 2년여 하루도 쉬지 않고 잘 달려왔는데, 아 여기서 잠시 방전되는구나. 이럴 때 노자는 큰 근심마저 제 몸 같이 여기라고 했던가. (貴大患若身) 그럭저럭 하룻밤 보내고 다음날 날이 밝자마자 AS 센터로 달려갔다. 오토 타이핑... 자판기 교체 처방전을 받았지만 비용이 만만치 않아 노트북 자판기 기능만 정지하고, 기 독립된 키보드로 노트북에 연결해서 쓰는 긴급 처방을 받았다. 만 하루 만에 다시 노트북과 마주앉았다. 이 하루치 경험을 통해 얻은 생각은 하루치 경험보다 훨씬 크다. 그 생각은 무엇보다 이 노트북에 아주 깊숙이 연결된 삶이었다. 그 바람에 이 노트북과 이 삶을 쪼금이라도 떼어놓아야겠다는 생각도 쪼금 들었다.

만 하루 동안 고장 난 이 노트북과 함께 지내면서 익숙한 경험에서 벗어났다가, 만 하루 만에 다시 이 노트북 앞에 앉아 한 반 발짝이라도 떼어놓아야겠다는 또 다른 생각을 하게 되었다. 그런데 이 생각은 어디서부터 비롯되었는가. 이 노트북 때문인가. 이 노트북이 툭 끊긴 것 때문인가. "생각은 일상적인 삶과 흐름이 깨졌을 때 나온다"(강신주 유튜브, 〈무문관 20칙―대역량인〉)라는 말도 귀에 쏘옥 들어왔다. 노트북 앞에 다가가는 것이 아니라 노트북이 다가오게 하는 것도 새삼 생각하게 되었다. 그리고 이 노트북과의 거리에 대한 이른바 심정적 거리에 대해서도 생각하는 계기가 되었다. 노트북에 대한 이 생각이 또 하나의 경험이 되었다.

71.

실제로 현실에서 얻거나 받은 경험이나 감정이 시의 표면이나 이면에 그대로 드러나지 않는다. 물론 그것은 어떤 경우라 해도 동일하지도 않고 굳이 동일시할 것도 아니다. 가령, 인생이 연극이라 해도 인생이 연극의 무대에 오르는 순간, 인생은 연극의 무대가 되는 것이지 인생의 무대가 되는 것은 아니다. 시의 무대에 오른 삶도 마찬가지 아닌가. 시가 삶으로부터 해방되는 것이 아니라 시는 반드시 시의 무대에서 해방되는 것이리라. 이 노트북과의 흐름이 잠시나마 깨졌기 때문에 이런 생각도 하게 되었다. 예컨대 설거지 하다 작은 접시 하나 탁 깨뜨렸을 때 화들짝 놀라면서 또 뭔가 확 깨닫는 게 있지 않았던가.

다시 노트북에 가까이 다가감으로써 노트북으로부터 해방되는 것 아닌가. 금일 35도, 이 무더위 속으로 노트북을 들고 다시 이 노트북 속으로 들어갈 때, 비로소 노트북으로부터 벗어난 것 아니었던가. 마음 아플 땐 그 마음 아픈 곳으로부터 벗어날 수 있는 것은 그 마음 아픈 곳으로부터 다시 또 시작하는 것 아닌가. 속담처럼 널리 알려진 말이지만 땅에서 넘어지면 땅을 짚고 일어나야지 하늘을 붙잡고 일어설 순 없지 않은가. 노트북에서 마음이 걸렸다면 노트북을 짚어야지 휴대폰을 짚을 순 없지 않은가. 아마도 노트북을 다 떨치지 못한 것도 같다. 노트북이 하나의 사물이 아니라 어느덧 하나의 사건이 된 것만 같다.

72.

가령 가까운 사람하고 문학 얘기할 땐 대화가 잘 되는데, 또 꺼내지 말아야 할 정치 얘기도 끊기긴 해도 곧잘 이어지는데, 그 놈의 일상적인 대화는 막힐 때가 많고 끊길 때도 많다. 가령, 밥물의 적정량이라든가 에어컨 온도라든가 산책 코스 정할 때라든가 우산 들고 가라든가 등등 끊기기도 하지만 때론 마치 금방 불꽃이라도 튕길 것 같다. (썼다가 금방 지워야 할 것 같지만, 한 사람은 이것도 정답이고 저것도 정답이 될 수 있는 문과 형이고, 다른 한 사람은 어떻게든 답을 찾아야 하고 정답도 단 하나뿐인 이과 형이기 때문이다.) (그러나 때때로 앉은 자리를 바꿔 앉을 때도 많다. 어떤 반론이 있을 수 있겠지만, 문학은 수학이 아니고 수학은 또 문학이 아니다. 문학이 수학

이 되고 수학이 문학이 되면 어떻게 되겠는가? 답이 없는
수학 문제를 본 적 있는가. 없다. 답이 있는 문학 문제를
본 적 있는가. 없다. 문학은 정답을 찾는 것도 아니고, 수
학은 정답을 포기하는 것도 아니다. 아닌가.)

어떻게 살아야 또 어떻게 쓸 것 아닌가. 어떻게 살지도
않고 또 어떻게 쓸 수 있을 것인가. 어떻게 살지 않아도
또 어떻게 쓸 수 있다는 말인가. 어떻게 쓸 수 있다면 또
어떻게 살아도 되는 것인가. 그런 것인가.

73.

도봉산 입구 김근태 기념 도서관에 갔었다. 마치 개관식
행사 방문객처럼 1층, 2층, 3층, 4층 천천히 둘러보았다. 그
러다 저기 3층 구석자리 하나쯤 고정으로 맡아 놓고 싶었
다. 김근태(1947~2011)는 누구인가. 1960년대 손학규, 조영
래 등과 함께 서울대 운동권 3총사, 1971년 2월 서울대 내
란음모 사건 수배, 1974년 긴급조치 9호 위반 수배, 1983
년 민청련 초대 의장, 1985년 민청련 사건으로 구속, 전기
고문 등 겪음, 15, 16, 17대 국회의원, 보건복지부 장관, 열
린우리당 의장 등 역임(워키백과). (김근태, 『남영동』, 중원
문화, 2012 참고.)

맹장도 지장도 덕장도 중요하지만 그보다 먼저 아주 작은 집단의 팀장급 리더라 해도 높은 도덕성을 갖춰야 하지 않을까. 무엇보다 먼저 아주 깨끗한 도덕성을 갖춰야 구성원이 따른다는 것은 삼척동자도 아는 말이다. (물론 그 책임감이나 희생정신이나 탁월한 통솔력이나 전문성이나 섬세한 통찰력이나 공적 논의 과정이나 어려운 일 닥쳤을 때 앞장서서 총대를 메는 일이나 또 정도 있고 열정도 있고 권위도 있어야 하고 무엇보다 또 이기심보다 이타심을 갖춰야 한다는 것 등등 아닌가. 아닌가.) 알고 보면 맹장이나 지장이나 덕장을 따르는 게 아니라 그의 품격이나 인격이나 성품을 따르는 것 아닌가. 그리고 시골 어디 아주 작은 공공기관의 장이라 해도 이미 덕이나 맹이나 지나 그 어느 것 하나는 갖추었을 것이다. 덕이나 맹이나 지도 없으면서 아주 작은 장이 될 순 없었을 것이다. 그리고 또 품이나 인이나 성이나 그 어느 것 하나는 이미 갖추었을 것이다. 품이나 인이나 성도 없으면서 아주 작은 장이 될 순 없었을 것이다. 아닌가. 아닌가.

기왕에 꺼낸 말이라면 하나 더 하자. 『인간의 품격』(부키, 2015) 저자이며 〈뉴욕 타임즈〉 고정 칼럼리스트 데이비드 브룩스(David Brooks)의 인터뷰 한 줄이다. 그의 미국 예일대 도덕 철학 강의는 성공적인 삶을 살기 위해 몇 가지 큰 헌신이 필요하다는 것이다. 그것은 곧 소명(vocation) 혹은 직업(career), 그리고 가족(family)과 공동체(community), 철학 혹은 신앙(faith)이라고 하였다. 한 가지든 두 가지든 아무도 쳐다보지 않을 것이고 간혹 쳐다본다 해도 무엇을 하겠는가. 그래도 소명 혹은 공동체 이런 말은 한 번 더 돌아보게 된다. 이제는 이런 삶이 성공적인 삶이라고 해야 하는 것 아닌가. 다음 시는 위의 김근태 의원과 관련도 있고 지난 해 출간한 시집에 수록된 것이므로 그 일부를 옮겨놓는다. 그와 관련된 시가 또 한 편 있으니 필자로서는 특별한 일이 아닐 수 없다. 그의 지역구가 필자의 지역과 마주보고 있었다.

"오래 전 겁도 없이 저자 서명하여/ 에세이집 한 권을 국회 의원회관으로 보냈다/ 그러나 그처럼 학생운동을 주도하지 않았고/ 도피생활도 하지 않았고/ 수배자로 살지도 않았다/ 조직을 만들고 조직을 이끌지도 못했다/ 정국을 흔들고 전국을 뒤흔들지도 못했다/ 전기고문을 겪어보지도 못했고/ 양심수로 옥고를 겪은 적 없다// 그러다 12월 어느 토요일/ 그가 촛불 하나 들고 광화문 광장에 있었다/ 조직도 없이 계파도 없이/ 혼자서 몇 마디 중얼거리고 있었다/ 어느 날 내 옛 직장으로 전화를 걸었던/ 그 육성으로 더 큰 목소리로/ 한 번만 더 크게 들려주시면 안 됩니까?/ (…중략…) 한 번은 그의 육성 전화로 만났고/ 한 번은 작가회의 1일 주막 무대에서 같은 노래 부르면서"(「더 큰 목소리로―김근태를 생각하다」 부분)

74.

시가 도덕 운운 할 수 있는가. 물론 시는 도덕이 아니다. 시가 어떻게 도덕이 될 수 있겠는가. 시가 이른바 예술을 떠날 수 없듯이, 시는 시의 자리를 떠날 수 없다. 그래서 당연한 말이지만 시의 악센트는 언제나 도덕이 아니라 예술일 것이다. 시 앞에서 시를 능가할 수 있는 것은 없다. 시대도 사상도 감정도 이데올로기도 심지어 사회적 메시지를 띠고 있는 매우 뛰어난 도덕적인 시라 해도, 시의 예술적 위상을 뛰어넘을 순 없다. 뛰어넘는 순간, 시는 시로부터 멀어진다. 그러나 또 멀어지더라도 한번쯤 어떤 위상으로부터 멀어지고 싶은 것도 시의 또 다른 위상일 것이다. 시의 위상이나 시의 민낯은 결코 단순하거나 단편적이지 않다. 시가 가뜩이나 까다로운데 더 까다로울 수밖에 없다. 시는 거듭 말하지만 여기저기 구멍 뚫린 그물과 같다. 무슨 시, 무슨 시라 해도, 시는 시의 위상을 스스로 지킬 때 가장 빛나는 것이다. 시도 시의 위상을 지키기 위해 눈물겨울 때가 많다. 아무리 시가 세상에 난분분 한다 해도 시는 시의 자존심을 갖고 있는 것이다. 시의 영역이 결코 그렇게 허술하지 않다. 아무나 해방이 되고 아무나 자유가 되는 게 아니다. 때때로 우울함과 허탈함을 다 갖다 바쳐야 겨우 구경이라도 할 수 있기 때문이다. 지나가다 들러서 잠깐 즐기고 노는 무대가 아니다. 잠깐 즐기고 놀다 가도 그보다 더/다 털릴 수 있다는 것도 알아야 한다. 사심도 없어야 하겠지만 또 다른 어떤 사심(邪心)도 없어야 한다. 누구한테 하는 말인지도 모르겠고, 누가 알아들어야 하는지도 모르겠다. 시는 어떤 생활보다 어떤 도덕보다 어떤 이데올로기보다 더 '높고 쓸쓸한' 곳에 있기 때문이다. 시 이외 다른 무엇을 선택할 수도 없고, 시 이외 다른 무엇이 주어지지도 않을 것이다. 시는 아무런 힘도 없지만 시에 관한 어떤 흉흉한 담론도 시를 더 위축시키지 못할 것이다. 그런 것이 또 시의 힘이다. 시가 용기를 불러일으키는 격문도 아니고, 시시때때로 풀 죽은 힘이 오히려 시의 힘일 것이다.

그럼에도 불구하고 그 풀 죽은 힘조차 다 소진된 것 같다. 시의 어떤 힘이 좀 남았다 해도 이제 그 부귀영화의 길은 끊겼다. 이 속세에 묻혀 속인의 삶을 살아도, 속인의 삶을 어떻게 또 견딜 수 있을까. 없다. 있다. 없다. 삶을 살아내는 것이 곧 삶을 견디는 것이다. 시를 쓰는 것이야말로 이 삶을 견딜 수 있는 유일무이한 길이다. 다른 길이 없다. 시나 시인이나 그 일상적인 속세의 삶이 어쩌면 가장 어려운 삶 아닐까. (시나 시인이 시나 시인의 삶 말고 다른 삶을 어떻게 살 수 있을까. 없다. 있다. 없다.) 시나 시인이라면 시나 시인 이외 다른 삶이 주어지지도 않을 것이다. 아니다. 아니다. 누구는 피아노에 제 발목을 꽁꽁 묶었다고 하던데(영화 〈The Piano〉, 1993), 시나 시인도 시나 시인의 발목에 제 발목을 묶었다는 것 아닌가. 그런가. 아닌가.

75.

가칭 시가 태어난 자리를 다시 찾아서... 이런 제목의 사화집 한 권 구상한 적이 있었다. 지금도 여전히 구상 중이겠지만, 예컨대 『시가 태어난 자리를 찾아서: 강원도 편』이라고 작명해 두었다. 우선 강원도 그 지명만 떠올려 봐도 마음부터 설레는 걸 어쩌랴. 자 떠나자. 강원도의 힘으로 가즈아.

물치(이상국), 명태 1—대관령 벌판에서 울다(김영현), 별

어곡(박세현), 묵호시편(박기동), 청평사 부근(이언빈), 사진리 대설(고형렬), 대관령 깃발(심재상), 허균을 생각함—하평리에서(박용재), 장수대 가는 길(권혁소), 춘천 비가 1(박용하), 외옹치리—눈—내옹치리(함성호), 만항재(최준), 강릉 여인숙 1(전윤호), 한계령(이홍섭), 태백(안현미), 부연동에서 침몰하다(김영삼), 원통을 지나간다(김창균), 영서 지방(김남극), 하늘문(정석교), 정선을 떠나며(우대식), 꽃 피는 만덕고물상(권현형), 황지(김명기), 북리(한승태), 삼화사(권정수), 장승리(신은숙), 구룡령을 넘다(한영숙), 반곡역(박재연), 청평사(강송숙), 부론(이서화), 치악산(장시우), 신발역 일 번지(홍현숙), 안돌이지돌이다래미한숨바우는 다정하다(이애리), 상원사(강선영), 김유정 생가에서(김진숙), 고한(苦汗)(이홍섭), 그 빵집 우미당(심재휘), 몰운대에 눈 내릴 때(박정대), 골말 산지당골 대장간에서 제누리 먹다(허림), 거진(허연), 외옹치(황동규), 한계령을 위한 연가(문정희), 주천강 섶다리(고진하), 문화다방(류재만), 손곡리에서(양승준), 대관령 옛길(김선우), 대기새마을중학교(강세환)...

책꽂이에 꽂혀 있던 시집을 꺼내들고 또 휴대폰으로 여기저기 검색하면서 강원도 지명과 관련된 시를 찾아 요만큼 모으는 데도 꼬박 하루가 걸렸다. 해 놓고 보니 뭐 특별할 것도 없는데 말이다. 바쁘게 하다 보니 빠진 시도 시인도 많을 것이다. 선자로선 겨우 찾아낸 것이겠지만 빠진 이들을 생각하면 욕먹을 것만 같다. 혹시 기회가 닿아 사화집이라도 묶게 되면 그땐 빠짐없이 수록할 것을 약속한다. 생각 같아선 어느 일간지 문화부 같은 데서 주말 특집으로 2년 연속 기획 연재하면 참 좋을 텐데... 여기다 잠시 끄적거려놓고 없었던 일로 해야 할 것 같다.

제3부
시를 쓸 것인가 삶을 살 것인가

76.

필자는 지금 낙천주의자가 아니다. 그렇다고 결코 비관
주의자도 아니다. 다만 몇 해 전만 해도 가급적 낙천에 가
까웠는데 지금은 비관에 더 가까운 것 같다. 예컨대 한국
문학에 대한 전망도 과거엔 낙천에 가까웠는데 지금은 비
관에 더 가깝다. 비관론자도 아닌데 비관적이다. 한국 문
학은 어떤 제도만 남은 것 같다. 각종 문학상, 문학잡지,
문학 단체, 신인상 제도, 각종 예술지원 사업, 시집 해설,
각 출판사 기획시선 등등.

한국 사회에 대한 전망도 과거엔 가급적 낙천에 가까웠
는데 지금은 비관에 더 가깝다. 비관론자도 아닌데 비관
적이다. 한국 사회도 어떤 제도만 겨우 남은 것 같다. 예
컨대, 정당, 국회, 중앙정부 및 각 시도, 국가기관, 각 기초
단체, 지방 의회, 중앙정부 및 지자체 산하 각종 공공기관
등등 그리고 또 소위 7대 인사 기준, 국회 인사청문회, 독
점적 기득권, 양극화, 혈세 낭비 등등

전망도 하지 말고 절망도 하지 말자. 우스갯소리 같지만
'전망과 절망'이 이렇게 가까운 줄 예전엔 미처 몰랐다우.
또 시는 결코 대중적이지도 않고 상업적이지도 않고 친

(親)시장적이지도 않고 친(親)독자적이지도 않고 어떤 목적을 갖지도 않고 그저 독거노인 같고 1인 가구 같고 또 혼족이나 혼삶에 가까울 것이다. 시에 대한 전망과 절망도 어느 때보다 한층 가까워졌을 것이다.

그리고 이제 필자의 목소리는 모기소리보다 더 작을 것이다. 페이스북도 유튜브도 하지 않는데 어디에 무엇을 전할 것인가. 그럼에도 불구하고 특히 시에 관해선 가급적 낙관도 하지 말고 비관도 하지 말자. 이를테면 코끼리 대가족의 맨 뒤쪽에서 대열의 끝을 알리는 늙은 수코끼리처럼 느릿느릿 걸어가면 될 것이다. 그리고 또 어느 노병 군단(軍團)의 노병처럼 천천히 사라지면 될 뿐이다. 서러울 것도 없고 서러워 할 일도 없으리라.

그래도 전망을 절망하면서 절망을 전망하면서 또 전망과 절망의 체위를 바꿔가면서 낙관도 하고 비관도 하면서 그러나 또 천천히 비관에 기댈 때가 더 많을 것이다. 이제 필자는 낙천주의자가 아니다. 그렇다고 결코 비관주의자도 아니다.

그러나 과거엔 낙천에 가까웠는데 몇 해 전 어느 시점부터 극심하게 너무나 극심하게 아주 비관에 더 가까워진 것 같다. 그러나 지금은 또 비관이다 낙관이다 그런 게 아니라 오히려 비굴하고 비겁해진 것 같다. 그 많던 선배들과 동지들은 다 어디로 갔을까. 그들이 간 곳을 그들은 알고 있을까. 그들은 이미 어디로 갔는데 필자만 여기 어디 남아 있다는 것 아닌가. 아닌가. 아닌가. 아닌가.

이 산문집도 시를 맞닥뜨릴 때처럼 몸이 먼저 반응한다. 그야말로 몸이 알아서 타이핑도 하고 이 산문집의 독특한 형식인 단락도 나누면서 넘버링도 적절하게 이어가고 있다. 항상 그런 것은 아니지만 오늘처럼 그런 날이 있다. 몸이 이렇게 하고 몸이 저렇게 할 때가 있다. 시도 몸에서 나온다더니 이 산문집도 드디어 몸에서 나오는가 보다. 과거엔 마음에 기댈 때가 많았는데 지금은 몸에 기댈 때가 더 많아졌는가. 몸에 기대다 보면 나중엔 머리에 기대야 하나 어깨에 기대야 하나. 아님 어디에 기대야 하나. 그대 무릎에 기대야 하나. 어디에 기대야 하나. 그냥 또 외롭게 견뎌야 하나.

77.

개인적인 다이어리를 잠시 넘겨보면 지난 사나흘 이 산문집 자리를 비워두었다. 물론 피서를 가거나 휴가를 간 것은 아니다. 피서나 휴가 계획은 아예 없었다. 바캉스 대신 방카스조차 꿈꿀 수 없다. 올해는 1학기도 2학기도 일정이 빡빡하다. (지금쯤 1학기 끝나고 방학에 들어갔으려나. 이런 학사 일정에 맞춰서 오랫동안 그 일정에 맞춰서 살았던 것 같다. 몸에 밴 일정도 몸에 새긴 타투 못지않을 것이다.)

하루는 다음 신작 시집 원고 마무리 하고, 그리고 이틀 연속 차일피일 미루던 신작 시집 권두에 들어갈 인터뷰를 진행했다. 탈고도 일사천리였지만 인터뷰도 만 하루 만에 일사천리로 달렸다. 백마도 흑마도 아니었지만 늙은 노새를 타고 신나게 달리는 기분이었다. 오랜만에 또 색다른 '쓰는 기쁨'이었다. 그 어떤 피서보다 그 어떤 휴가보다 즐겁고 유익했다. 먹고 자는 시간 외에는 방콕 하면서 매달렸다. 미(美)친...

아 중간에 또는 그날 일 끝내고 드라마 하나 다운받아 봤다. 개인적으론 아주 놀라웠던 장면이 하나 있었다. 몇 회에서 봤는지 기억엔 없지만 자폐 스펙트럼 앓고 있는 우영우 변호사가 사무실이나 김밥 집 테이블 위에 놓여 있는 크리넥스 통을 양손으로 잡고 반듯하게 마치 어느 선에 맞춰 놓는 장면이었다. 한 두어 번 했던 평범한 행동이었겠지만 필자로선 내심 놀랄 수밖에 없었다. 앞의 제1권 어디선가 커밍아웃했지만 필자는 크리넥스는 아니지만 약간 기울어진 달력이나 벽시계에 먼저 눈이 가고 재빨리 손을 댄다. 아주 미세하지만 평형을 맞추기 위해 잠시 애를 쓸 수밖에 없다.

회전문 앞에서 어려워하거나 생수 병 뚜껑을 못 돌리는 행동보다 유독 크리넥스에 꽂혔던 필자의 시선이 다른 시청자들의 시선과 크게 달랐을 것이다. 왜냐하면 드라마 전개상 회전문이나 생수병이 더 중요한 복선이었기 때문이다. 그리고 그런 것보다 그 직종도 법리적인 해석, 아이디어 등 매우 '창의적인' 사유를 필요로 한다는 것이었다.

그렇다면 또 창의적인 사유는 어디서 오는가. 머리에서 오는가. 가슴에서 오는가. 발끝에서 오는가. 아니면 손끝에서 오는가. 펜 끝에서 오는가. 아님 온몸을 밀고 나갈 때 오는가. 온몸으로 뚫고 나갈 때 오는가. 고래를 잡으러

가야 하나. 김밥을 먹어야 하나. 얼마나 더 절실해야 하는가. 어떻게 하면 다르게 보고 어떻게 하면 다르게 생각할 수 있는가. 어떻게 하면 새롭게 보고 어떻게 하면 새롭게 생각할 수 있는가. 얼만큼 고뇌해야 하나. 얼만큼 방황해야 하나. 얼만큼 몸과 마음을 집중해야 하나. 또 얼만큼 위기를 느껴야 하나. 예컨대 적어도 시급히 저 개발 중심 시대의 논리로부터 답답하고 폐쇄적인 수직적인 문화로부터 어두운 밀실 같은 사조직 체계나 경직된 틀과 같은 사고로부터 벗어나야 할 것이다.

시를 읽어야 하나, 시를 써야 하나. 시를 쓸 것인가. 삶을 살 것인가. 아니면 무엇을 더 비워야 하나. 무엇을 더 내려놓아야 하나. 생각을 내려놓아야 하나. 마음을 내려놓아야 하나. 이 열정을 내려놓아야 하나. 산책해야 하나. 조깅해야 하나. 일단 자 떠나자. 단 하루라도 머리도 식히고 마음도 좀 식히자. 춘천행 전철 타자. 죽림동성당 가자. 가평역에서 내리자. 필자가 주목한 자라섬 남섬 둘레길 걷자. 강릉행 ktx 타자. 강문 가자. 안목 가자. 주문진 가자. 향호리 호수 가자. 경포호 송지호 영랑호 청초호 화진포 가자. 법수치 가고 부연동 가자. 동해 무릉계곡 가자. 감추 찍고 추암 가자. 죽서루 들렀다 정라진 가자. 궁촌 초곡 장호 찍고 원덕 해망산 가자. 울릉도 가자. 다시 도봉 옛길 둘레길 걷자, 늦바람 산책길 중랑천변 가자. 코앞에 있는 근린공원 산책로 걷자. 4호선 타고 오이도 가자. 끝까지 가자. 그리고 삶도 시도 여유를 갖자.

그럼 다시 창의적인 사회와 창의적인 교육을 위해 무엇을 어떻게 해야 하는가. 아주 공적인 자리도 아닌 개인적인 아이디어이므로 불필요한 오해를 하지 않도록 바란다. 우선 단계적으로나마 수능을 포함한 모든 객관식 시험을 차례차례 없애자, 대학입시도 그냥 뽑기 하자. (저 뒤에 졸고 에세이 시집에서 인용한 부분 보시압.) 특히 토론 수업 확대하자, 그리고 어디서든 공개적인 논의 과정을 중시하자. 초중고 선택 과목 파격적으로 확대하자, 예체능계 사설 학원과 초중고 교육과정을 전격적으로 연계 운영하도록 하자, 검인정 교과서 대폭 개방하고 확대하자. 그리고 또 학교 현장은 물론이거니와 언제 어디서든 단 한 사람이라도 소홀히 하지 말자.

또 어느 집단이든 주인의식 강화하는 방안을 강구하자, 향후 각 직종 및 동일 직종 간 임금 격차도 단계적으로 조정하자, 최고 임금법과 소득 양극화 개선도 공론화하자.

하루속히 다양한 평가 방법을 모색하자, 하나뿐인 해결 방안 말고 다른 것을 포용하는 열린 사고와 열린사회를 향해 가자, 창의적인 것을 위해서라면 핀란드든 스웨덴이든 독일이든 미국이든 프랑스든 벤치마킹하자, 그리고 저출산 등 인구문제 현안을 해결하기 위해서 영유아 의무교육부터 도입해야 하지 않을까.

"3~5세 아이는 의무교육 제도를 실행해 오전 8시부터 오후 8시까지 국가가 책임지고 돌봐야 한다. 보육교사를 초등교사 수준으로 대우해주면 질 높은 서비스를 제공할 수 있다. 영유아 교육에 대한 투자는 얼마든지 해도 된다. 학생 수가 대폭 줄어든 만큼 재원도 있다. 보육시설은 초등학교와 같이 쓰면 된다."(김인준 서울대 명예교수, 매일경제, 2021. 8. 16)

끝으로 아주 어려운 일이지만 인적 물적 남북 교류를 위해 개성공단 재개하는 방향을 강구하자, 그리고 제2, 제3, 제4, 제5 공단.. 건설하자. 그것이 어렵다면 유엔 대북 제재 안에서라도 남북 당국이 할 수 있는 것은 무엇인지 찾아보자. 아주 작은 것부터 민간 경제 부문에서부터 방법을 찾아보면 어떨까, 이미 다 검토하고 끝난 것 아닐까. 아니면 정말 어떤 길이 하나도 없는 걸까. 길이 없는 걸까.

이 길은 길이 없는 걸까. 이것도 저것도 아직도 여전히 요원한 일인가? 그냥 또 이렇게 세월이나 바라보고 살아야 하나? 동서독은 어떻게 살았을까? 통일 독일은 어떻게 살고 있을까? 동서독 분단 체제에서 그들은 구체적으로 과연 무엇을 하였을까?

"대학입시야말로 통 크게 싹 다 바뀌야 하리라 미국 하버드 대학의 마이클 샌델 교수의 파격적인 제안에 따르면 일정한 기준을 통과한 지원자를 대상으로 대학이 지원자를 뽑는 식으로 바꾸자는 것이다 짝! 짝! 짝! 아! 경천동지할 만한 일 아닌가?// 지금 당장 우리 식으로 한다면 내신으로 5~10배수 1단계 선발하고 수능 최저 기준 정도 충족하면 (결국 수능 최저 기준도 싹 다 없애버리고) 제비뽑기로 최종 선발하자는 것이다"(「대학 뽑기」 부분)

78.

오늘도 잠시 자리를 비웠다. 그 대신 다음 시집에 들어갈 시인의 말을 작성하였다. '시인의 말'을 한번쯤 텅 비워두고 싶었는데 이번에도 그러지 못했다. 시인의 말을 언제쯤 공백으로 둘 수 있을까. 멋있게 쌩 까고 싶었는데, 멋없게 또 몇 마디 할 수밖에 없었다. 열한 번째 정규 앨범에

들어갈 시인의 말을 아래와 같이 소개하고자 한다. 물론
이 산문집 나오기 전에 그 시집이 먼저 출간될 것 같아,
신선도는 많이 떨어질 것도 같다. 그래도 이 몇 줄 쓰기
위해 한 두어 시간 집중한 것 생각하면 이렇게라도 보상
받고 싶다. 써놓고 보니 좀 더 짧게 썼으면 좋았을 텐데 좀
길어진 것 같다. 짧게 쓴 다른 시집의 시인의 말도 멋있던
데 짧게 말하지도 못했고, 텅 비워둔 시인의 말도 멋있던
데 텅 비워두지도 못했다. 돌아보면 필자도 한 줄짜리 시
인의 말은 있었다. 아무튼 다음엔 꼭 시인의 말을 더 줄여
야 하겠다. 너무 힘주어 할 말이 아닌 것 같은데 힘을 준
것도 같다. 굳이 시 앞에서 하지 않아도 될 말을 또 몇 줄
중얼거린 것만 같다. 36도 오르내리는 대낮에 시간 좀 걸
렸지만 첫 줄부터 쓴 시간은 불과 1~2분 만에 뚝딱 해치
웠을 것이다.

"그동안 시와 살 맞대고 살았다 했지만 어쩌면 주말 부부처
럼 살았을 것이다. 그러다 요 몇 해 전부터 아예 안방구석 노
트북 앞에서 하루 종일 붙어산다. 시를 쓴다는 것보다 시와
함께 산다는 것 같다. 노트북 앞에 앉아 있다 보면 나는 시
곁에 있고, 시는 또 내 곁에 있는 것 같다. 나이 든 부부 같
다."(강세환)

79.

　실은 불안하기도 하고 두렵기도 하지만, 독자 없이 나 혼자 산다는 생각할 때가 있다. 간혹 독자 없이 나 혼자 쓴다는 생각도 한다. 그리고 가끔 어떨 땐 불안하지도 않고 두렵지도 않다. 불안하지도 두렵지도 않으려고 한다. 나이 먹으면 덜 불안하고 덜 두려운 것인가. 덜 불안할수록 불안하고 덜 두려워할수록 두려운 것 아닌가. 아닌가. 나 혼자 쓰고 나 혼자 읽는 맛을 어디다 말해야 하나. 혼자 놀고 혼자 놀러 다니는 맛을 어디다 말해야 하나. 혼자 밥 먹고 혼자 설거지하는 것을 어디다 말해야 하나. 이것은 맛도 아니고 멋도 아닌가. 이것은 무엇인가. 그럼 무슨 맛이고 무슨 멋이란 말인가. 이 맛과 이 멋은 누구의 것인가. 누가 가져갈 것인가. 맛과 멋이 꼭 있어야 할 것인가. 맛도 없고 멋도 없으면 어떨? 시가 할 수 있는 일은 아니지만 생각나서 끼워 넣는데, 어디서든 진심으로 친절한 사람을 만났을 때 멋있지 않던가. 어디서든 남을 세심하게 배려하는 사람을 만났을 때 멋있지 않았던가. 물론 아무 대가 없이 아무 말도 없이...

　시는 독자가 있는가. 시는 읽어야 하는 장르인가. 시는 읽지 않고 그냥 슬쩍 스쳐 지나가는 것 아닌가. 미간만 살짝 모았다 풀면서 지나가는 것 아닌가. 시 앞에 공손하게 앉아 있을 독자가 있을까. 누가 고개를 툭 떨어뜨리고 시를 골똘히 읽을 텐가. 그런 낭만도 다 낭설이 된 것 아닐까. 시는 독자도 없이 시 혼자 루비콘 강을 건너야 할 것 같다. 시는 이제 우군도 적군도 없는 것 같다. 시는 시 앞에 혼자 가만히 앉아 있을 뿐이다. 오직 시 혼자 쓸고 닦고, 시인 혼자 쓰고 읽고 하는 장르가 되었다. 이런 장르를 무엇이라고 불러야 하나. 어느 1인을 위한 독립 장르라고 부르고 나면 개운할 것 같지만 전혀 개운치 않을 것이다. 시는 무엇으로부터 꼭 독립할 것도 아니다. 그냥 복잡하고 또 지루한 심경의 그 무엇과 같은 것이다. 그럼에도 불구하고 시는 A4 한 장보다 또 구름 한 장보다 더 가벼울 것이다. 방금 꿈을 꾸었는데 꿈을 꾼 것도 아니고 그렇다고 꿈밖에 서 있었던 것도 아니다. 시는 꿈속에 있는 것인가. 시는 꿈밖에 있는 것인가. 꿈밖에서 꿈속을 들여다보면 뭐가 보일까. 시는 그곳에 있을까. 시는 그곳에 없을까. 시 밖에서 시를 들여다보면 시가 보일까. 시도 시의 자리를 떠났을까.

시는 시로부터 비평으로부터 독자들로부터 문학잡지 편집자로부터 멀리 아주 멀리 도망치듯 야반도주 했으면서 시로부터 비평으로부터 독자들로부터 문학잡지 편집자로부터 멀리 아주 멀지 않은 곳에 자기 자리를 잡고 살고 있다. 멀리 도망가지도 못했고 야반도주하지도 못했다. 단지 아무나 읽지 않고 아무에게나 읽히기 싫은, 아주 까다로운 성질로 아주 까다로운 장르가 된 것 아닐까. 그런 시의 장도에 영광 있으리라! 하늘이 알고 땅이 꼭 알아 줄 것이리라. 그럼에도 불구하고 시를 써놓고 돌아보면 "시를 써도 혼자 읽을 때가 더 많다/ 시를 쓰는 것이/ 결코 웃고 울고 하는 일은 아니다"(「우울의 유혹」 부분).

80.

이렇게 시에 관한 사유와 시간을 망라한 이 일련의 과정이 마침내 도달할 곳은 어딜까. 이 산문집의 카메라에 잡힌 많은 시와 이 산문집과 함께 살고 있는 시인의 일상은 또 시의 일상일 것이다. 이렇게 사유의 일상을 그대로 드러내는 것은 어디서부터 비롯되었을까. 이 산문집이야말로 시를 쓰고 있거나 시를 읽고 있거나 시를 염두에 두고 있거나 시를 앞에 놓고 앉아 있을 때 찾아온 손님과 같은 것이다.

어서 오세요. 그럼, 수고 하세요. 그 사이에서 혼자 생각하고 혼자 헷갈리고 혼자 방황하고 혼자 고개 떨군 채, 더 깊은 미로 속을 헤맨 것이다. 오죽하면 어떤 목적도 없이 차라리 그냥 미로 속에 갇힌 게 아닐까 생각한 적도 있었다. 마치 출구가 앞에 있어도 출구 앞에서 돌아서야 할 때도 있었다. 그렇게 출구를 돌아보면서 또 돌아서면서 이 산문집도 돌아섰을 것이다. 문이 있어도 문을 열고 나갈 수도 없는, 문 앞에서 또 돌아서야 하는 이 퇴로의 심경이 문학의 길인가. 아 이것도 결국 무문(無門)인가! 이것은 어둠의 빛인가. 여명인가. 독방인가. 낯선 꿈인가. 논픽션인가. 시가 없어졌다는 말인가. 그대는 왜 어두운 얼굴인가.

81.

시는 어디를 향하고 있는지, 시는 무엇을 항변하고 있는지 그 사변의 촉을 짐작할 수 있을까. 시를 외면하지 않고 시를 배반하지 않고 끝까지 갈 수 있을까. 그 끝은 어디 있는가. 시베리아 저 끝이 결코 끝이 아닐 것이다. 바다를 건너야 하나. 산맥을 넘어야 하나. 시를 넘어야 하나. 시인을 넘어야 하나. 시 없는 삶을 살아야 하나. 파도를 넘어야 하나. 언덕을 넘어야 하나. 그대를 넘어야 하나. 나를 넘어야 하나. 시는 무엇을 향하고 있는 걸까. 그대 가슴일까. 아님 내 가슴일까.

그리고 또 왜 시를 쓰는지, 시를 어떻게 써야 하는지, 시를 누가 써야 하는지, 시의 무의식이 무엇인지, 시의 문화적 배경과 교양과 인문학적 세계관은 또 무엇인지, 시가 어디서 무엇을 하고 있는지, 무엇을 해야 하는지, 시는 의미 있는 것인지 의미 없는 것인지, 시는 사라졌는지 아직 조금 남아 있는 것인지... 스스로 묻고 답하고 또 되묻지 않을 수 없다. 그럼 시는 어떻게 해야 하는 걸까. 시는 각자 자기 삶의 빛나는 혹은 빛바랜 알리바이일 것이다. 그 끝이 고작 알리바이 한 줄일 뿐이다.

(그냥 재미 삼아 시/집 제목이라도 한번 훑어보라. 시/집 제목 1, 2, 3... 보면 그 시인의 알라바이 장소 1, 2, 3... 언뜻 보일 것이다. 물론 알리바이 장소조차 드러나지 않는, 그 옷자락을 싹 감춰버리는 시/집도 있을 것이다. 그러면 시/집 제목이 아니라 작품에 보일 것이다. 작품 속에 보이지 않으면 행간에서라도 보일 수 있을 것이다. 굳이 예를 들지 않을 것이다.)

다만 그 끝이 또 어디 있다 해도 그 끝은 단순하지 않을 것이다. 이 세상에 단순한 것은 없다. 시인의 생각도 여자의 생각도 복잡하다. 심지어 고양이도 강아지도 단순하지 않다. 저 나무도 단순하지 않고 저 구름도 단순하지 않다. 오다가다 보면 눈에 띄는 아파트 뒤뜰에 툭 떨어진 대추 한 알도 복잡하다. 갈 길이 바쁘다 해도 이 시는 읽고 가자. 장석주의 대추 한 알이다.

"저게 저절로 붉어질 리는 없다/ 저 안에 태풍 몇 개/ 저 안에 천둥 몇 개/ 저 안에 벼락 몇 개// (…중략…) / 저게 저 혼자 둥글어질 리는 없다/ 저 안에 무서리 내리는 몇 밤/ 저 안에 땡볕 두어 달/ 저 안에 초승달 몇 날"(「대추 한 알」 부분)

82.

시인이 편하면 시는 망하고, 시인이 불편하면 시는 사는 걸까. 이게 말이 될까. 시인은 불편해야 하는가, 시인이 좀 편안하면 안 되는 걸까, 시는 살고 시인은 불편해야 하는가. 시인은 시보다 편하면 안 되는 걸까. 그러나 생각보다 시인은 편안하지 않은데 시가 망해가는 걸 어떻게 이해하고 해석해야 할까. 그래도 시인은 더 불편해야 하는가. 시보다 시인이 조금이라도 더 편했던 적이 있었나. 없다. 이제는 시도 시인도 불편한 세상이 되었다는 걸까. 시도 시인도 없어졌다는 걸까.

그럼, 누가 살고 누가 죽어야 하나. 아님 시는 더 망해야 하고 시인도 더 망해야 하나. 바닥을 쳤는가. 바닥을 치고 있는가. 그럼에도 불구하고 시인이 너무 편한 것 아닌가. 시도 너무 편한 것 아닌가. 이렇게 편해도 되는가. 이렇게 배고프지도 않고 춥지도 않게 사는 게 맞는가.

춥지도 않고 배고프지도 않지만 이제 시는 패망한 제국의 기표가 되었으며 시인은 패망한 제국의 난민이 되었나. 고려는 어떻게 망했겠는가. 고려의 유신들은 조선의 신민인가 아니면 고려의 난민인가. 고려의 유신들은 조선의 감옥에 갇혔는가. 고려의 감옥에 갇혔는가. 개경의 두문동(杜門洞)은 해방구였던가, 유배지였던가. 충절의 유적지였던가. 패망한 제국엔 누가 살고 있을까. 그 많은 고려의 장수들은 어디로 갔을까. 마침내 혁명은 성공한 것일까, 혁명은 실패한 것일까.

아니면 정말 시뿐만 아니라 시인뿐만 아니라 앞으로 또 패망한 제국의 새로운 기표가 나올 것이며 패망한 제국의 새로운 난민이 속출할 것인가. 감옥의 입구는 생각보다 훨씬 크며 유배지의 영토는 생각보다 넓고 크다. 감옥의 담장도 생각보다 높고 견고할 것이다. 시나 시인만 불안한 것도 아니다. 감옥 안에서도 감옥 밖에서도 불안한 것은 마찬가지다. 물론 지금은 고려 왕조도 아니고 조선 왕조도 아니다. 물론 정변이 일어난 것도 아니고 혁명이 일어난 것도 아니다.

모든 것이 정상적으로 굴러가고 모든 것이 변함없이 그대로 잘 굴러가고 있다. 걱정할 것도 없고 새삼스럽게 걱정할 일이 생긴 것도 아니다. 해방구도 없고 유배지도 없고 유적지도 없다. 누구 말마따나 맛있는 거 먹고 즐겁게 살면 된다. 편안하게 쉬고 편안하게 지내면 된다. 그렇게 편안하게 시 쓰고, 편안하게 또 시집 내면 된다. 미친 자도 없고 술 취한 자도 없다. 우는 자도 없고 웃는 자도 없다. 그렇다고 땅에 엎드려 주먹 쥔 손으로 땅을 치는 자도 없고, 하늘을 우러러 보는 자도 없다.

시든 삶이든 얼마나 정직하고 얼마나 정직하지 않은지 이것에 의해 시가 살고 죽을 것이다. 그렇다면 또 얼마나 정직했던가. 삶이 시를 속일 수 있는가. 시가 삶을 속일 수 있는가. 이렇게 질문해도 어렵고, 저렇게 질문해도 어렵다. 왜 이 질문 앞에서 한참 머뭇거리는 걸까. 시인은 낯이 두껍지 않다. 낯이 두꺼웠으면 더 큰 일을 도모했거나 더 작은 일을 도모했을 것이다. 낮이라도 두꺼웠으면 굳이 볼펜 한 자루를 가슴에 빗장 지르듯 쿡 찌르지 않았을 것이다.

문청시절 푼돈 끌어 모아 마라톤 타자기를 구입하지도 않았을 것이다. 마라톤 타자기로 마라톤 하듯 많은 시를 쓰던 날들이 등 뒤로 흘러간다. 그 타자기로 데뷔작 여섯 편 중 한 편인 「월동추」(1986)도 거침없이 두드렸을 것이다. 그 과거가 언제나 또 취하게 한다. 모든 것은 주마등처럼 흘러갈 뿐이다. 돌아볼 수 있는 과거도 없고, 돌아갈 수 있는 과거도 없으리라.

83.

이 산문집도 문득문득 의식의 흐름(Stream of consciousness)을 따를 때가 있다. 이렇게 해도 되는지 마냥 의식의 흐름을 따라갈 때가 있다. 또 이 장르에서도 그 의식의 흐름이 흐르는 것이 신기하고 또 이상할 때가 있다. 이상해도 신기해도 그냥 또 의식의 흐름을 따라 간다. '흐르는 강물처럼' 의식의 흐름도 매우 자연스럽게 흘러가는 것 아닌가. 아닌가. 의식의 흐름의 흐름, 이렇게 말해 놓고 나면 이상한 걸까.

이 산문집은 또 무턱대고 무의식을 따를 때도 있다. 이렇게 해도 되는지 마냥 무의식을 따라 갈 때가 있다. 이 산문집이 어떤 무의식을 따를 땐 신기하기도 하고 이상하다. 이상해도 신기해도 그냥 또 무의식을 받아들여야 하는가. 이것도 '관습적 인식'이 되는 것 아닌가. 그런가. 시에 대한 아무런 의식도, 아무것도 의식하지 않는 무의식이 불쑥불쑥 튀어나와도 괜찮은가. 의도적으로 의식을 기피하는 게 그럼, 또 무엇인가.

흐르는 강물이 아니라 흐르지 않는 강물인가. 시작도 없고 끝도 없는가. 단지 의식하지 않는 것을 무엇이라고 할 수 있을까. 무의식은 단지, 본인이 알지 못하는 의식일 뿐인가. 그런가. 아닌가. 그렇다면 이 산문집은 무의식의 표출인가. 의식의 표출인가. 이것은 의식인가 무의식인가. 이것도 그냥 꿈인가. 이 산문집은 단지 빙산의 일각인가. 시에 대한 무의식이 수면 위로 등장한 것인가. 시에 대한 이 일련의 지속적인 사유가 시의 무의식을 흔들어준 것 아닐까. 이 일련의 시적 사유는 잠재의식을 뒤흔든 것이었을까. 어느새 시는 이 모든 것을 다 뒤섞어버린 것 아닐까. 시는 분석이 아니라 통합이기 때문일까. 그런가.

다시, 의식이든 무의식은 '나'는 어디에 있는가. 의식이든 무의식든 '시'는 또 어디에 있는가. '나'는 또 어디에 있는가. '시'는 구도의 길이 아닌데 '나'는 구도자가 아닌데 또 무엇을 찾겠다는 것인가. 무엇이 시라는 걸까. 무엇이 도라는 걸까. 무엇이 삶이라는 걸까. 무엇이 사랑이라는 걸까. 무엇이 분노였다는 걸까. 무엇이 옳은 소리였고 무엇이 개소리였던 걸까. 무엇이 생이고 무엇이 죽음인 걸까. 무엇이 인생이고 무엇이 연극이라는 걸까. 무엇이 국가라는 걸까. 시는 결코 옳은 소릴 하자는 게 아니다.

그러나 그 무엇보다 그 무엇이 없다는 것 아닐까. 그 무엇이 없다는 것, 그 무엇이 없다는 것을 미처 몰랐다는 것 아닐까. 그 무엇은 그냥 그 무엇인 척 할 뿐이라는 것 아닐까. 아닌가. 그 무엇은 결국 그 무엇이 없다는 것 아닐까. 아닌가. 세상이 거대한 세트장 같을 때가 있다. 그쪽 업계에 종사하는 것도 아닌데 유독 그렇게 보일 때가 있다. 아닌가. 잡상인, 노숙자, 마을버스 기사, 지도자 1, 지도자 2, 행인 1, 행인 2, 무명시인, 실직자…

무엇을 찾고 또 무엇을 찾아내는 것이 아니라 손에 움켜쥐고 있던 것을 있는 그대로 펼쳐놓아야 하는 것 아닌

가. 그냥 손에 든 것을 내미는 것 아닌가. 그냥 빈 손바닥 내놓은 것 아닌가. 아닌가. 한걸음 더 내려가면 무의식의 세계를 만날 수 있을까. 의식이 아니라 무의식을 만나야 할까. 의식보다 무의식에 기댈 때가 더 많은가. 그런가. 그럴까. 의식보다 무의식에 의해 굴러갈 갈 때가 더 많은가. 그런가. 그럴까. 무엇이 진실이고 무엇이 거짓일까. 될 대로 되는 걸까, 되는 대로 되는 걸까. 더 잃을 게 없다는데 또 잃을 게 있을까. 크게 빗나간 생을 보라.

과거는 반복되는 것인가. 과거는 노출되는 것인가. 과거가 없는 과거도 있을까. 인생이란 것도 잘못 든 뒷골목 같을 때가 있는 것인가. 어디서부터 꼬였다는 걸까. 걍, 누가 첫 단추를 잘못 끼운 걸. 네가 있고 내가 있고 그런 것이 아니라, 각자 제 삶의 등쌀에 몸살을 앓고 있는 거 아닐까. 각자의 삶이 있고 각자의 시가 있고 각자의 노래가 있고 각자의 길이 있을 뿐 아닌가. 아닌가. 어딘가 앉아 있다 보면 각자 자기 얘기 하느라 기세가 등등하다. 마치 말을 못해 미치겠다는 듯이 말이다.

그 어떤 것에 집착하지 않는 것이 결국 시의 세계 아닌가. 그러나 이제 이런 말보다 시의 자리기 없다. 시인의 자리도 완전 없어졌다. 시/인들만 모르는 일 같다. 그럼에도 불구하고 한번만 더 지껄인다면 모든 것을 몽땅 탕진하고 또 몽땅 탕진해 버린, 이 허무맹랑한 반복과 반복이야말로 시의 세계 아닌가. 아닌가. 시가 무엇을 원하겠는가. 시는 아무것도 아닌 것을 원할 것이다. 시는 차라리 그대 손에 없는 것을 달라고 할 것이다. 그대 손에 없는 것을 말할 것이다.

지금 당장 시만 남겨두고 텅텅 비울 수 있는가. 그 남아 있는 시조차 다 비울 수 있는가. 뒤돌아보지 않을 용기가 있는가. 이런 강박증을 계속 반복할 수 있는가. 아무 대가 없이 밥 먹듯이 반복할 수 있겠는가. 패배를 반복할 수 있겠는가 말이다. 불확실성 앞에서 그 불확실함을 감수할 수 있겠는가 말이다. 바람 부는 들판으로 나아갈 수 있겠는가. 타락할 수 있겠는가. 아무것도 아닌 것을 내놓을 수 있겠는가. 아무것도 아닌 것을 아무것도 없게 할 수 있겠는가. 끝까지 배교하지 않을 신념이 있겠는가. 그렇다면 그대 스스로 묻고 그대 스스로 답해보라.

"나를 따르지 말고 그대는 차라리 그대 자신을 따르라", "네 자신을 모독하지 말고 차라리 나를 모독하라", "그대는 무의미와 의미를, 비대상과 대상을 동시에 한꺼번에 지지할 수 있겠는가", "그대는 그저 변방의 아웃사이더로 또 저 뒷골목의 낭인으로 한 생을 견딜 수 있겠는가. 이 덧없는 삶을 살아낼 수 있겠는가. 또 시 없는 삶을 살아낼 수 있겠는가."(무명씨)

84.

가급적 술 얘기는 여기서 피하려고 했는데, 스마트폰에 뜬 내용 중 그 일부를 그대로 옮겨놓는다. 금주의 장점 10가지 중에서 지면 관계상 앞의 다섯 항목만 옮긴다(이성주의 건강 편지, 〈코메디닷컴〉, 2022. 6. 20).

①24시간이 길어지고 삶이 풍부해진다. 애주가들은 "술을 안 마시면 무슨 재미로 사느냐"고 묻지만 술 마실 시간에 음악, 미술, 서예, 독서, 운동 등을 하면 오히려 단조로웠던 삶이 재미있어진다. ②꿀잠을 잘 수 있다. 술을 마시면 잠 잘 시간도 줄어들지만, 잠의 질도 망친다. ③정신이 명료해져서 업무성과가 좋아진다. 또렷한 정신에서 일하면 업무 효율이 쑥쑥 올라간다. 선진국에서는 조직의 리더가 절대 취해서 안 된다는 것이 불문율이다. 술 안 마시면 영업이나 대인업무가 불가능하다는 것도 대부분 자기 합리화에 불과하다. ④한 달만 금주하면 건강이 좋아

지는 것을 실감할 수 있다. 피부 혈색이 좋아지고 체중 관리에도 좋다. 특히 '몸 망침의 악순환'에서 벗어날 수 있다. 술, 담배, 스트레스, 운동 부족은 서로가 서로를 부른다. 술을 끊으면 나머지도 제어하기 쉽다. ⑤자신감이 살아난다. 건강이 좋아지면서 업무능력이 향상되고 술로 인한 실수는 줄어들면 마음이 긍정적으로 변한다.

85.

시도 써야 하고 이 산문집도 써야 한다. 밥도 먹어야 하고 설거지도 해야 한다. 시도 읽어야 하고 시도 써야 한다. 불가피하게 투잡이다. 두 얼굴이다. 한 몸이다. 혈맹 관계다. 밤 산책도 하고 밤 산책에 관한 시도 썼다. 가령, 산책 중일 때의 자아와 시 속에서의 자아는 일치하는가. 어느 행에선 일치하고 어느 행에선 일치하지 않는다. 어느 행에서는 일치하고 어느 행에서는 다른 얼굴인가. 저 얼굴은 내 얼굴인가 하고 돌아볼 때도 있다. 가만히 보면 그 얼굴도 내 얼굴이다. 두 얼굴이다. 그게 또 내 얼굴이다. 아니다. 아니다. 그게 네 얼굴이다. 내 얼굴도 몰라볼 때가 있는가. 제 얼굴을 몰라볼 때가 있다. 어떨 땐 나는 없고 나는 시 뒤에서 있다. 시의 행간에 웅크리고 앉아 있다.

중랑천 산책 길, 앞에 휠체어를 밀고 가는 젊은 엄마가
있었다. 휠체어를 앞지를 수가 없었고, 일정한 거리를 두
고 그 뒤를 따랐다. 뒤따르다 세월교 전 다른 길로 빠질
때, 얼핏 보니 초등학교 3~4학년쯤 아이가 타고 있었다.
그저 앞지르지 말라고 속삭이던 그 목소리만 겨우 들렸
다. 그 시에서 그 모자를 뒤따르던 현실적 자아인 나는 없
다. 그 시에는 그 시의 시적 자아만 있는 셈이다. 나는 없
다. 내가 경험한 일이지만 시가 되는 순간, 경험적 자아인
나는 없다. 그것을 또 무엇이라고 불러야 하나.

그러나 내가 그 자리를 비워야 내가 산다. 시가 산다.
그 어떤 지점에서 나는 망설이고 있었다. 과거엔 굳이 이
런 망설임이 없었다. 그런 망설임조차 위선이라고 생각했
었기 때문이다. 그러나 지금 나는 망설이고 있다. 그 망설
임이 또 어떤 심정적 거리가 되는 것 같다. 시가 익어가는
시간 같다. 삶이 시가 되는 그 순간 같다. 나는 없다. 너도
없다. 마침내 시도 없고 시인도 없다. 시는 이렇게 되는 것
이다.

마치 그 모자의 휠체어를 더 뒤따르지 못하고 혹은 뒤
따르지 않았듯이 말이다. 그러나 나는 그곳에 있었고 나

는 또 그곳에 있었다. 앞의 그곳은 산책길일 것이고 뒤의 그곳은 시 속일 것이다. 그러나 또 그곳의 나와 그곳의 나는 같은 것일까 다른 것일까. 어디서 망설이고 있었을까. 나도 모르겠다. 나는 지금 어디에 있는 걸까. 시 속에 있는 걸까. 시 밖의 산책길에 있는 걸까. 시 속에서 나를 찾지 마라. 나는 그곳에 없다.

"앞지르지 마라/ 중랑천 산책길은 하나뿐이다/ 젊은 엄마가 밀고 가는 휠체어/ 그 앞에는 갈대밭도 없고/ 아름답던 저녁노을도 꼬리를 싹 다 감추었다/ 오 미터쯤/ 더 이상 좁혀지지 않는 간격/ 초등 4학년쯤 소년의/ 휠체어는 세월교 방향으로 간다// 앞지르지 마라/ (…중략…) 전쟁이 났다 해도 당장 전쟁을 멈춰야 한다/ 그보다 더 먼 곳에 간다 해도/ 바람아 너도 멈춰라/ 중랑천 물길도 멈춰라/ 어떤 종교의식보다 더 엄숙한 모자(母子)를/ 앞지르지 마라/ 가도 가도 웃음도 눈물도 뚝 그쳐라"(「더 먼 곳에 간다 해도」 부분)

86.

시는 인생의 시가 아니라 그 인생을 뚫고 나가는 것이다. 그 뚫고 나간 곳에 시가 있다. 시는 세상의 시가 아니라 그 세상을 뚫고 나가는 것이다. 그 뚫고 나간 곳에 시가 있다. 시는 시대의 시가 아니라 그 시대를 뚫고 나가는 것이다. 그 뚫고 나간 곳에 시가 있다. 시는 그 사회의 시가 아니라 그 사회를 뚫고 나가는 것이다. 그 뚫고 나간 곳에 시가 있다. 시는 현실의 시가 아니라 그 현실을 뚫고 나가는 것이다. 그 뚫고 나간 곳에 시가 있다. 그 뚫고 나간 곳에서 한 번 더 뚫고 나간 곳에 시가 있다. 그리고 마침내 시는 시를 뚫고 나가는 것이다. 그 시를 뚫고 나간 곳에 시가 있다.

다만 그곳은 높은 곳도 낮은 곳도 또 깊은 곳도 얕은 곳도 아니다. 그곳을 그냥 환상의 섬이라 부르자, 또 허구의 언덕이라 부르자. 그러나 나의 시는 시를 뚫고 나가지 못했고 나의 현실은 현실을 뚫고 나가지 못했고 나의 사회는 사회를 뚫고 나가지 못했다. 나의 시대는 시대를, 나의 세상은 세상을, 나의 인생은 인생을 뚫고 나가지 못했다. 나의 노트북은 이 노트북 뚫고 나가지 못했고, 이 엄청난 폭우 앞에서 이 폭우를 뚫고 나가지 못했다. ㅠㅠ

87.

그러나 이 노트북 뚫고 나갔다. 이 폭우 뚫고 나갔다. 중랑천 수위는 눈앞에서 그야말로 실시간으로 높아졌다. 거침없는 물살은 거침없이 흘러갔다. 한순간도 돌아보지 않고 물밀 듯이 흘러갔다. 노자는 천지(天地) 불인(不仁)이라고 했던가. 백십 년만의 서울 폭우는 어떤 잡념도 어떤 잡담도 어떤 잡음도 하용하지 않을 듯이 맹폭하고 있었다. 그래도 생각나는 것은 과거 중국에선 치수를 잘 하면 좋은 정치라고 했던가. 저 맹렬한 폭우와 급류 앞에서 치수를 잘 한다는 것은 무엇일까. 저 물을 어떻게 다스릴 수 있을까. (無爲之治)

밤 11시. 이번엔 이 폭우 속 어둠을 뚫고 또 나갔다. 중랑천 세월교가 궁금하여 나갔다. 최대한 가까이 다가갔다. 세월교와의 인연을 생각하면 그 궁금함을 떨칠 수가 없었다. 어둠 속의 세월교는 어둠 속에 파묻혔다. 나뭇가지 등등 부유물이 양쪽 어깨에 걸려 있었고 저 큰 칼날 같은 물줄기는 시시각각 세월교 바로 턱 밑을 겨누고 있었다. 중랑천 산책로는 그래도 멀쩡했으나 곳곳에 안전선 띠를 그어놓았다. 저 통행금지 선을 넘지 못하고 돌아섰다.

대신 슬리퍼 신은 채 폭우 속 근린공원 산책로를 걸었다. 이 빗속을 천천히 걸었다. 한 바퀴 두 바퀴 돌 때, 불현 듯 오전에 스마트폰에서 대충 읽었던 '술탄(sultan)의 빈자리'가 생각났다. 아무나 술탄의 자리에 오를 수도 없었겠지만 그 술탄의 자리는 늘 빈자리였다고 한다. 제국의 시스템이 경이로울 수밖에 없다.

"술탄의 빈자리—14세기 이후 적어도 500년 이상 광대한 대륙을 경영했던 오스만 제국 시절. 제국의 최고 회의체인 디반의 토론방에 최고 통치자 술탄의 자리는 없었다. 회의장에 모인 정치·종교 지도자들과 현인들이 술탄의 존재를 의식해 토론을 제대로 벌이지 못하는 사태를 막기 위해서다. 눈빛마저 숨겨야 했던 술탄은 회의장 부근의 다른 공간에 머무르면서 옆방에서 논의되는 토론 내용을 경청한다. 토론이 끝나면 술탄은 비로소 디반의 방으로 와 결론을 내린다. 아시아와 유럽, 아프리카 일대까지 광범위한 영토를 개척했던 제국 경영은 이런 훈련 속에서 유지될 수 있었다."(허민 정치 카페, 문화일보, 2022. 8. 9)

88.

시가 향하는 곳은 어디인가. 시가 향하지 않아도 되는 곳은 어딜까. 시도 자기희생이란 게 필요한가. 시가 향하지 않아도 되는 곳은 어딜까. 시는 그곳을 향해 가야 하는가. 또 경험적 사실 등 인생을 반영한 시적 세계를 구현해야 할 것인가. 김준오『시론』에서도 누차 언급된바, 시적 자아와 경험적 자아는 피붙이 같은 혈맹 관계인가. 아님, 아주 긴장된 갈등 관계인가. 간혹 경쟁 관계인가. 상호 간의 극복의 대상인가. 아님 누가 극복의 대상인가. 시적 자아인가. 아님, 경험적 자아인가. 시의 주인은 시적 자아 아닌가. 그럼, 경험적 자아가 물러서야 하는가. 아 경험적 자아가 극복의 대상인가. 경험을 따를 텐가. 시를 따를 텐가. 시적 자아만 두고 다 떠나야 하는가. 시의 전선을 위해 경험적 자아는 2선으로 물러나야 하는가.

시적 자아의 상상력을 제외한 모든 것은 추방되어야 하는가. 인생이나 현실도 한 반 발짝 물러서야 하는가. 시는 현실이나 인생이 아니라 환상인가. 그대는 어디로 갈 것인가. 그대는 시보다 시인보다 더 먼 곳에 갈 수 있다고 생각하는가. 그대는 시보다 시인보다 더 앞설 수 있다고 생각하는가.

89.

　강릉행 ktx 바로 옆 좌석의 젊은이는 손바닥만 한 수첩에 깨알 같은 글을 쓰고 있었다. 얼핏 봐도 시의 형태였다. 긴 행도 있었지만 짧은 행도 보였고 눈대중으로 보면 20행 안팎인 것 같다. 옆 페이지로 넘어가면 25행도 될 것 같다. 여기서 잠깐, 시 쓰는 분인가, 물어보려다 참았다. 나이 먹고 주책 부린다 할까 봐 눈을 지그시 감고 낮잠이나 청했다. 눈만 꼬옥 감고 있었다. 그러다 또 눈을 살짝 뜨고 곁눈으로 보면 젊은이는 아직도 글을 쓰고 있었다. 벌써 한 편 다 완성했나. 시가 아닌가. 잘못 본 걸까. 잠시 덮어놓은 다이어리의 커버는 짙은 카키색이었다. 혹시 시 쓰는 분인가 물어보려다가 또 낮잠을 청하고 말았다. 시 쓰는 분이라면 동종업계 종사자끼리 현 단계 한국 시에 대해 논할 수도 있지 않았을까. 이른바 2000년 이후 등장한 젊은 한국 시에 대해 모처럼 대화를 나눌 수 있지 않았을까.

　(그러나 어쩌다 젊은 축에 끼어 앉았다 해도 곧장 일어나야 할 것 같다. 그쪽보다 이쪽이 먼저 불편하기 때문이다. 이제 이쪽은 그쪽보다 젊지도 않고 가난하지도 않고 심지어 외롭지도 않다. 늙으면 이 외로움도 늙어버리는가. 그리고 이제는 그쪽보다 깨끗하지도 않고 무엇보다 그쪽

보다 분노하지도 않는다. 단지 이쪽저쪽 나이만 갖고 말하는 게 아니다. 죄도 더 많고 이미 타락한 것도 많다. 2선이 아니라 3선이나 4선쯤에 알아서 밀려나 있어야 한다. 그 얼굴로 여기저기 나돌아 다니지 말고 조용히 혹은 나직이 칩거하는 게 맞다. 볼썽사나운 게 아니라 이제 더 볼 일도 없는 것 같다. 한물간 자가 돌아다니는 것 같다. 이 눈으로 봐도 어디서 무엇을 배웠는지 딱할 때가 많다. 이쪽이 그렇게 타락했다는 걸 저쪽에 확실히 보여주는 것 같다. 이쪽은 이제 입을 닫고 저쪽이 이제 입을 열어야 한다. 이제 이쪽은 그 입이든 이 입이든 그 입을 닫을 줄 알아야 한다. 아님 조용히 혹은 나직이 읊조릴 일이다. 그동안 입을 크게 벌린 자부터 속속 입을 닫으라. 다만 그쪽과 원활한 소통이 가능한 이쪽만 겨우 살아남아 있으라. 더 늦기 전에 칼자루를 저쪽으로 넘겨야 한다. 그게 이쪽에서 할 수 있는 일이다. 우물쭈물 하지 마라. 이쪽과 저쪽은 소위 동시대에 살고 있는 것도 아니다.

물론 낙관하는 자는 더 낙관할 것이고, 비관하는 자는 더 비관할 것 같다. 그 감정도 이쪽이 소유하기엔 늦었다. 아주 무섭지만 눈여겨보면 여기서도 양극화의 간격이 발생한다. 더 무서운 것은 생각보다 그 간격이 더 멀어진 것 같다는 것이다. 잠시 느닷없는 말 같지만 시의 힘이 약화 되면서 또 예술의 힘이 미약해지면서 모든 힘이 다른 영역으로 이동한 것 아닌가. 물론 터무니없는 말일 것이다. 불과 한 세기만에 죄 많은 영혼도, 죄 없는 영혼도 죄다 사라졌다는 말인가. 어디 가서 함께 울 자도 없고, 어디서나 함께 웃을 자도 없다. 그런 시대가 되었다. 어디서나 그저 혼자 웃고 혼자 울고 있을 뿐이다. 제 정신도 없고 남의 정신도 없는 것인가.

어쩌면 이제 더 이상 '새로운 것'은 없다는 것인가? '새로운 것'은 아주 재빨리 '새로운 척'하고 시치미 떼는 것인가. 이 언어 말고 다른 언어를 개발하지 않는 한 새로운 것은 없다는 것일까. 새로운 시의 문법은 없다는 것일까. 이것도 꿈이고 저것도 꿈인가. 다시 이미 새로운 꿈은 어느덧 새로운 것이 되었다는 말인가. 새로운 꿈은 또 무엇인가. 새로운 꿈은 다름 아니라 언어와 또 그 언어의 언어에 의한 것 아닌가. 새로운 것은 무엇인가. 끊임없이 고민하고 끊임없이 방황하고 끊임없이 문제 제기 하고 끊임없이 주체적으로 인식하는 것 아닌가. 끊임없이 긴장 관계 유지하는 것 아닌가.)

눈 좀 붙이다 아예 한낮의 꿈이라도 꾼 것일까. 아님 또
님이나 잘 하라고 하면 얼마나 무안한 자리가 되었겠는
가. 눈이나 더 붙이자. 눈 몇 번 떴다 감았지만, 옆 좌석
젊은이는 그 사이에 시 두 편정도 쓴 것 같다. 이렇게 눈
만 붙인 적도 없었을 것 같다. 그때 곧 강릉역에 도착한다
는 안내 방송이 흘러나왔다. 눈 제대로 붙이지도 못했고,
옆 좌석 승객과 담소도 나누지 못하고, 시 한 줄 못 쓰고
한 시간 반쯤 꼼짝 없이 흘러 보냈다. 선반에 올려놓은 노
트북 가방을 내려놓으며 옆 좌석의 검은색 가방도 내려주
었다. 인연 있으면 또 만나기를~, 건필하기를~

90.

폭염과 폭우 탓인가. 이런저런 마음 다 합쳐도 긴장하
지 못할 때가 있다. 걱정도 했지만 끝내 조금 실수하고 나
서 긴장이 확 몰려왔다. 작은 실수조차 용납하지 않고 늘
긴장하고자 했는데 그만 엎질러진 물이 되고 말았다. 물을
뒤집어쓰고 나서 온몸에 긴장이 확 돌았다. 왜 실수를 해
야 했는지 돌아보았다. 술 마실 땐 술로 인한 실수가 잦아
그때마다 술에다 후회하고 자책을 퍼부었지만 술 아닌 일
로 실수를 하고 보니 어디다 후회해야 하는지 어디다 자
책해야 할지도 몰라 혼란이 더 심했다. 또 그 모르는 것에

대해 괴로워했다.

그래도 다시 돌아보면 사이드미러를 좀 더 살피지 못했고 순간 지하 주차장 기둥의 각도를 정확히 인지하지 못하고 대충 본 것 같다. 그러나 그런 것보다 조금 방심한 것 같다. 조수석 뒤쪽 차체 모서리를 손바닥 반만큼 확긁었다. 긁힌 부위에 손바닥을 갖다 대보았다. 한 번 더 대보았다. 이런 실수를 하다니 주먹 쥔 손으로 가슴을 쳤다. 한 번 더 쳤다. 폭염도 폭우도 아닌데 강풍 예보도 없었는데 왜 지하 주차장에 내려놓을 필요가 있었나. 왜 그랬을까. 그리고 무엇보다 일요일 오후, 지하 주차장 사정을 뻔히 알면서, 굳이 내려가지 않아도 될 텐데 또 어떤 강박을 따랐던 것일까. 그렇게 중요한 것이 아니면 무얼 꼭해야 한다는 생각부터 버려야 한다. '생각 버리기 연습'(코이케 루노스케).

지금 당장 꼭 그렇게까지 해야 할 생각은 많지 않을 것이다. 그럼, 그렇게까지 하지 않아도 된다. 그런 것도 다 고정된 관념의 일환일 것이다. 일상에서도 그런 것부터 툭 치고 나갈 줄 알아야 한다. 하물며 시는 말 할 것도 없다. 시는 결코 그렇게 뻔한 것을 타이핑하는 게 아니다. 더구나 그렇게 식상한 것도 아니다. 관습적 인식을 개무시할 때, 오히려 시는 빛날 것이다. 그때 시는 빛처럼 올 것이다. 시는 뭔가 다른 것이다. 시는 또 시선(視線)이다. 시는 인식이다. 시는 남다른 체험이다. 한꺼번에 보라. 통째로 보라. 시는 몸에서 나온다. 문학이 심학(心學)일 때가 있다.

이런저런 마음을 합쳐도 좀처럼 긴장하지 않던 마음이 일순 움츠러든 것 같다. 마음 한쪽이 확 긁힌 것도 같다. 시만 빼고, 매사 무리하지 않게 사는 게 맞다. 그리고 개인적으론 성질도 좀 죽여야 한다. 급한 것도 좀 많이 늦춰야 한다. 그리고 매사 정확히 이성적으로 인식하고자 노력할 땐 노력해야 한다. 좋은 것이든 나쁜 것이든 집착하지 마라. 옐로우 카드 받았다고 생수병 집어던지고 그러지 마라. 감수(甘受)해라. 감사해라. 그리고 바보처럼 웃어라. 다정한 말투가 좋다. 감정을 노출하지 마라. 화내면 상대도 나빠지고 나도 나빠진다.

그리고 또 침묵하든가. 시의 끝은 침묵이거늘! 웃을 줄도 알아야 한다. 시의 끝은 웃음이거늘! 농담도 좀 하고, 작은 돈에 예민하지 말고 남의 일에 너무 관여하지 말고 밥도 좀 천천히 먹고 식사 자리에서 빨리 먹고 먼저 일어나지 말고, 산책길에서도 남들 앞지르지 말고 그렇다고 편하게, 재미있게, 맛있는 거 먹고 살라는 것은 아니다. 시인은 불편한 삶을 자처한 자일 것이다. 자 그럼, 이 자리를 떠나자. 자 떠나자. 시의 길은 방황이거늘! 고뇌이거늘!

91.

문학과 인생일까. 인생과 문학일까. 횡단보도 앞에 서있다 보면 인생이 문학보다 더 앞선 것 아닐까 하고 자문할 때가 있다. 문학이 인생에 그 근거를 두고 있으니 문학보다 인생이 먼저 아닐까. 그래도 문학이 먼저일까. 인생이 먼저일까. 이 문제도 마치 닭이 먼저냐 달걀이 먼저냐 같은 논쟁거리일까. 단지 무엇이 먼저일까 그런 문제가 아니라 무엇이 더 중할까 그런 논쟁 아닐까. 아 논쟁거리가 아니라 인식과 태도의 문제 아닐까. 인생이 중할까. 문학이 중할까. 물론 이런 태도도 문학의 장 안에서 이루어져야 한다. 문학도 안 되는데, 인생이냐 문학이냐 논할 순 없는 노릇이다. 논쟁이든 뭐든 간에 우선 문학의 첫 단추가 끼워져야 한다. 그럼, 또 문학의 첫 단추를 어떻게 논할 것인가. 문학의 첫 단추는 문학이 먼저냐 인생이 먼저냐 하던 그런 칼자루가 아니다. 전혀 다른 칼자루다.

문학의 첫 단추는 문학이 중하냐 인생이 중하냐 하던 그 칼자루가 아니다. 전혀 다른 칼자루다. 그 순간 그 칼자루는 오직 문학의 칼자루일 뿐이다. 검객은 검객을 만났을 때 검을 뽑는다. 검객을 만나기 전에 검을 뽑는 검객은 없을 것이다. 그 어렵게 끼운 첫 단추 다음에 비로소 문학이냐 인생이냐 논할 것이다. 마치 검객이 검객을 만나지도 않았는데 검을 꺼낼 것이냐 안 꺼낼 것이냐 논할 순 없는 것이다. 우선 검이 아니라 검객부터 만나야 할 일이다. 우선 문학부터 만나야 한다. 시부터 만나야 한다. 그 다음에 검을 뽑을 것이다.

"길에서 검객을 만나면 칼을 뽑아야 하고, 시인이 아니면 시를 바치지 않는 법이다."(『雲門錄』)

92.

누누이 다짐하지만 가급적 생활 속에선 또 침묵해라. 더구나 생활과 관련된 일일수록 더 침묵해라. 다 침묵해라. 대(大)침묵의 수도원, 트라피스트 수도원(KBS 일요스페셜, 2000. 12. 24)의 수도승처럼 삭발하지 않았다 해도, 하루 아홉 시간 정도 명상하지 않는다 해도, 비록 육식을 한다 해도, 크리스마스 때 죽은 나뭇가지 하나 세워놓지 않는다 해도, 수도승처럼 포기하는 삶을 살지 않는다 해도, 수도원에 들어오면 떠날 수도 없고 그곳에 묻혀야 하는 생을 살지 않는다 해도, 적어도 생활 속에서 대(大)침묵은 꿈도 꿀 수 없지만 소(小)침묵 비스무리하게 살 줄 알아야 하지 않을까.

수도원 바깥세상에서 머리도 기르고 명상도 않고 고기도 먹고 크리스마스도 건너뛴다 해도, 포기하는 삶을 살지 않는다 해도, 수도원 근처 갈 엄두도 못한다 해도, 적어도 좀 침묵하면서 살아야 하지 않을까. 시도 침묵 속에 싹튼다고 그렇게 입버릇처럼 중얼대면서 왜 침묵하지 않는가. 왜 침묵하지 못하는가. 트라피스트 봉쇄 수도원을 잊지 마라. 그렇다고 트라피스트 수도원은 결코 아주 먼 곳에 있는 것도 아니다. 트라피스트 수도원은 그대 마음속에 있지 않은가. 무소유와 단순한 삶이라는 것은 먼 곳에 있는 게 아니다. 시도 먼 곳에 있지 않을 것이다. 시나 언어가 그대를 감싸고도는 것이 아니라 침묵이 그대를 감싸고도는 것이다.

93.

시는 또 어디서 무엇을 고민해야 할 것인가. 어디서 또 헤매고 다녀야 할 것인가. 예컨대, 역사냐 허구냐 또 인생이냐 예술이냐 또 현실이냐 상상이냐 또 풍자냐 자살이냐 또 환상이냐 환멸이냐 또 지성이냐 서정이냐 또 생활의 발견이냐 생활의 파편이냐 또는 경험이냐 창조냐 또는 삶의 형식이냐 시의 형식이냐 또 사상이냐 감정이냐 또 이른바이 정서(emotion)냐 저 정서(feeling)냐 파괴냐 타락이냐 희망이냐 절망이냐 또 전망이냐 절망이냐 아니면 반(反)결말이냐 무(無)결말이냐 아님 다시 삶이냐 대상이냐 저것이냐 이것이냐 인식이냐 태도냐 반(反)목적적이냐 무(無)목적적이냐 이미 오래되었지만 참여냐 순수냐 다시 의미냐 무의미냐 김수영이냐 김춘수냐 아직도 이런 케케묵은 이분법에 잡혀 사느냐 벗어났느냐 눈물이냐 웃음이냐 아님 비웃음이냐 이런저런 이분법에 매몰된 자 같은가.

94.

항거하라. 누군가 어디서 항거해야 한다. 대외적으로 항거하지 못하면 대내적으로 항거해야 한다. 마음속으로라도 항거할 일은 항거해야 한다. 칼을 다 들지 않아도 펜을 다 들지 않아도 누군가 칼을 들어야 하고 누군가 펜을 들어야 한다. 누군가 촛불을 들어야 한다. 그리고 누군가 펜을 들었고 누군가 칼을 들었다. 누군가 촛불을 들었다. 조선시대도 아니고 일제강점기도 아니고 육이오 때 얘기가 아니다.

이를테면 〈1987〉은 결코 오래된 영화가 아니다. 〈택시운전사〉도 오래 전의 영화가 아니다. 도피하지 않고 초월하지 않은 역사가 있다. 역사가 되기엔 아직도 너무나 생생한 현실이다. 또 되돌아보아야 할 어떤 역사적 사실이고 어떤 역사 아닌가. 어떤 움직일 수 없는 사실만으로도 충분히 되돌아보게 한다. 어쩌면 역사가 되기 전의 어떤 역사를 기록해야 한다. 어떤 역사야말로 과거가 아니라 현재 아니겠는가.

역사가 되기 전의 역사는 문학의 역사라고 불러야 하는가. 아니면 아직도 더 살아있는 역사라고 불러야 하나. 더 살아서 차라리 역사가 되지 말아야 하는가. 과거가 되지 말아야 할 역사라는 것인가. 살아있는 역사는 역사의 장으로 억압할 필요가 없다. 왜냐하면 역사 앞에 아직도 살아있는 역사이기 때문이다. 아직 케케묵은 역사가 되지 않았기 때문이다. 아이러니하지만 역사보다 더 살아있는 역사가 되기 때문이다. 아직은 문학의 역사라는 것이다. 문학의 역사가 역사의 역사가 된 것도 아니다. 문학의 역사가 역사의 역사를 견뎌내고 있는 것이다. 문학의 역사도, 역사의 역사도 어떻게 건너뛸 수 없는 굳은 약속과 같은 과정인 셈이다.

문학의 역사라고 해서 역사를 말하는 것은 아니다. 문학의 역사는 과거도 아니고 과거의 역사도 아니다. 문학은 역사의 기록도 역사의 보관소도 아니다. 문학보다 앞서는 것은 없다. 문학보다 더 높은 상상력은 없다. 문학을 억압할 수 있는 역사는 없다. 문학이야말로 역사를 뚫고 나가는 것이다. 역사를 뚫고 나간 것이 문학의 역사일 것이다. 역사를 뚫고 나가지 못한 것도 문학의 역사가 되는 것이다. 그것도 문학의 역사가 되는 것이다. 어느 특정 시대의 역사를 꼽지 않아도 그런 역사도 있었을 것이다. 그런 시대를 절필의 시대라고 할 것이다. 부끄러움의 시대라고 할 것이다. 또 암흑의 시대라고 할 것이다. 그러나 그 암흑의 시대를 뚫고 살아남는 것이 또, 한 편의 시였으리라. 그렇다면 절필의 시대도 없고 암흑의 시대도 없으리라. '당신의 침묵은 있어도 시의 침묵은 없다.'(K) 또 오랫동안 당신의 칩거는 있어도 시의 칩거는 없다. 그러나 시는 또 칩거 중이고 침묵 중일 것이다. 얼마 전 신작 시집과 관련된 인터뷰에서 했던 말이지만 일부 인용한다.

"시인은 시를 돌아보지 않고, 시는 시인을 돌아보지 않는다. 시인은 얼굴 없는 가수와 같다. 얼굴 내밀 일이 별로 없다."

그렇다, 카페나 페이스북에 얼굴 내밀지 않아도 시의 얼굴은 지속적으로 이어갈 것이다. 시인의 활동 공간은 굳이 말하자면 주방이지 결코 거실이나 안방이 아닐 것이다. 문학 판이 좀 어수선하다 해도, 다른 판은 또 몰라도 문학 판이라면 적어도 어떤 격조(格調)라는 게 있어야 하는 것 아닌가. 아무나 누구나 지나가다 기웃거리는 곳이 아니다. 그렇지 않은가. 시나 시인이 무슨 명함도 아니고 계급장 같은 것을 이마에 딱지처럼 붙여놓고 사는 것도 아니다. 그렇지 않은가. 글구 시의 시대는 지나갔지만 문학의 시대는 좀 남아 있는가. 문학의 시대도 지나갔는가. 영화의 시대만 남았는가. 영화의 시대도 지나갔는가. 그 시대는 다 지나갔는가. 그 시대의 역사는 지나갔는가. 그 시대는 역사가 되었는가. 그 역사도 역사가 되었는가. 이제 남아 있는 그 시대는 없는가. 시의 시대는 지나갔는가. 그 시의 시대도 역사가 되었는가. 역사가 되고 말았는가.

그렇게 되고 말았는가. 더 이상 시의 시대는 없는 것인가? 더 이상 없다는 것인가?

글구 무엇보다 한 번도 그 어떤 시대가 되지 못한, 그런 시대도 어느새 역사가 되었다는 말인가. 과거가 되었다는 말인가. 혹시 아직 오지 않은 시대도 역사가 되었다는 것인가. 저기 어디쯤 어떤 시대가 있다는 것인가. 아닌가. 라이너 마리아 릴케의 말인가 아닌가. 아주 어린 문청 때 서랍 속에 넣어두었던 좌우명 같은 것이 있었다. 때론 200자 원고지에 싸인 펜으로 써서 책상 앞 벽면에 붙여놓곤 했었다.

"나의 시대는 반드시 올 것이다(Meine zeit wilt kommen)."

95.

일상의 삶이 어떠한가. 일상의 삶이라고 해봐야 가령, 마트 가고 일주일에 한 번 세탁기 돌리고 세탁물 정리하고 가끔 논역이나 마들역 픽업하고... 또 설거지 하고 (엊 그제 방한한 빌 게이츠도 저녁 설거지한다고 들었다. 아 닌가.) 그러나 작가의 일상은 이런 것 말고 따로 또 있을 것 이다. 솔직히 말하면 그런 일상 외엔 잘 하지 못하고 아예 잘 하지도 않는 편이다. 젊었을 땐 생각도 못했지만 퇴직 이후 또 이 엄중한 시국으로 인한 작가의 일상이란 대체 로 안방구석에 놓여 있는 노트북 앞에 앉아 있는 것이 고 작이다. 행동반경을 그렇게 넓혀야 할 일도 없다. 알고 보 면 집 콕 하는 게 작가의 일상이다. 어느 선배 작가 말마 따나 오죽하면 궁둥이가 글을 쓴다고 하지 않았겠는가. 작가의 일상이 어때야 하는지 금방 알 수 있는 부분이다. 또 작가의 고유 업무가 무엇인지 단호하게 말할 수 있는 부분이 아닐 수 없다. 그러나 또 다른 건 몰라도 시는 앉 아 있다고 시가 되는 것도 아니지 않은가.

암튼 송충이가 솔잎을 뜯어 먹어야지 송충이가 벼이삭 을 쪼아 먹을 순 없는 노릇 아닌가. 일상이든 작가의 일상 이든 그저 노트북이 솔잎이다 하고 코를 박고 산다. 이 코를 다른 데 돌릴 겨를도 없고 다른 데 돌릴 생각도 없다. 아 이 얼마나 호시탐탐 뚫어지게 노려보던 날들이었던가. 그 무엇과도 바꿀 수 없을 것이다. 오직 집중하고 또 집중할 뿐이다. 오직 솔잎에 집중하다 보면 외롭지도 않고 괴롭지도 않다. 이 산문집도 어쩌면 솔잎일 것 같다. 솔잎에 코를 박고 있을 땐 솔잎은 또 시일 것이다. 시에다 이 산문집에다 코를 박고 살 때가 솔잎 먹고 사는 송충이의 삶이다. 그게 작가의 삶이고 작가의 일상이다. 굳이 말하자면 일상의 삶에서 조금 벗어난 삶이다. 그냥 또 그렇게 사는 것이다. 다만, 그냥 또 그렇게 사는 일에 끊임없이 올인하는 것이다. 작가의 일상이 그냥 평범한 일상이 되는 셈이다.

하루 종일 솔잎에 코를 박을 수 있다는 것만 해도 감사한 일이다. 그리고 이젠 그야말로 물리적으로 돌아갈 데도 없다. 이젠 오라는 데도 없고, 불러주는 데도 없다. 일주일 지나봐야 문자메시지도 없고 물론 카톡은 안 하지만 카톡도 없다. 오는 것이 없으니, 가는 것도 없다. 어쩌면 가지 않아도 되고, 오지 않아도 된다. 이 얼마나 기쁜 일이냐. 이 얼마나 고대했던 일이냐. 하안거 중인 산사의 일상과도 같다. 할(喝)!

한 스님이 물었다.

"무엇이 저 자신입니까?"

"죽을 먹었느냐?"

"먹었습니다."

"발우(鉢盂)를 씻어라."(『趙州錄』)

96.

소위 무의미도 하나의 의미 있는 의미일 것 같다. 시에서 소위 은유만 가지고 안 된다는 것은 환유를 보라는 뜻이다. 역사도 소위 진보보다 허무할 때가 더 많은 것 같다. 막연하게나마 역사의 진일보를 믿는 사람으로선 그 또한 무척 허무한 일이 아닐 수 없다. 그럼에도 불구하고 역사의 진일보에 대한 믿음을 유지한다면 그 또한 의미 있는 하나의 의미일 것이다. 그러나 기대가 크면 실망도 큰 것인가 보다. 왜냐하면 역사는 과연 진일보하였는가 하고 자꾸 되묻게 되기 때문이다.

낙관이 어느새 비관으로 바뀐 것일까 하고 되묻게 된다. 아니면 거대한 역사 앞에선 낙관도 비관도 할 수 없는 것인가 하고 또 되묻게 된다. 낙관도 비관도 할 수 없는 역사는 또 무엇인가 하고 자꾸 또 되묻게 된다. 꿈을 꾼 사람은 그 꿈을 잊어야 하는가. 아직도 꿈을 잊지 않았다는 것인가. 꿈을 깨어나서도 꿈속에 있다는 말인가. 꿈 바보가 되었다는 말인가. 꿈속에서나 진일보 한다는 것일까. 한 개인의 실존은 역사가 될 수 없는가 하고 되묻게 된다. 역사는 워낙 거대하므로 한 개인의 실존을 기억하지 않는가 하고 또 되묻게 된다. 그런 것이 역사인가 되묻게 된다. 역사는 문학처럼 그렇게 섬세하지 않고 굵고 긴 것인가 하고 되묻게 된다. 문학의 길과 역사의 길은 애초부터 다른 걸음이었던 것인가 하고 되묻게 된다. 하 이것도 놓쳤고 저것도 놓쳤다는 것일까 하고 되묻게 된다. "불러도 주인 없는 이름이어!"(김소월)

어디에 무엇이 있는 것도 아니다. 어디서 무엇이 되어 만나는 것도 아니다. 그냥 있는 것은 있는 것이고 또 없는 것은 없는 것이다. 하물며 역사든 무엇이든 진일보하는 것은 없는 것인가 하고 되묻게 된다. 도대체 무엇이 진일보한다는 것인가 하고 되묻게 된다. 우선 어디서 어디까지 진일보 했다는 것인가 하고 되묻게 된다. 그리고 역사는 또 어디에 있는 것이며 역사는 어디서 어디까지 진일보 했다는 것인가 하고 되묻게 된다. "그대의 이름을 부르노라."(김소월)

역사가 진일보해야 하는지, 개인이 진일보해야 하는지 되묻게 된다. 어려운 말이지만 많은 역사가 있었다면 많은 개인도 있었다는 것 아닌가 하고 되묻게 된다. 많은 역사가 있었다면 많은 개인도 있었는가 하고 되묻게 된다. 역사만 있고 개인은 없는 것인가 하고 되묻게 된다. 그 역사는 또 어디에 있는 것인가 하고 되묻게 된다. 어디에 있어야 하는가 하고 되묻게 된다.

거듭 되묻긴 해도 등을 돌릴 순 없는 노릇이다. 등을 돌리는 게 그렇게 힘든 일인가 하고 되묻게 된다. 무엇보다 등을 보이기 싫을 때가 많았다. 그렇다면 패배하고 회의하고 끝내 타협하지 않으려고 애를 썼다는 것인가 하고 되묻게 된다. 여기서도 역시 자문자답일 수밖에 없다. 딱히 어디 가서 말할 때도 없다. 그저 혼자 묻고 혼자 또 묻고 할 뿐이다. 그러려니 하고 혼자 중얼거릴 뿐이다. 이제 이런 것도 익숙해졌다.

(가만, 위에서 역사라는 말만 열아홉 번 썼다. 이제 나의 사전에서 역사라는 말은 역사 속에 집어넣어야 하겠다. 역사는 역사가 아니었다. 특히 시는 역사도 아니고 과거도 아니었다. 과거를 묻지 말자. 역사도 어떤 제도 같고

어떤 기업의 결산보고서 같다. 역사에 대한 허망함 때문일 것이다. 그래도 또 역사는 굴러가고 역사는 이루어질 것이다. 역사야말로 거대한 '관습적 인식' 아닐까 하고 되묻게 된다. 그러나 시는 역사가 아니다.)

시뿐만 아니라 이 산문집도 필자 옆에 누가 앉아 있는 것 같다. 어떨 땐 필자보다 먼저 자리에 앉아 있을 때도 있다. 기분이 좋거나 어딘가 조금 서운한 날엔 무릎 위에 앉혀놓고 같이 쓸 때도 있다. 그 무릎이 그의 무릎인지 필자의 무릎인지 모르고 앉아 있을 때도 있다. 그러나 그는 내가 모르는 사람일 것이다.

어젯밤 〈이상한 변호사 우영우〉 최종회를 시청했다. 우변은 자신을 '흰 고래 무리와 함께 사는 외뿔 고래'에 비유했다. 그리고 '비록 이상하고 별난 삶이지만 그 모습 그대로 가치 있고 아름답다'고 했다. (이 단락은 드라마 시청 이후 아래 글 사이에 급히 삽입한 내용임을 밝혀둔다.)

문학을 하면서, 글을 써서 특히 시를 써서 쌀을 사고 옷을 살 순 없어도, 시를 써서 글을 써서 문학을 하면서 쌀도 사고 옷도 사야 하는 '전업 작가'의 대열엔 낄 순 없더라도, 그렇게 살고 있는지 길을 걸어가면서도 되묻고 또 되묻게 된다. 글구 어디서든 시를 향해 먼저 등을 보이지 않는지, 또 시를 향해 등을 돌리지 않고 살고 있는지 묻고 또 자꾸 되묻게 된다. 뭐 군이 묻고 되묻고 할 일도 아닌데 공연히 습관적으로 또 되묻게 된다. 강호 동도제현들은 어찌 사는지 궁금할 때도 있지만 상호 간의 퉁치고 살아야 할 일인지도 모르겠다. 그 바닥에서 좀 놀았다고 그 바닥을 아는 것도 아니다. "동지는 간 데 없고..."

97.

하루 종일 누워 있었다. 반나절 더 누워 있었다. 도합 36시간. 노트북도 소강상태였고 이 산문집의 어떤 맥락으로부터도 잠시 이탈한 것 같다. 제1권부터 제2권, 여기까지 거의 쉴 새 없이 달려왔다. 술도 피해 다녔고 사람도 피해 다닐 정도였다. 어떤 맥락을 유지한다는 것은 그만큼 어떤 집중력과 단순함이 요구되는 것이다. 술은 몸만 흐트러지게 하는 게 아니라 이 모든 맥락과 집중력과 단순함도 흐트러뜨리게 하는 것이다. 술은 입에 대는 순간 흐트러지기 쉽다. 술로 인한 많은 후회를 하였음에도 불구하고 또 하루 종일 누워 몸을 뒤척거렸다. 몸을 뒤척거릴 때마다 후회가 하나씩 돋아나는 것 같았다. 속이 쓰리고 뭐 그런 것보다 마음에 남은 후회를 감당하기 어려웠다. 무엇보다 아직도 이렇게 산다는 게 싫다. 그래서 이 산문집이 고마울 때가 많다. 일종의 강박이었겠지만 뭔가 압박하기엔 딱 좋은 일거리였다. 아무튼 스스로 압박하고 스스로 강박할 수 있었다. 즐겁게 압박하고 또 기쁘게 그 강박에 시달릴 수 있었다.

근데 과음 이후 또 다른 일정 등으로 인해 거의 일주일 만에 이 맥락에 다시 참여할 수 있었다. 이러면 안 되는데 그렇게 되고 말았다. 하루 이틀도 아니고 36시간 이후 또 꽤 긴 공백이었다. 다시 심기일전해야 한다. 이런 저런 근심도 귀히 여길 일이다. 모처럼 몸에 익은 포맷을 스스로 무너뜨릴 순 없는 노릇이다. 각성하고 또 각성해야 할 일이다. 입을 떼지 않고 누워서 이리 뒤척이고 저리 뒤척이면서 자책 또 자책하였다. 그리고 무엇보다 거의 똑같은 일을 거듭 반복하고 거듭 자책하고 있다는 것에 대해 너무 화가 나서 주먹으로 입을 틀어막고 있었다. 오른쪽 뺨도 두어 대 후려쳤다. 그래도 성이 풀리지 않는다. 아무리 혼자서 다짐하고 중얼거려 봐야 술자리에 앉으면 또 까맣게 잊고 만다. 술로 인한 후회를 더 이상 하지 않으려고 다짐한 것도 모두 헛일이다. 금주는 물론이거니와 산책 이외 외출도 당분간 엄격히 통제할 것을 긴급히 발동하노라. 그리고 술을 피할 수 없을 땐 그저 병맥 두어 개만 허(許)하노라. 특히 2차는 강력히 금(禁)하노라. 이 산문집 행간에 두 번 다시 술 냄새 풍기지 않기를 거듭 바라노라. 밤늦게 술 마시고 휘청거릴 때가 아니다. 다시 한 번 깊은 각성을 촉구하노라. 술 마시고 다음날 누워 있지 않도록 해라. 그런 저런 '관습적 인식'에 빠지지 않도록 유념하라. 이 맥락에서 이탈하지 마라.

98.

시보다 이 산문집으로부터 시달리는 강박증이 더 큰 것 같다. 아니다, 이 산문집보다 시로부터 더 큰 강박증에 시달릴 것이다. 시는 말 안 해도 늘 강박증을 달고 살고, 어느새 이 산문집도 말없이 그냥 강박증을 달고 살게 되었다. 누가 일정량을 정해준 것도 아니고 누가 나서서 일정량을 감시하는 것도 아닌데, 일정량으로부터의 강박도 있고 어떤 맥락으로부터의 강한 압박도 있다. 아무도 없는데 혼자서 강박하고 혼자서 강박에 사로잡혀 산다. 아무 대가도 없는 이런 강박이 또 글쓰기의 이유가 된다면 돌아서서 웃어야 할 일이다. 이런 대가 없는 강박이 시/쓰는 맛이라고 한다면 이번엔 또 어떻게 웃어야 할 것인가. 글

쓰기에 대한 이런 종류의 강박이 일상이 되었고 일과가 되었다. 이런 걸 또 '기쁜 강박'이라고 명한다면 이번에 또 어떻게 웃어야 할 것인가. 어네스트 헤밍웨이처럼 빈 깡통이라도 힘껏 걷어 찰 것인가. 이 강박이 삶의 입구가 되었고 또 출구가 되었다면 썩 괜찮은 증상 아닌가. 이 강박은 좀 심한 강박일까. 아님 견딜 만한 걸까. 툭 던져놓은 밧줄이 마치 그물이 된 것 같다. 이번엔 구멍이 아주 촘촘한 그물 같다.

99.

유종호 교수의 『문학이란 무엇인가』(민음사, 1989)에서 두어 군데 뽑아 읽으면서 타이핑한다. 때로는 인용하고 때로는 필자의 생각을 덧붙일 것이다. 위의 책에서 직접 가져올 땐 괄호 표시로 구분할 것이고 그게 아닐 땐 괄호가 없을 것이다. 바야흐로 '유종호 특집'이 아닐 수 없다. 이 산문집에 꼭 한 번 초대하고 싶었다. 오래 전 좀 무리했지만 이 책을 텍스트 삼아 고1, 고2 여고생을 대상으로 2년 연속 특강한 적이 있다. 특강이라 해봤자 특별한 것은 아니고, 1부는 필자가 책 한 권을 요약하여 압축 강의하고, 2부는 학생 한 명이 한 파트씩 정해서 발표하는 형식이었다. 특강이 끝날 때마다 박수갈채를 받았던 기억도

있다. (ㅎㅎ)

이 산문집에서는 좀 혼란스럽겠지만 목차와 관계없이 필자의 눈에 띈 한 두어 곳만 읽고 타이핑할 것이다. 그럼 먼저 '제작, 창조, 생산'편을 보면 잘 아시다시피 poem의 어원이 making과 동의어라는 것이다. 시가 어떻게 태어나는가를 한 마디로 명쾌하게 보여준다. 시인은 곧 maker라는 것이다. 시는 소위 영감이나 주술이나 그런 것보다 어떤 매우 (기술적인 제작과정의 산물로 보는 관점)이다. 이어서 시는 (우연이나 직관의 소관사항이 아니라 수학 문제와 같은 정확성과 엄격한 결론을 드러내야 한다는 포우)의 견해를 구체적으로 제시하고 있다.

물론 포우의 개인적 견해이지만 시는 결코 우연이나 직관이 아니라는 것도 새겨들을 만하다. 시가 우연히 찾아오기를, 시가 한 방에 직관적으로 다가오기를 또 얼마나 기다렸던가. 그러나 시는 그렇게 오는 것이 아니다. 우연도 아니고 직관도 아니다. 그러나 또 시는 우연에 기댈 때도 있고, 직관에 기댈 때도 있다는 것을 누구보다 지금 이 땅에서, 이 깊은 밤에 시를 '쓰는' 자는 또 잘 알고 있을 것이다.

그리고 또 좀 거칠지만 (시인은 열띤 하룻밤 사이에 시 한 편을 써내는 봉두난발의 미치광이가 아니다.) 그럼에도 불구하고 시인은 하룻밤 사이에 시 한 편을 열나게 써놓고 거울 앞에 서 보면 하룻밤 사이에 이렇게 봉두난발이 된 것을 어디다 하소연하겠는가? 또 그럼에도 불구하고 이어서 말라르메의 말은 경청할 만하다. (시는 생각으로 만들어지는 것이 아니라 말로 만들어진다.) 여기서 생각은 또 영감이나 직관일 것이고 말은 언어일 것이다. 시는 '언어 예술'이라는 것도 대학 1학년 1학기 문학개론 시간에 다 들어보았을 것이다.

(문학작품의 발생을 영감이나 천재에서 찾으려는 경향)에 대해 (제작이나 기술에서 찾으려는 태도)도 (문학은 즐거움을 주는 것)이나 (가르쳐야 하는 것인가)처럼 매우 대립적인 명제일 것이다. 위의 책 169쪽에서 김기림의 말도 한 번 더 눈길이 간다. (일찍이 예술지상주의자가 제1의 함정에 빠졌고 그보다도 더 많은 로맨티스트들이 제2의 함정에 빠져서 시를 잃어버렸다.)

제1의 함정 빠지지 않기 위해 또 제2의 함정에 빠지지 않기 위해 무엇을 그토록 경계하고 있는지 알 수 있다. 다

시 예이츠의 말을 들어보자. (삶의 완성이냐/ 일의 완성이냐/ 사람의 지성은 택일해야 하느니) 예이츠가 아니더라도 '삶'보다 '일'을 더 우선시 할 때가 많았을 것이다. 비단 문학의 영역이 아니더라도 또 얼마나 많은 사람들이 '삶'보다 '일'을 택일했겠는가 말이다.

암튼 기술이나 제작을 강조하는 시인들은 (반복적인 수정과 퇴고의 시인)이라는 것을 알게 된다. 그럼에도 불구하고 또 시가 (제작이나 기술)보다 (영감과 천재)에서 빛처럼 다가오는 걸 어떡하겠는가. 그렇게 오는 시를 또 무엇으로 막을 수 있겠는가. 그리고 (영감과 천재)도 수정되고 퇴고되는 걸 또 어떡하겠는가. 어쩌면 아주 개인적인 견해를 조금 말한다면 (기술이나 제작)도 (영감과 천재)에 기댈 때가 있지 않은가. 아님 (영감과 천재)조차 (제작이나 기술)이라는 걸까.

(사전을 구해서 말뜻을 익히는 것이 글 쓰는 이의 첫 번째 일)이란 걸 젊은 날 에즈라 파운드는 어느 작가한테 들었다는 것 아닌가. 그리고 그 충고를 또 엘리어트가 받아들여 『황무지』를 대폭 수정했다는 것 아닌가. 이것은 단순한 일화가 아닐 것이다. 그런 것도 (현대주의자)들의 특

징일 것이고 현대시의 특징일 것이다. 다시 또 (영감과 천재)를 경계하는 말이다. 다시 또 (수정과 퇴고)를 뛰어넘을 때가 있다는 것이다.

이번엔 위의 책에서 플로베르의 말을 들어보자. (예술가는 작품 속에서 보이지 않으면서도 전능한 신과 같아야 한다. 도처에서 감득되면서도 눈에 뜨이지 말아야 한다.) 이 말은 결국 (기독교의 미학적 변용)이라고 했지만 곧이어 또 (신으로서의 시인)이란 (시인으로서의 신)이란 생각의 역전으로 전개된다. 아무리 그래도 (시인을 신)에 비유한다는 것은 종교적으로는 물론이거니와 문학 내부적으로도 좀 멀리 (유보)해야 할 것이다. 시인을 그렇게까지 비유할 처지가 아닌 것 같다.

차라리 그 책의 176쪽 벤야민의 관점처럼 예술가를 그저 (생산자)로 (자동차 생산과 같은 생산의 과정)으로 본다면 또 어떻겠는가. 이제 비로소 (시인과 예술가가 하늘에서 내려와서 이웃들 사이에 서 있게 되는 것이다.) 그게 맞다. 이웃들 사이에 (섬)처럼 서 있어도 (이웃)들 사이에 사는 게 훨 낫다.

좋은 시는 시를 낳는다고 하던데 좋은 책도 책을 낳는 가보다. '유종호 특집'을 조금 더 이어갈 수밖에 없다. 앞에서도 언급했듯이 외람되지만 이 산문집은 어떤 시에 대한 독후감도 아니고 어떤 시에 대한 해설서가 아니다. 그래서 대체로 산문이 먼저 나오고 그 뒤에 생각나는 시가 따라 나온다. 나중에 기회가 닿으면 좋아하는 시 두어 줄 앞에 둔 산문집도 쓰고 싶다. 암튼 마찬가지로 이 산문집은 어떤 시론서나 어떤 문학 관련 서적의 리뷰가 아니다. 독자 제현의 양해를 바랄 뿐이다. 이 산문집의 맥락상 그때그때 생각나는 시나 시론을 끌어다 쓰는 것이다.

(열감과 천재)는 아직 끝나지 않았다. (자동차 생산자는 훈련에 의해서 대량 생산할 수 있지만 '말의 기술인'은 훈련에 의해서 평균적 대량 생산을 도모할 수는 없다.) 영감론이 또 제기될 수밖에 없는 노릇이다. (시인은 만들어지는 것이 아니라 태어나는 것이다.)란 말은 그 자체론 충분치 못하다는 점에 필자도 동의하면서 다시 이어서 읽다 보면 좋은 수정론이 나온다. (시인은 태어나지만 동시에 만들어지는 것이다.)(178쪽)

100.

바로 뒤의 '작품과 개인사'편을 보면 작가 입장에선 매우 복잡한 지점이다. 이른바 작품이 먼저인가, 작가가 먼저인가, 하는 문제는 아직도 유효하고 여전히 멈추지 않는 진행형이다. 작품이냐 인간이냐 이것은 특히 많은 논란이 되고 있다. 작가의 정치적 사회적 성향에 따른 평가는 개인사를 넘어 작품까지 그 영향을 미치고 있다. 썩은 나무가 좋은 열매를 맺지 못한다는 마태 복음적 태도로 (작가와 작품의 관계를 나무와 열매)로 인식한다는 것은 동서고금을 막론하고 문학 밖에서 또 오랫동안 많은 논쟁이 되고 있다.

다시 이 책의 길을 따라가자. (훌륭한 문학이 반드시 훌륭한 사람의 손으로 이룩되지 않는다.) 이 부분이야말로 예술이 본래부터 (기술이요 솜씨)라는 점을 고려한다면 결코 놀랄 일도 아니다. 그리고 한 발 더 나아가 (도덕적 염결성의 인품은 예술가보다는 종교가나 도덕가에게 요구되는 자질)이라는 제안도 혼란을 잠재울 수 있는 논거가 된다. 이제 여기서 마무리해야 할 것 같다. 이 부분은 어려운 곳이다. (작가의 도덕적 인간적 순결을 기준으로 작품을 판단한다면 세계문학의 대다수가 추방당하는 상황이 벌어질 것이다.) 그리고 예를 들면 프랑소아 비용, 랭보, 도스토예프스키 등등.

　(창작 행위가 사회적 일상적 자아와는 거리를 유지하고 있는 심층 부위의 참여 속에서 이루어진다는 것을 고려할 때 표면적 개인사에 대한 과도한 의존)은 결코 믿음직스럽거나 바람직하지 않다는 것도 이 장에서 주목하게 된다. 또 익히 아는 것이지만 (일인칭 서정시의 작자도 자기 생각을 적는 것이 아니라 있을 수 있는 느낌이나 생각을 조작한다)고 하였다. 그리고 바로 뒤에서 그런 점에서 (극작가와 크게 다르지) 않다고 하였다. 여기서도 예의 몰개성지향론이 등장하지만 (작가가 작품 속에서 완전히 모습을 감춘다는 것은 사실상 불가능한 일)이다 하고 선언하기에 이른다.

　절충론이긴 하지만 나름 유의미한 매듭이 하나 있었다. (표현 이론에 기초한 전기적 접근)으로부터 (형식주의에 의존한 시와 시인의 분리)로부터 소위 (상호배제적인 대립 항목)으로부터 벗어나 (상호 보완적인 중층 구조)의 입장에서 문학 작품을 (파악)할 때 비로소 (문학 이해)에 한 발 더 다가서지 않을까. 끝으로 이 챕터 끝에 있는 문장이 또 하나의 (격언)이 될 것이다. "보봐리 부인은 나요!"

101.

저녁 먹고 다시 매달린 글을 매듭지을 수 없어 계속 앉아 있다 보니 밤 10시, 늦어도 밤 11시 마지막 산책마저 놓쳤다. 누가 정해준 것도 아닌데 일정량의 글을 써야 산책도 할 수 있다는 이 못된 강박감이 또 발목을 잡고 있었다. 그렇다고 어디 위안 받을 데도 없고 딱히 위안 받을 일도 아니다. 내가 던진 그물에 내가 사로잡힌 걸 누가 풀어주겠는가. 누구처럼 글 쓰다 말고 술 한 잔 할 수도 없고, 글 다 써놓고 한 잔 할 수도 있겠지만 암튼 나름 유일한 보상은 밤 산책이었는데 자정을 넘어가면서 그마저 어렵게 되고 말았다. 글을 마무리해도 술도 없고 보상도 없는 밤이 깊어만 간다. 그럴 땐 드문드문 불 켜진 창을 바라보며 냉수 한 컵 마시면 그게 또 위안이 될 때가 있다.

어느 집에선 누군가 달력을 넘기거나 시계를 바라볼 것이다. 누군가 창가에 서 있다가 커튼을 끌어당길 것이다. 누군가 베란다에서 별자리를 찾아볼 것이다. 곧 불 꺼진 창들이 더 늘어날 것이다. 8월의 마지막 날이라 해도 8월은 왠지 덜 슬프고 덜 외롭다. 물론 좀 덜 슬프거나 좀 덜 외롭다고 슬프거나 외롭지 않은 건 아니다. 자정 넘었는데 좀처럼 글을 털지 못하고 야트막하게 켜놓은 에프엠에 기대곤 한다.

바로 그때 이 시가 흘러나왔다. 시를 읽는 게 아니라 이렇게 시를 들을 때도 있다. 시가 읽는 장르가 아니라 시가 듣는 장르가 된 것 같다. 시를 듣는 밤이었다. 시 제목과 시인의 이름은 놓쳤지만 이 구절에 귀가 꽂히고 말았다. '친구여, 집집마다/ 그렇게 불 켜진 창이 있다네.' 지금 쓰던 글을 밀쳐두고 이 불 켜진 창의 시를 찾아다녔다. 시의 제목과 시인 이름과 시의 전문을 찾을 수 있었다. 러시아 여류시인 마리나 이바노브나 쯔베따예바(1892~1941)의 시였다. 이 시가 수록된 시집도 알게 되었다(이명현 옮김, 『삶은 시작도 끝도 없다』, 창비, 2014).

"또다시 불 켜진 창/ 저 집 또다시 잠들지 못하네./ 아마도 술을 마시거나/ 어쩌면 우두커니 앉아 있거나./ 아니면 그저 두 사람/ 서로의 손 꼭 맞잡은 채./ 친구여, 집집마다/ 그렇게 불 켜진 창이 있다네.// 만남과 이별의 탄식이 울리는/ 너, 한밤의 창이여!/ 아마도 백 자루 촛불,/ 어쩌면 단 세 자루 촛불⋯⋯/ 이토록 나의 생각/ 안식을 모르네./ 우리 집에도/

그런 창이 생겼네.// 친구여, 기도해다오, 잠 못 드는 집을 위해,/ 불 켜진 창을 위해!"(「불면증」(Bessonnitsa)의 열 번째 시, 「또다시 불 켜진 창」 전문)

102.

이런 밤에 시를 만나면 시를 또 읽어야 한다. 읽으면 시가 쑥 뽑힐 것 같은 그런 시가 있었다. 특히 이런 시어들이 좋았다. 이를테면 흰 이빨, 문지르면, 흘러내릴 것 같은, 속살, 달아나도, 내려가는, 달빛이 놓고 간, 툭툭 건드릴 때... 그리고 강원도 고랭지 무밭도 좋았고 무엇보다 특히 평창이 좋았다. 필자도 평창에서 또 봉평에서 하룻밤 지낸 적이 있었는데, 무밭에 왜 한번 서 있지 못했을까. 암튼 이 시를 읽으면 깊은 밤 잠시 무밭에 서 있는 것 같고 '내 정강이를 툭툭 건드릴' 것만 같아 덩달아 기분이 좋다. 술 한 잔 없어도 술에 취할 것 같고, 달빛만 있으면 '철없는 사랑'에 덜컥 빠질 것도 같다. 또 백지 한 장 없어도 백지 한 장만 한 달빛에 시를 써놓으면 시가 줄줄 '흘러내릴 것 같은' 밤이다. 아님 시를 써놓자마자 무청으로 북북 문지를 것만 같다.

돌아보면 무청이 새벽 같이 흔들어도 일어나지 못하고

숙소의 빈 벽이나 천정이나 쳐다보던 억울한 날도 있었다. 더 내려가지도 못하고 겨우 갔던 길이나 되돌아오던 발걸음이었다. 아마도 무밭이나 메밀밭보다 술자리 가까이 앉아 있던 시절에 이 시를 읽었던 것 같다. 그래도 혹시 언제였을까 하면서 휴대폰으로 여기저기 검색해보니까 2009년 9월 28일자 〈한국일보〉의 '시로 여는 아침' 코너였다. 아마도 사무실에서 얼른 읽고 프린트해서 서랍 속에 넣어두었던 것 같다, 그 시절엔 그래도 일간지에 시를 읽는 코너가 있었다. 아주 오래 전의 일이 된 것 같다. 최문자 시인의 '무청' 같은 시다. 그리고 이 시는 가급적 자정 넘은 밤에 혼자 읽기를 권한다. 60촉 백열등 아래서 읽으면 좋겠다.

"깊은 산에 와서도 산보다/ 무밭에 서 있는 게 좋아/ 푸른 술 다 마시고도 흰 이빨 드러내지 않는/ 깊은 밤의 고요// 그 목소리 없는 무청이 좋아/ 깨끗한 새벽/ 저 잎으로 문지르면/ 신음 소리 내며 흘러내릴 것 같은 속살/ 밤마다 잎에다 달빛이 일 저질러놓고 달아나도/ 그때마다 흙 속으로 하얗게 내려가는/ 무의 그 흰 몸이 좋아// 땅 속에 백지 한 장 감추고 있는 그 심성도 좋아/ 달빛이 놓고 간 편지 한 장 들고/ 무작정 애를 배는 대책 없는 미혼모 같은/ 배 불러오는 무청의

둥근 배가 좋아/ 무밭을 걷는 게 좋아/ 내 정강이 툭툭 건드릴 때 좋아/ 뽑으면 쑤욱 뽑힐 것 같은/ 철없는 그 사랑이 좋아"(「무밭에 서서—평창을 돌다가」 전문)

이 시를 검색하다 보니까 이 시가 소개된 일간지 코너를 당시 독일에 있던 허수경 시인이 일정 기간 관계했다는 것도 알게 되었다. 그렇다면 허수경의 육성 일부를 그대로 옮겨놓을까 한다.

"무밭에 서서 땅 속에서 튼실해가는 커가는 무를 생각하기. 무 한 개로 만들 수 있는 음식은 얼마나 많은가. 무채, 무국, 무를 채 썰어 밥을 지어도 좋고 절여서 김치를 만들어도 든든하다. 그러니 깊은 산에 들어선 무밭 가녘에 서서 무를 생각하는 일은 얼마나 마음 벅차오르는 일일까. (…중략…) 산밤이 깊어갈수록 무 잎 안에 고여 든 달빛은 짙어지고 무밭을 산책하는 한 인간의 마음은 갑자기 '철없는 그 사랑'에 취할 것처럼 자유롭다. 나는 이 시를 읽으며 정말 깊은 산에 자리 잡은 무밭을 거니는 듯 즐거웠고 유쾌했으며 내 마음의 발은 가벼웠다. 아린 무의 속살을 베어 문 듯 저렇게 싱싱한 삶의 순간이 있다니."

103.

시는 결국 하나의 허구다. 아닌가. 시도 하나의 예술이다. 아닌가. 시도 결국 삶을 반영한다. 아닌가. 그러나 시는 삶을 반영하지 않을 때도 있다. 아닌가. 익숙한 말이지만 시적 화자를 실제 시인과 동일시 할 것인가. 아닌가. 실제 시인과 시적 화자를 동일시하지 않을 것인가. 아닌가. 시는 삶의 고백인가. 아닌가. 시는 허구인가. 아닌가. 시는 예술인가. 아닌가. 시인은 시인인가. 아닌가. 시인은 극작가인가. 아닌가. 시는 드라마인가. 아닌가. 시는 자전적인가. 아닌가. 소위 현실적 자아와 시적 자아는 다른가. 아닌가. 시는 인생인가. 아닌가. 인생은 시인가. 아닌가. 시는 영감이다. 아니다. 시는 제작이다. 아니다. 시는 결국 창조 아닌가. 아닌가. 시는 기승전결이 없다. 특히 결이 없다. 아닌가. 기도 없다. 기는 있다. 기는 없다. 시는 결국 거두절미 아닌가. 아닌가. 그리고 시에서 인간 혹은 인간적인 것을 계속 염두에 둘 것인가. 어떻게 할 것인가. 이제 더 이상 시는 아무것도 없는 것인가. 아닌가.

당신은 리얼리스트인가. 당신은 모더니스트인가. 당신은 로맨티스트인가. 당신은 혹시 고전주의자인가. 당신은 현대주의자인가. 당신은 혹시 플라톤주의인가. 당신은 몰개성론자인가. 아니면 당신은 개성론자인가. 당신은 초인인가. 당신은 시인일 뿐인가. 당신은 언어주의자인가. 당신은 순수인가. 당신은 참여적인가. 당신은 의미를 지지할 것인가. 무의미를 지지할 것인가. 나는 로맨티스트인가. 리얼리스트인가. 나는 민중주의자인가. 나는 진보주의자인가. 이제 이런 것 묻지도 않고 따지지도 않는다. 아닌가. 이런 질문도 이미 낡았고 이런 질문도 이제 민폐가 되었을 것이다. 아닌가. 문학 판도 사라졌고 도박판도 사라졌다. 시인의 고뇌만 남았을 뿐이다. 아닌가.

예술성을 외면할 수 없을 것이다. 어떤 노선을 외면할 수 없을 것이다. 어떤 논리를 외면할 수 없을 것이다. 인간이나 인간적인 것도 외면할 수 없을 것이다. 글을 쓰는 한 언어를 외면할 수 없을 것이다. 시의 허구를 외면할 수 없을 것이다. 시의 영감도 창조적인 것도 외면할 수 없을 것이다. 인간을 중시하는 리얼리즘을 외면할 수 없을 것이다. 생활의 발견도 외면할 수 없을 것이다. 위의 많은 '외면'은 원래 포기였는데 이 문맥쯤에 다 바꾸어 놓았다. 고쳐 놓고 보니 외면을 다시 포기로 바꾸어도 무방할 것 같다. 문학과 인생이 아니라 문학이냐 인생이냐 이것이 문제 아닌가. 아닌가.

그럼에도 불구하고 빛나는 상상력을 외면할 수 없고 포기할 수도 없다. 상상력은 감수성만큼 외면할 수도 포기할 수도 없는 것 아닌가. 인간적이고 인생에 관한 시를 외면할 수도 포기할 수도 없을 것이다. 삶의 현실과 현실의 삶을 포기하거나 외면할 수도 없을 것이다. 시가 환상이고 허구라는 것도 끝내 외면할 수 없고 포기할 수도 없을 것이다. 시가 인식의 결과물이며 체험의 결과물이라는 것을 또 외면하거나 포기할 수도 없을 것이다. 시는 목적론적 세계관이 아니라 '반목적론의 개방형식을 지향'(김준오)함을 외면하거나 포기할 수도 없는 노릇이다. 누차 말한 것 같은데 시의 힘은 긍정성보다 부정성에 좌우된다는 것을 포기하거나 외면할 수도 없을 것이다. 이 산문집은 몰개성론 지향인가 아니면 개성론에 더 가까운 것인가. 그러나 이것저것 외면하거나 포기하지 않다 보면 어떤 지향점을 만나게 되고 어떤 통일을 맛보게 되는 것 아닌가. 아님 무엇을 포기하고 무엇을 또 외면할 것인가.

그대는 그대를 포기하거나 외면할 수 있는가. 그대는 그대의 시를 위해 그대를 포기하거나 외면할 수 있는가. 그대는 무엇을 포기하고 또 무엇을 외면해야 하는지 알고 있을 것이다. 시 앞에서 그 어떤 것도 포기하고 외면할 수 있어야 하지 않겠는가. 시 앞에서 무엇을 외면하고 무엇을 포기해야 하는지 그대 스스로 묻고 또 되묻고 있을 것이다. 시 앞에서 그대의 삶도 만났다 헤어질 것이고 그대의 시도 만났다 헤어질 것이고 그대의 경험적 자아도 만났다 또 헤어질 것이다. 그런 것을 또 어떤 '거리' 혹은 '분열'이라고 할 것이다. 해방이니 자유니 축복이니 심지어 통일이니 누구는 또 '방심'이라고 한다. 그런 말도 더 하고 싶은데 문맥에 맞지 않는 것 같다.

다시 그럼에도 불구하고 그대의 시는 그대의 삶에 반응하고, 그대의 삶은 또 그대의 시에 반응한다고 말해야 할 것 같다. 다시 또 문학이냐 인생이냐. 또 예술이 먼저일까 인간이 먼저일까 아님 인생이 먼저일까. 이것이 문제로다. 다시 그대의 삶을 서술할 것인가. 아님 어떤 대상을 묘사할 것인가. 아님 비대상인가. 시는 묘사인가. 시는 서술인가. 아 시는 인식인가. 아님 시는 발언인가. 시는 독백인가. 침묵인가. 허무한 것인가. 이런 것이 또 문제일까. 아닐까. 이 순간 이 순간 '관습적 인식'으로부터 벗어나는 게 급선무일 것이다. 어떤 틀에 갇히지 마라. (그러나 시보다 먼저 시인이 여기저기서 문전박대 당하는 중이다.)

104.

어떤 계기가 있었을까. 아님 시간적 여유가 생기고 머리도 좀 비우게 되니까 산책이라는 걸 하게 된 걸까. 아님 그런 것에 이끌릴 때가 되었을까. 무엇보다 몸이 그렇게 되고 마음도 그렇게 되었다는 걸까. 어느 날 갑자기 어떤 시나리오를 대충 그려놓고 구체적으로 어떤 구간을 정해 놓고 천천히 따라가게 되었다. 그 이후 어떤 습관이 된 것 같다. 어떤 일을 하고 나서 꼭 해야 할 일이 생긴 것 같다. 지난 폭우에도 지난 해 엄동설한에도 집을 나섰으면 이미 몸에 밴 것도 같다. 수락산 귀임봉 돌아오는 미니 등산은 몰라도, 산책이나 조깅, 이런 것은 전혀 생각지도 못한 일이었다. 어떨 땐 산책보다 조깅이 좀 더 몸에 밴 것 같다. 그렇지만 그저 혼자 걷다 혼자 뛰고 어느 구간에선 조금 더 세게 달릴 뿐이다. 이 레이스는 필자의 단독 레이스일 뿐이다. 독립 선언이며 독자 노선이다. 준비 운동도 없고 동호회도 없고 그냥 혼자 '미(美)친 듯이' 걷다가 달릴 뿐이다. 밤늦은 시각이라도 운동화 끈 조이는 순간, 이 단순한 포맷이 그렇게 즐거울 수가 없다. 가끔 달리다 보면 시적 영감이 떠오를 땐 멈춰야 하는데 그 속도를 포기하지 못할 때도 있다. 그럴 땐 또 녹취도 하지만 머릿골에 저장할 때가 더 많다.

때론 동네 근린공원 트랙을 돌 때도 있는데 의정부 방향 중랑천 코스보다 뭔가 부족하다. 그 이유가 뭘까 하고 생각해보았지만 딱히 찾아내지 못했다. 그런 것보다 그때 그때 형편 따라 중랑천이든 근린공원이든 천천히 걷고 달릴 뿐이다. 시간과 장소, 그런 걸 따질 것도 없이 좀 늦으면 가까운 근린공원 쪽으로 발길이 알아서 움직이는 걸 어떡하겠는가. 각자의 보폭에 따라 각자의 형편에 따라 지금 여기서 뛸 수 있으면 그냥 뛰면 되는 것 아닌가. 공원 트랙까지 오가는 시간 빼면 고작 한 시간도 안 될 텐데 말이다. 물론 뛰면서 방금 쓴 글을 생각할 때도 있고, 머릿속으로 스크린 할 때도 있지만 대체로 글이든 뭐든 아래로 툭 내려놓을 때가 많다. 그래도 시나 이 산문집에 대한 열망은 좀처럼 식지 않는다. 그럴 땐 또 그 열망과 사이좋게 파트너가 되는 것이다. 여기서 할 말은 아니지만 어느 조직이든 리더십이 중요하겠지만 파트너십도 중요하다. 때론 리더십이 아니라 파트너십에 의해 굴러가야 할 때가 더 많다. 아주 작은 팀의 리더라도, 대가없이 그 열정 다 쏟아본 사람은 알고 있을 것이다. 리더십은 파트너십보다 더 높은 곳에 있는 게 아니다. 돌아보라. 그대는 어느 곳에 있는가. 지금 돌아보라. 리더도 경영자도 목회자도 결국 시인들처럼 늘 고뇌하고 방황하는 사람 아닌가. 아닌가.

105.

위에서 산책과 조깅 얘기를 꺼냈지만 딱히 뭘 할 줄 아는 것도 없고, 뭘 할 수 있는 것도 없다. 결국 산책이나 조깅밖에 없다. 솔직히 천천히 혼자 걷다 보니 그것이 산책이었고, 천천히 뛰다 달리다 보니 그것이 조깅이 되었다. 거기까지다. 오래 전엔 문우들과 서울 근교 산도 올랐고, 혼자 원통사 뒷길도 다녔지만 중랑천 산책과 조깅에 이렇게 빠질 줄 몰랐다. 머리를 식히고 마음을 좀 내리는데 산책과 조깅이 잘 맞는 것 같다. 오늘 오후 5시쯤 도봉 옛길을 걸었다. 도봉서원 옛터 바로 옆에 김수영 시비가 있다. 아니다. 김수영 시비 바로 옆에 도봉서원 옛터가 있다. 또 아주 젊은 날 소설가 김성동이 입산했던 천축사 가는 길도 보인다. 아마도 다음 신작 시집에선 중랑천 산책길이나 이 둘레길에 관한 '산책시편'이 한 꼭지 될 것 같다. 따로 모아놓으면 한 챕터가 족히 될 것이다. 다시 현실적 자아와 시적 자아를 떼어놓기가 어려웠을 것이다. 어느새 노트북 앞에 앉아 있는 일 이외 산책과 조깅이 삶의 한 방식이 되었고, 이 반복과 단순함이야말로 필자의 근황이며 철학이며 생활일 것이다.

106.

참여냐 순수냐 이런 논쟁에서 벗어나, 1970년대, 1980년대를 거치면서 그야말로 그 시대의 정치적 사회적 현실을 몸소 겪지 않을 수 없었다. 젊은 날 그 시대를 거치면서 음으로 양으로 그 시대가 곧 자기 시대가 된 것 같다. 또 그 시대를 지나면서 자신에게도 타인에게도 그 어떤 시대정신과 도덕성을 엄격하게 강요하고 적용한 것 같다. 돌아보면 어떤 가치나 잣대를 가슴 깊이 품고 있었던 것 같다. 그리하여 정치적 사회적 문제에 대해 분노할 수밖에 없었고, 그 분노는 또 고스란히 어떤 중압감이 되었을 것이다. 그런 정치적 사회적 현실 속에서 가급적 엄숙 모드로 살았으며 무엇보다 희희낙락할 수 없었다. 더욱이 어떤 공적 영역이나 관계 속에선 그런 성향을 더 엄격하게 적용하는 인간이 되어 있었다. 그런 시대정신과 도덕성을 이념처럼 신념처럼 견지하고 있었던 셈이다. 돌아보면 개인적으론 웃음도 없고 농담도 없는 이상한 인간이 되어 있었다.

그러던 중, 어떤 공적 영역과 관계로부터 다소 벗어날 수 있었다. 그리고 일단 개별적인 인간이 될 수밖에 없었다. 개별적인 인간이란 공적 관계로부터 비로소 사적이며 주관적인 인간이 되었다는 것이다. 조금 자유로워졌다는 것이다. 백수가 되었다는 것이다. 공적 업무에서 벗어났다는 것이다. 자기 일이 없어졌다는 것이다. 자기 책상 자리가 없어졌고 자기 시대가 없어졌다는 것이다. 어디서든 대체로 투명인간이 되었다는 것이다. 아주 가까운 지인과 앉아 있을 땐 무턱대고 웃어도 된다는 것이다. 혼자 웃어도 된다는 것이다. 고백컨대 이렇게 제 웃음 하나 마음대로 못하고 살았던 것만 같다. 그런데 이제 누군가 바로 앞에서 무장 해제를 명하는 것 같다. 전쟁 끝났다고 통보하는 것 같다. 총 내려놓고 참호 밖으로 나오라는 것 같다. 각자 총기나 군복 등을 반납하고 그대의 집으로 돌아가라는 말인 것 같다. 이제부터 산책도 하고 등산도 하고 여가를 즐기라는 말인 것 같다. 농담 좀 해도 된다는 것 같다. 늦잠 자도 되고 제2의 인생을 살아도 된다는 것 같다. 알바해도 된다는 것 같다. 네가 아니라 내가 되어도 괜찮다는 것 같다. 아아 무위도식해도 된다는 것 같다. 일주일에 하루는 가평쯤 놀러가도 되는 것 같다. 외식을 해도 어떤 메뉴만 고집하지 않아도 되는 것 같다. 그리고 또 용서할 것은 용서하라는 것 같다. 너그러울 땐 너그러워야 한다는 것 같다. 가볍게 살라는 것 같다. 어떤 틀을 툭 벗어던지라는 것 같다. 틀은 무슨 놈의 틀?

107.

앞의 글을 조금 더 이어가면, 시대라는 것도 항상 변한다. 또 앞에서 말한 자기 시대라는 것도 그 시대를 지나가면 그 시대는 없어지는 것이다. 아쉽지만 자기 시대는 딱 한 번만 주어지는 것이다. 이제 소위 자기 시대의 시대정신이나 도덕성은 자기 시대가 사라진 것처럼 그 또한 자기 시대의 유물이 되었을 것이다. 이제 더 이상 자기 시대의 시대정신이나 도덕성을 논하지 마라. 거론조차 하지 마라. 누구든지 자기 시대를 살고 나면 그 자기 시대는 사라지는 것이다. 천천히 또 급하게 사라지는 게 맞다. 조용히 사라지는 게 맞다. 목소리 확 낮추는 게 맞다. 흥분할 것도 아니고 그저 온화한 웃음으로 손 한번 흔들어주는 게 맞다. 자기 시대가 지나갔으면 입은 닫고 여유가 있으면 지갑이라도 여는 게 맞다. 과욕은 노욕이 될 것이다. 지나간 것은 지나갔다.

아님 자기 시대를 넘어 또 자기 시대를 오롯이 살아가고 싶으면, 젊은 날의 그 불운했던 열망과 슬픔과 가난을 한순간도 포기하지 마라. 그리고 또 어려운 말이겠지만, 좀 새롭게 하거나 쥐도 새도 모르게 좀 조용하게 하거나 좀 다르게 하라는 것이다. 또 어느 시집 권두 인터뷰에서 언급했고 이젠 필자의 고정 멘트가 된 것도 같은 '아무 대가도 없이' 또 '오직 집중하라!'는 것이다. 그리고 자기 패를 버리라는 것이다. 다만, 나이를 먹었으면 느리게 하라는 것이다. 적당히 하라는 것이다. 대신 마음을 다해 진심으로 다하라는 것이다, 거듭 말하지만 내 시대든 네 시대든 격정의 시대는 지나갔다. 그렇다면 내 것부터 먼저 하나씩 내려놓을 때가 되었다. 과연 얼마만큼 내려놓았을까. 그리고 개인적인 사정이겠지만 필자는 또 이 노트북 모니터와 키보드 앞에서만 집중할 것이다.

여기서도 저 위의 시대라는 말 중에서 어느 구절에선 인간이라는 말로 잠시 바꾸어 읽어도 괜찮을 것 같다. 아무튼 자기 시대는 끝났다 해도, 당대 사회적 정치적 현안 문제를 외면하지는 못할 것 같다. 시대나 인간도 외면하지 못할 것 같다. 부당한 것에 대한 이런저런 분노 또한 피하지 못할 것 같다. 그런 분노가 또 시의 뿌리가 되리라. 사랑의 뿌리가 되리라. 연민의 뿌리가 되라. 크리스천처럼 네 이웃을 사랑하지 못한다 해도, 네 이웃의 가난이나 아픔이나 슬픔이나 고달픔을 외면하지 마라. 그들을 향한 눈을 감지 마라. 일상의 삶이 바쁜 개인은 또 몰라도 중앙 정부나 각 지자체는 특히 사회적 약자나 소외 계층에 대해 24시간 그 공적 책임과 의무를 갖고 있는 것 아닌가.
지난 해 어느 대선 경선 캠프 모 후보가 정곡을 콕 찍어주
었다.

"국민의 삶은 국민 스스로도 책임져야 하지만 당연히 정
부도 책임을 져야 한다. 우리가 정부를 비판하는 이유도 정
부에게 국민의 삶을 책임져야 할 막중한 사명이 있기 때문이
다."(뉴시스, 2021. 8. 11)

누구든 모든 것을 향해 마음을 다 열어놓고 살 순 없어
도 적어도 사회적 약자를 향한, 그들을 향한 마음은 닫지
마라. 그 작은 마음을 포기하지 마라. 내 것도 챙겨야 하
겠지만 네 것도 조금 챙겨줄 줄 알아야 비로소 인격이나
품격이 생기는 것 아닌가. 남의 가난이나 슬픔이나 아픔
이나 고달픔을 외면하지 마라. 메마른 가슴은 허전한 가
슴보다 더 외로울 수가 있고 더 괴로울 수도 있다. 이미 문
학사적 사료가 되었겠지만 1970년대, 1980년대 이 땅의
많은 민중시 계열은 리얼리즘 시의 적자로서 손색이 없었
을 것이다. 좀 난처하지만 민중시도 일정기간 자기 시대의
소임이라는 게 있었던 걸까. 아니다. 아니다. 아니다.

108.

공적 영역이나 관계가 아니라면, 시시비비를 따지지 말아야 하는가. 사적인 영역에선 옳은 것도 없고 그른 것도 없는 것인가. 공(公)이 아니면 비우고 또 비워야 하는 것인가. 사(私)는 진지한 것도 아니고 무거운 것도 아닌가. 복잡한 것도 없고 단순한 것도 없다는 것인가. 공이 아니면 차라리 다 통합하고 종합해야 하는 것인가. 결국 뜬금없지만 불이(不二)라는 것인가. 어쩜 이중적이라는 것인가. 그렇다면 또 시적 자아도 경험적 자아도 불이라는 것인가. 그대와 나는 불이라는 것인가. 참여도 순수도 불이라는 것인가. 무거운 것도 가벼운 것도 불이라는 것인가. 불이, 불이, 불이...

현실과 환상을 둘로 나누지 말라는 것인가. 시도 시적 화자도 두 얼굴의 사나이라는 것인가. 반쪽은 웃고 반쪽은 우는 것인가. 반반씩 사이좋게 섞여 있는 것인가. 흑도 백도 아니면서 흑이면서 백이라는 것인가. 대상이 있으면서도 또 비대상이라는 것인가. 시는 본래 시가 아니라는 것인가. 인생과 예술도 둘이 아니면서 하나라는 것인가. 문학과 인생도 둘이 아니면서 하나라는 것인가. 예술가이면서 또 동시에 평범한 일상인이라는 것인가. 굳이 무얼 나눌 것도 아니고 나눌 것도 없다는 것인가. 정신과 육체를 누가 나누었고 누가 또 나눌 수 있다는 것인가. 시와 일상적 삶 사이의 벽이 있는가. 선불교처럼 할하면 그 벽을 그대 앞에 가져다 놓아라. 그리고 그 벽을 지금 무너뜨려라. 그러나 벽은 없다. 한 편의 시속에서 이른바 경험적 자아와 시적 자아를 구분할 수 있는가. 없다. 불이 아닌가. 불이, 불이, 불이...

  어디까지가 일상이고 어디까지가 예술인가. 어디까지가 그대의 이념이고 어디까지가 그대의 신념인가. 어디까지가 현실이고 어디까지가 허구인가. 어디까지가 인생이고 어디까지가 문학인가. 문학이 되면 문학이고 인생이 되면 인생 아닌가. 불이 아닌가. 나는 또 내가 아니고 나는 또 네가 아니다. 또 너는 네가 아니고 너는 내가 아니다. 여기서도 이분법에 헤매지 마라. 전체를 종합하고 통찰하라. (다만, 시비를 따지는 분별력은 존중하라.) 다시 소위 일상적 진실과 당위적 진실은 어떤 환상 속에 만나는 것 아닌가. 결국 당위적이면서 일상적인 것 아닌가. 불이도 아니고 불이에 집착할 일도 아니다. 집중은 집착과 또 다른 성질인가. 아닌가.

109.

　서핑이 무엇인지 서핑을 가까이서 구경한 적도 없지만 무라카미 하루키 말에 의하면 서핑의 뛰어난 점은 '개인적인' 스포츠라는 것이다. 그러고 보니 서핑은 개인 종목인 것 같다. 우선 서퍼는 파도와 바다를 가까이 할 줄 알아야겠지만 무엇보다 '개인적인' 것이라는 점이다. 물론 서핑만 개인적인 것은 아니다. 알고 보면 마라톤도 개인적인 스포츠다. 장대높이뛰기도 장대를 들고 높이 뛰지만 결국 개인적인 스포츠다. 이것저것 알고 보면 다 '개인적인' 것이다.

　트위터 봇에 뜬 하루키의 말을 더 들어보자. "서핑은 순수한 의미에의 정직함을 사람들에게 요구하며, 그것에 의해서 인간은 자신의 존재를 응시하게 된다." 그의 말을 들어보면 서핑이 무엇인지 정직함이 무엇인지 자신의 존재를 응시하게 된다는 것이 무엇인지 잠시 생각하게 한다. 강원도 남애항에 가면 서퍼를 만날 수 있을까. 아들바위나 남애리나 죽도나 동산항만 휘돌아보지 말고 서퍼 옆에서 제대로 눈팅이라도 해야 하겠다. 아님 서핑에 한 번 도전해볼까...

110.

어떤 대상과의 거리를 두면, 그 대상도 자유롭고 그 대상을 바라보는 주체도 자유롭다. 그것이 비단 사람이든 사랑이든 사물이든 사건이든 그 무엇이든 말이다. 그러나 거리를 둔다는 것은 또 얼마나 어려운 일인가. 그러나 거리를 둬야 한다. 아무리 사랑해도 거리를 둬야 하고 아무리 미워해도 거리를 두어야 한다. 그 대상이 자유로워야 이 주체도 자유로울 수 있다. 그 사랑이 자유로워야 내 사랑도 자유로울 수 있기 때문이다. 사랑이 핵심이 아니다. 자유가 핵심이다. 대상이 핵심이 아니다. 주체가 핵심이다. 거리가 핵심이다. 어떤 틈이 중요하다. 그 틈이 시가 되고 사랑이 되는 것이다. 그 틈을 참지 못하면 시가 없다. 그 틈을 참지 못하면 사랑도 없다. 그 틈이 결국 거리가 되는 것이다. 그 틈이 결국 자유가 되는 것이다. 자유도 다소간 상대적인 셈이다. 세상이든 개인이든 문학이든 대중가요도 그래서 거리가 필요하다. 어떤 틈이 중요하다. 심지어 인간 관계에서도 거리가 중요하다. 틈이 중요하다. 하물며 삶을 반영하고 인생을 반영한 시라 해도 그 '거리'가 중요하다. 무관심의 관심 같은 것.

111.

다시 **침묵**할 것이다. 시 이외, 이 산문집 이외 그 어떤 자리에서도 가급적 침묵하리라. 특히 라떼 얘기하지 말 것, 공치사 하지 말 것, 근황 등 말하지 말 것, 가끔 죽이 맞는 자와 소통할 것, 묻지 않으면 말하지 말 것, 그 마이크를 다른 사람한테 넘겨라. 현 정국에 대해서도 아무 말 하지 말 것, 아님 먼 바다나 날씨 얘기 할 것, 아님 추석 연휴 고속도로 교통 상황에 대해 얘기 할 것, 문학 얘기 하지 말 것, 특히 신작 시집 등 얘기하지 말 것. ("사나운 개는 짓지 않는다.")

그것도 아니면 주말농장 작황에 대해 말할 것, 시인의 사소한 삶이나 시인의 구체적인 고뇌에 대해 말하지 말 것. (아무도 관심 없고 심지어 개무시 한다는 것도 잊지 마라. 특히 술 마시면서 지껄이지 마라.) 시골 어머님 말씀처럼 차라리 농담이나 좀 하면서 살아라. 그리고 또 가까운 사람한테 말 할 땐 부드럽게 말해라. 그리고 또 목소리 높이지 마라. 목소리 낮춰라. 여기 귀 먹은 사람 없다.

112.

추석 전날 밤, 어머님과 담소 중 ~~착하게 살라는 말끝에~~ ~~때뜸 작가들한테 그런 말씀 하지 말라고 했다.~~ 어머니 앞에서 그게 할 소리인가 싶었지만 말을 주워 담지 않았다. 그리고 이어서 서양의 모 작가는 결혼식 날 갖가지 패물을 들고 도박하러 갔다는 말을 했고, 또 어느 작가의 여성 편력에 대해서도 독백처럼 쏟아냈다. 미쳤다. 이게 미쳤다는 것 아닌가. 늙으신 어머니 앞에서 그게 할 소리인가 싶었지만 주워 담지 않았다. 어머니와 단 둘이 앉았으니 망정이지 한 사람이라도 옆에 더 있었으면 주먹이라도 한 대 얻어맞았을 뻔했다. 그때 어머니는 무슨 생각을 하셨을까. 저 달은 무슨 생각을 하였을까. 지나가던 개가 돌아보고 짖어댈 것만 같다. 저런 게 시인일까. 저런 게 작가의 이름을 함부로 입에 올려도 되는 걸까. 저런 게 무슨 시를 쓸까. 저런 게 저런 게...

다음 날 아침식사 끝내고 커피믹스 타임에 모 스님 얘기를 꺼냈다. 왜 또 꺼냈을까. 속가의 어머니를 만나지 않겠다고 어느 선방에서 나오지 않던, 수행자의 처지가 시인의 처지라도 된다는 걸까. 그 얘기를 왜 굳이 어머니 앞에서 또 꺼내는 걸까. 출가도 하지 않았으면서 출가자 심경 운운하는 것은 또 뭘까. 시인이 문학 판에 나선 것이 무슨 출가라도 된다는 걸까. 그런 걸까. 생을 걸었다는 걸까. 그래도 어머니 앞에서 그게 할 소리인가 싶었지만 말을 주워 담지 않았다. 강릉 숙부나 대전 당숙이 들었으면, 또 강진식 당숙이나 소금강 당숙이 계셨으면 벌써 귀싸대기 두어 대 연거푸 또 얻어터졌을 것 같다.

그리고 아무도 읽지 않는 시를 쓰면서, 아무도 알아주지 않는 무명시인 주제에 입만 살아서 번지르르하게 뇌까리고 있었다. 작금의 문단 사정을 모르는 어머니 앞에서 주워 담지 못할 말을 지껄인 것은 또 뭘까. '시인추방론'(플라톤)이 왜 거론되었는지 알 것 같다. 작가는 그냥 두더지처럼 왜 언더그라운드로 살아야 하는지 알 것도 같다. 왜 그냥 변방이나 떠돌면서 살아야 하는지 알 것도 같다. 지은 죄 많은 사람은 왜 '죽어서도 영혼이 없'(김종삼)는지 알 것도 같다. 추석 전후의 소회라기엔 견적이 좀 큰 것 같다. 뼈아픈 후회가 실로 막심하다.

"시인은 그냥 시인이다. 제 좋아서 하는 일이니 굳이 존경할 필요도 없고 귀하게 여길 필요도 없다. 그 가운데 어떤 이들은 시나 모국어의 순교자가 아니라, 단지 인생을 잘못 산

인간들일 뿐이다."(장정일)

"바람 많고 비 많은 세상사는 게 부끄럽고 죄가 많아 삿갓으로 자신을 가리고 표류한"(이승훈) 저 방랑 김삿갓 김병연의 삶을 조금이라도 알 것 같다. 알면 또 뭐하나. 지가 gz 같은 데 말이다. 그래도 조심스럽게 한 마디 덧붙이면, 아무도 시인의 비유나 상징을 눈여겨보지 않는다. 아무도 시인의 심경이나 고뇌를 헤아리지 않는다. 그들은 이미 그들의 심경이나 고뇌를 헤아리기에도 바쁘고 힘겹다. 이제 시인이 밟고 다닐 땅은 없고, 시인이 쳐다볼 하늘도 없다. 편의점 그늘 막 아래서 캔맥이나 마실 뿐이다. 이제 어디 가서 시 쓴다는 말을 꺼내지도 마라. 시는 그대 침묵 속에 깊이 찔러 두어라. 그리고 떠나라. 초기 기독교인들처럼 더 깊은 사막으로 떠나라. 더 깊은 사막처럼 침묵해라~

어머니 댁 4층엔 오래 전 속세의 어머니 병간호를 위해, 수도원을 나와 끝내 수도원으로 돌아가지 못한, 젊은 날 그 수도자가 늙어가고 있다. 그가 4층을 향해 계단으로 올라가는 모습을 뒤에서 슬몃 지켜봤다. 그의 손목엔 긴 묵주가 걸려 있었다. 귀도 먹고 허리도 구부정한 노인이었다. 그는 동생 내외와 함께 살고 있다. 그가 하는 일과라곤 가까운 성당에 가서 신부님께 커피 한 잔 드리는 것이라고 한다. 커피 한 잔 형제여! 수도원으로 끝내 돌아가지 못한 수도승이여!

그리고 또 다소 뜬금없지만, 팔십에 쓴 유언장을 2년 후 다시 짧게 고쳐 쓴 빅토르 위고(1802~1885)의 유언장을 게재한다. 이 유언장을 쓰고 2년 후 위고는 세상을 떠났다. 그의 장례는 프랑스 국장(國葬)이었다.

"가난한 사람들에게 5만 프랑을 전한다. 그들의 관 만드는 값으로 사용되길 바란다. 교회의 추도식은 거부한다. 영혼으로부터의 기도를 요구한다. 신을 믿는다."(나무위키)

여기서 또 참을 수 없는 추신 하나를 덧붙이고자 한다, 십여 년 전 위고의 그 장삿날에 얽힌 에피소드와 관련된 시를 발표한 적이 있다. (「어떤 의례(儀禮)」, 『벚꽃의 침묵』, 황금알, 2009.)

113.

긴급 입장문—누차 언급한바, 문학 이외 자리에서 문학을 논하지 말 것, 문학의 자리라 해도 개별 작품에 대한 평가나 감상을 구체적으로 말하지 말 것, 그리고 커피믹스도 혼자 마시고 밥도 혼밥 하고 정담도 혼자 나눌 것, 편의점 앞에서 혼자 술 마셔도 못 본 척하고 지나갈 것, 또 본인의 고뇌나 심경을 짐작하거나 헤아리지도 말 것, 깊은 사막으로 들어가거나 혹시 더 깊은 침묵에 빠져든다 해도 아무도 신경 쓰지 말 것, 방금 신작 시집을 내놓았다 해도 거들떠보지 말 것, 혹시 ktx 옆자리에 앉았다 해도 무시할 것, 밤 산책 나섰다 해도 쳐다보지 말 것, 정국에 대한 논평을 해도 귀담아 듣지 말 것, 미발표 시를 쌓아두었다 해도 그냥 그런가 보다 할 것, 본인이 웃고 있어도 울고 있어도 내버려둘 것, 또 본인이 후배 시인과 지하철역 근처 주점에서 병맥주 마셔도 신경 쓰지 말 것, 본인이 밤길 걷다 넘어져도 부축하지 말 것, 앞으로 가급적 더욱 더 의기소침할 것임을 여기다 서명하고 또 날인하고자 함. (위의 내용은 본인을 향한 것이므로 본인 이외 어느 누구도 읽지 않기를 바람.)

제4부

시도 가끔 그대 가슴을 향할 때가 있다

114.

『문학사상』 창간호(1972년 10월호) 아는가. 그 유명한 파이프 담배 입에 문 이상의 초상화(구본웅)가 눈에 먼저 들어왔다. 시골집 책꽂이에서 케케묵은 잡지를 꺼냈다. 케케묵은 잡지 속에 끼어 있던 더 케케묵은 200자 원고지에 끄적거린 문청시절 초고, 그리고 또 다른 갈피엔 그 부분만 오려 놓은, 김춘수 시론(조선일보, 1978. 12. 5일자)도 빛바랜 채 끼어 있었다. 문학사상과 초고와 이상과 김춘수 시론을 서울로 데리고 왔다. 같이 가자.

개인적으론 김춘수보다 김수영 쪽에 더 가까웠기 때문에 김춘수의 글을 읽을 기회가 적었다. 이 시론도 읽고 오려서 잡지 갈피에 끼워두었지만 까맣게 잊어먹었을 것이다. 그러다 40여 년 지나서 다시 읽게 되었다. 눈에 들어오는 단락이 있어 그대로 인용한다. 인용은 대부분 주관적이다. 그보다 편견과 편애에 더 가까울 것이다.

"우리의 사정에 아무리 절박한 것이 있다하더라도 시가 교훈적으로 규격화되어 간다는 것은 시를 산문의 쪽으로 변질케 하는 위험을 거느리게 된다. 시를 우리는 형태나 수사의 차원에서 바라보는 타성을 지양하여 정신의 차원에서 바라보아야 하겠다. 시는 끝내는 관념의 혁명, 의미의 창조에 있다는 시에 대한 의식이 전환이 이루어져야 한다."

그보다 조금 더 앞 단락도 한 번 더 인용하고 싶다. 오래된 시론이지만 결코 오래된 것도 아니다. 시인의 사고는 늙어도 늙지 않는다. 시인의 사고는 오래되어도 오래된 사고가 아니다. 시인의 말이나 사고가 어때야 하는지 그 한 대목을 알 수 있다. 시인은 늙어도 늙지 않고 시인은 오래되어도 오래되지 않는다. 시인은 언제나 지금 여기! 있을 것이다. 언제나 지금 여기! 있는 자만 시를 쓸 것이다. 그리고 또 어떤 관습적 인식이나 각종 이데올로기로부터 벗어나야 한다. 어떤 갑옷을 벗어던져야 한다. 갑옷을 찢어야 한다. 그대는 지금 어디에 있는지 스스로 묻고 또 물어보라.

"한국어가 어느 정도로 굴절을 경험하면서 인류→민족→개체로서의 갈등과 모순을 지양해갈 수 있을는지? 그러기 위해서는 경직된 사고, 제복을 입고 나온 듯한 규격화된 사고에서 우선 탈피해야 하리라."

115.

　금일 점심 먹기 전까지 있었던 일과 그 사유의 파편들을 타이핑한다. 냉수 한 컵, 말이든 행동이든 사유든 디테일의 중요성, 지난 밤 꿈자리, 아직도 지나가지 않은 일들, 늦잠, 한 달 생활비 및 카드 명세서, 포털 사이트 실시간 뉴스 일독, 찐 달걀 두 개, 사과 반쪽, 우유 반 컵, 큰댁 사촌 형님, 둘째 큰댁 사촌 형님, 외사촌 형님, 거진 당숙님, 기억력과 사고력의 상관 관계, 강릉 남대천 산책로, 신리천 산책로, 낭만비치 서핑스쿨, 주문진 풍물시장, 지난 밤에 쓴 산문 두 쪽, 세탁기 돌리기 및 빨래 널기, 알뜰 폰 요금, 도봉산, 시작 메모 1, 2, 장바구니 들고 가는 여자, 추석 등 명절 증후군, 침묵과 담소 사이, 시집(근간), 자아와 경험의 통일, 박목월과 이승훈, 편두통, 무엇이든 물어보살, 신발 벗고 돌싱 포맨, 주문진 천주교회, 시가 뭘까, 서울양양 고속도로, 미국 증시, 이수영의 12시에 만납시다...

　점심 먹고 이 노트북 앞에 또 앉았다. 제1권에 이은 이 산문집 2권도 때때로 '나만의 쓸쓸함'일 것이다. 결국 그 쓸쓸함이 이곳에 앉았다 일어서곤 할 것이다. 쓸쓸함조차 주고받는 것이 없다 해도 그냥 또 앉았다 일어설 것이다.

어제도 오늘도 그저 어떤 쓸쓸함처럼 노트북 앞에 앉아 있을 뿐이다. 근황이라고 해봐야 그냥 칩거의 연속일 것이다. 비단 행동반경은 좁아도 시에 대한 사유의 반경은 그 어느 때보다 자유롭고 광대하다. 이런 것도 사/쓰는 맛이다. 자책할 때도 있겠지만 그보다 더 멀리 바라볼 때도 있다. 또 싱거운 소리 같지만 시가 집사람이라고 한다면, ~~어 산문집은 여자 친구 같다고 할까.~~ 비유컨대 그렇다는 말이다. 이 산문집이야말로 필자로선 차마 감출 수 없는 사생활 같은 것이고 또 속살 같은 것이다.

물론 삼식이는 아니지만 그저 집 밥만 먹고 산다. 어디 좋은 카페 있는지도 모르고 노트북 앞에 고개 처박고 산다. 누구 말마따나 밥 먹고, 이 키보드만 두드리고 산다. 그래도 투 트랙이라 이쪽저쪽에서 좀 쉬었다 할 수도 있다. 대리기사의 심정을 잘 모르지만 사는 게 가끔 대리기사 같을 때도 있다. 이 일이 그렇게 중요한 것도 아닌 것 같다.

아침저녁으로 바람 소리가 다르고 바람의 맛도 다른 것 같다. 지난 주 시집 최종 원고 묶어서 출판사 이메일에 넣고 보니 비로소 눈에 띄는 게 있었다. 과거 그 어느 때처럼 이른바 민중시는 아니지만 이번 신작 시집에 유난히 많은 '사람'이 등장하는 것에 대해 필자부터 놀라지 않을 수 없었다. 물론 저 1980년대 민중시로의 회귀는 아니겠지만, 리얼리즘으로의 귀환 그런 것도 아니지만 잠시 딴 생각을 좀 했던 것 같다. 아무튼 리얼리즘의 많은 가지 중 하나는, 실은 현실 속에서의 인간을 재구성하는 것 아닌가. 물론 공동체 의식까지 섭렵하진 못한다 해도 '인간 혹은 인간적인 것'에 대해 이렇듯 경도되었던 것은 미처 몰랐다. 이 시집이 어느 줄에 서 있는지 잠시 알 수 있었다. 더 나아가 인간 중심과 리얼리즘도 다시 상기할 수 있었다.

또 예술보다 인생 쪽에서, 현실 쪽에서 예술을 쳐다보고 있다는 것도 알았을 것이다. 물론 지금 어디에 있는지 또 되돌아본다. 간혹 인생보다 예술 쪽에서 인생을 쳐다보고 현실을 쳐다보지 않았을까. 그대 지금 어디 있는가. 오버? 소동파처럼 말한다면 시도 인생과 마찬가지로 잠시 머물다 가는 것 아닌가. "눈 위에 잠깐 쉬었다 간 기러기 발자국 같을 것이다."

116.

　바로 앞에서 리얼리즘 운운 했는데 그 리얼리즘의 반대는 무얼까. 가령 모더니즘 그런 거 말고 순수시 그런 것도 말고 말하자면 인간 또는 인생의 반대는 무얼까. 아주 쉽게 말하면 인간이나 인생이 없는 그런 거 아닐까. 그럴까. 그럼, 가령 탈(脫)인간화?

　제 코가 석 자다 보니 남의 손에 든 떡을 쳐다볼 사이가 없었다. 제 진지(陣地)를 고수하다 보니 제 진지 지키기에도 바빴을 것이다. 제 입에 풀칠하기도 어려웠을 것이다. 이제 비로소 남의 손에 든 떡을 쳐다보고 남의 코도 한번쯤 쳐다보게 되었다. 아무튼 특히 시에서 탈인간화, 즉 인간다움을 벗어났다는 것은 결국 리얼리즘을 벗어났다는 것인가. 인생 운운 하지 않겠다는 것인가. 무(無)인간화 말인가. 반(反)인간화하겠다는 것인가. 그렇다고 소위 자연시를 말하는 것은 아닐 것이다. 그렇다고 랜섬(J. C. Ransom)이 말하는 관념시(platonic poetry)의 대칭인 사물시(physical poetry)를 말하고자 하는 것도 아닐 것이다. 그럼, 도대체 뭘까. 질문만 난무할 뿐 답은 없다.

117.

때때로 결론 같은 것도 없지만 결론 같은 것이 없을 때가 훨씬 더 많다. 어떻게 꼬박꼬박 결론을 내릴 수 있을까. 하여 너무 결론에 얽매이지 말자. 너무 진지하지 말자는 말과 같은 것이다. 이것저것 다 빼고 살자. 딱히 정답도 없고 결론도 없는 세상 아닌가. 대상도 없고 의미도 없는 세상 아닌가. 너무 정답만 쫓아다닌 것 아닌가. 너무 결론만 쫓아다닌 것 아닌가. 어떤 대상만 쫓아다닌 것 아닌가. 어떤 의미만 쫓아다닌 것 아닌가. 너무 힘주고 살았던 것 아닌가. 아닌가. 생각도 좀 비우자. 마음도 좀 비우자. 머리도 좀 비우자. 어떤 틀도 벗어던지자. 어떤 의미도 벗어던지자. 흘러가는 대로 내버려두자. 뭔가 북 찢어버리자. 리셋. 미니멀리즘, 여행, 술집, 수다, 자라섬 남섬, 산책, 기억, 인식, 재인식, 재구성, 감수성, 문학평론가, 일제강점기, 엘리어트, 서정시, 환상, 강릉, 경험, 금천구청역, 과거, 빗소리, 익명성, 무주(無住), 무상(無相), 공존, 공존의식, 난징, 북만주, 내몽골, 신용카드, 옛 제자, 알바, 일체유심조(一切唯心造), 서귀포, 비양심, 스코틀랜드 글래스고, 니힐리즘, 역모(逆謀), 과작, 과음, 다양성, 이승훈, 김수영, 각자의 시대, 우울함, 배달민족, 자존심, 미래사 현대 대표시선, 김남주, 진지한 시인과 결코 진지하지 않은 시인, 저평가된 시인과 과대평가된 시인, 지사풍(志士風), 3인 시집, 전력투구, 일상적인 삶, 살아간다는 것과 살아진다는 것, 시를 쓴다는 것과 시가 오는 것, 시와 일상, 삶과 삶에 부딪친다는 것, 과유불급, 무(無)화두…

118.

문단 데뷔하기 전부터, 시인이면 됐지 그 이상 무슨 멋이라든가 무슨 폼을 잡으려고 하지 않았다. 멋이나 폼은 시가 잡는 것이지 시인이 굳이 나서서 잡을 게 없다고 생각하며 살았다. 오직 좋은 시만이 시인의 멋이고 폼이라고 생각했기 때문이다. 멋을 부리지 않아도 시만 오롯이 드러나면 그게 시인의 멋이라고 여기며 살았다. 그러다 간혹 시를 못 쓰는 날이 길어지면 멋이고 폼이고 다 집어치우고 누추한 몰골만 쳐다볼 때가 많았다. 그러다 마음에 드는 시라도 쓰게 되면 격하게 황홀할 때가 있었다. 그게 시의 멋이고 한껏 뽐낸 혼자만의 폼이 아니겠는가. 그럴 땐 마음보다 몸부터 다르다. 그런 맛 때문에 시와 더 가깝게, 시인들과 더 가깝게 살려고 노력했을 것이다.

오다가다 맞닥뜨리는 진실은 뿌리칠 수가 없었다. 그러나 상투적인 것, 가식적이고 위선적인 것, 권위적인 것, 인

간적이지 않은 것, 교활한 것, 식상한 것, 부당한 것과 타
협하지 않으려고 했다. 또 그럴 때마다 타협보다 결별을,
쉬운 길보다 어려운 길을 택했을 것이다. 그러나 이젠 그
런 것보다 가급적 낙관보다 비관 쪽으로 자꾸 기울어지는
것 같다. 이런 비관은 오랫동안 낙관한 입장에선 어색할
때가 많다. 그럼에도 불구하고 낙관보다 비관이 어떤 사
안에 대해 적절할 때가 많다. 비관적 입장에서 볼 땐, 터
무니없는 낙관이 허접할 때가 많다. 그러나 세상은 비관보
다 낙관이 더 우세할 것이다. 그러나 또 세상은 낙관보다
비관이 더 우세할 것이다. 그러나 또 비관과 낙관 사이에서
헤맬 때도 많다.

  지난번 소요산 칼국수 집 바로 옆 테이블에서 또렷하게
들리던 "인생 별 거 없다. 재밌게 살자. 간빠이. 간빠이~" 이
와 같은 대사 앞에선 낙관이든 비관이든 그것도 이미 다
휴지조각이 되었을 것이다. 과거가 되었을 것이다. 과거는
떠나는 곳이지 되돌아가는 곳도 아니다. 아직 떠나지 못
한 과거가 있다면 떠나라. 과거도 현재도 미래도 흘러가고
또 흘러갈 뿐이다. 누구에게나 과거는 돌아가는 곳이 아니
라 떠나는 것이다. 간빠이~

119.

"남의 단점은 이야기할 필요가 없다"(권희문), "겸손하고, 화내지 말고, 봉사하며 살아야 건강하다"(장병두), "담배보다 몸에 나쁜 것이 동물성 기름이다. 피자나 핫도그 등 기름에 튀긴 음식, 지방이 많은 삼겹살 등은 가급적 피해야 한다"(김의신 박사), "타인의 과제를 버려라"(기시미 이치로), "늘 과거에만 집착하는 이는 마치 썩은 음식을 먹는 것과 같다"(아잔 간하 스님).

120.

착각하지 마라. 시는 상식을 파괴하고 논리를 파괴하고 자기만족을 파괴하고 일상을 파괴하고 때때로 이상도 파괴한다. 그리고 시의 종횡무진을 나무라지 마라. 관념도 파괴하고 엄숙함도 파괴하고 식상함도 파괴한다. 질서정연한 가치도 파괴하고 옳은 소리도 파괴한다. 나를 파괴하고 너를 파괴하고 삶을 파괴할 때가 있다. 이런 것을 무어라고 할까.

다시, 시는 경험적 자아도 파괴하고 나아가 시적 자아도 파괴하고 눈앞에 보이는 현상도 파괴하고 현실도 파괴하고 그리고 다시 형식도 파괴하고 전통도 파괴하고 마침내 어떤 틀도 파괴한다. 시는 모든 것을 파괴하고 모든 것을 창조한다. 시는 그렇게 태어난다. 시는 그렇게 만들어진다. 시는 늘 새롭기 위해 또 파괴한다.

그야말로 시의 파괴는 창조적인 파괴인 셈이다. 그게 시적인 것이다. 그러나 다시 또 시는 삶을 반영하고 인간을 반영하고 인생을 반영한다. 시는 다시 삶을 재발견하고 재구성하고 인간을 재발견하고 재구성하고 인생을 재발견하고 재구성한다. 시도 가끔 유턴한다. 시도 가끔 그대 가슴을 향할 때가 있다. 그럴 때, 그대 가슴이 설레는 순간일 것이다. 이제 그대 가슴이 답할 차례가 되었다. 그대 가슴이 시가 되었다.

어쩜 이 시가 그대 곁에 잠시 서 있다 돌아설 것 같다. 늘 그렇지만 그대 선한 마음으로 천천히 읽기를 바라마지 않는다. 쓸데없는 말 같지만 마음을 다해 읽으면 그것은 무엇이든지 다 내 것이 된다. 심독의 비밀이 그곳에 있다. 그리고 또 "아픔이 시를 쓰게 한다"(황동규). 슬픔이 왜 시를 쓰게 하는지 알게 된다. 그대가 생각하는 이는 누구인가. 그대가 잊지 말아야 할 이는 누구인가. 누구를 잊지 말고 누구를 기억해야 하는지 돌아보라. 팔레스타인 시인 마흐무드 다르위시(1941~2008)의 시를 장석주의 책에서 재인용한다(『우리를 행복하게 하는 것들』, 을유문화사, 2019).

"네 아침을 준비할 때 다른 이들을 생각하라./ 비둘기의 모이를 잊지 마라./ 네 전쟁을 수행할 때 다른 이들을 생각하라./ 행복을 추구하는 이들을 잊지 마라./ 네 수도 요금을 낼 때 다른 이들을 생각하라/ 빗물 받아먹고 사는 사람들을 잊지 마라./ 네 집으로 돌아갈 때 다른 이들을 생각하라./ 수용소에서 지내는 사람들을 잊지 마라./ 네 잠자리에 들어 별을 헤아릴 때 다른 이들을 생각하라/ 잠잘 곳이 없는 사람들을 잊지 마라."(「다른 이들을 생각하라」 부분)

121.

늙으면 혼자 있게 되는가. 밖에 나가는 빈도도 줄어들고 모임은 아예 없어지고 텔레비전 시청할 일도 줄어든 것 같다. 스스로 고립되어 가는 것 같다. 근데 이 고립이 마치 독립적일 때가 있다. 또 세상으로부터 멀어질 때도 있겠지만 세상으로부터 멀리 떨어져 있으므로 역시 독자적일 때가 있다. 이것도 일종의 자발적인 파괴일 것이고 자기 의지에 의한 폐쇄일 것이다. 창의적인 입지라고 할 수 있다.

군이 휴대폰 붙잡고 수다 떨 일도 없지만 하루 종일 있어도 휴대폰 울리지 않아도 한가롭지 않다. 되레 고마울 때가 있다. 적적하지 않다. 어느 절집 문간방에 들어와 있는 것 같다. 중요한 것은 지루하지 않고 무료하지 않다는 것이다. 이런 것이 나이 들어간다는 것인가. 혼자 있는 시간이 많다. 혼자 있는 시간이 많아도 생각보다 외롭지 않다. 심심하지 않다. 생각보다 무료하지 않다. 그렇다고 세계와의 단절이거나 도피는 아닐 것이다. 그럴 이유도 없지만 그럴만한 위인도 못 된다. 또 어떤 감정이 불현 듯 일어났다가 흘러간다. 그냥 흘러가게 내버려둔다. 흘러가게 내버려둘 줄 안다. 나이 먹었다는 뜻이다. 중랑천 산책길에서 배운 것이다. 흐르는 강물을 붙잡을 수 있던가?

이런 시가 문득 떠오를 때가 있다. 그 시집에서 이 시만 기억에 남지 않았을 텐데 유독 이 시가 기억에 남아 있다. 어느 구절에서 또 마음을 아프게 하였을까. 어느 구절에서 자꾸 돌아보았을까. 한국 시가 이런저런 사정으로 노년에 이른 개별적인 시가 아쉬웠는데 그 또한 귀중한 사료가 아닐 수 없다. 연륜이 쌓여 이처럼 노경(老境)에 이른 시도 어느 경지에 이른 시일 것이다. 황동규(1938~)의 시를 읽어야 할 시간이 되었다. 깊어가는 가을 저녁이다.

어느덧 시 읽기에 좋은 시간이다. 아주 드문 일이겠지만 시를 읽으면 위안 받을 때가 있다. 시가 아직도 시의 끈을 놓지 않았다는 뜻이다. 그러나 또 시도 세월을 피해갈 수 없는 노릇인가.

"10년 후배 시인이 세상 떴다/ 45도가 넘는 가파르고 긴 층계/ 몸 제대로 가누지 못하며 내려오다/ 잠들었던 등 오른쪽 통점(痛點)이/ 벨트 엉킨 전동기처럼 깨어나/ 오늘 그의 빈소에도 못 갔다/ 대신 혼자 가는 길 조금이라도 덜 무료하라고/ 시 한 편을 써서 그의 호주머니에 찔러주었다/ 가다가 마음에 드는 풀꽃 만나면 거기 놓고 가게!/ 늙음은 슬픔마저 마르게 하는지/ 생각보다 덜 슬픈 게 슬프다"(「가파른 가을날」 부분)

122.

변하지 않는 것은 없다. 한 편의 시에서조차 그 시적 자아도 변한다. 현실에서의 자아는 말할 것도 없이 변하고 또 변한다. 저 바위도 저 나무도 변하고 시간도 세월도 변한다. 시간에 의해서도 변하지만 시간에 의하지 않고도 변하는 것은 변한다. 무릇 삶이야말로 변화의 연속이고 사랑도 우정도 동지애도 변한다. 그 변화 속에서 또 삶을 이어가고 사랑을 이어가고 우정을 이어가고 동지애를 이

어간다. 변화는 삶을 사랑을 우정을 동지애를 또 창조하는 계기가 된다. 변화야말로 기회가 되는 것이다. 허무한 것이라기보다 '있는 그대로' 바라볼 줄 아는 포인트가 누적되었다는 뜻이다.

한 편의 시에서도 시적 자아의 변화가 나타난다. 그런 변화도 일종의 드라마라고 할 수 있다. 또 그런 시를 일찍이 '극서정시'라고 하였다. 암튼 변화야말로 시에서의 탄력이며 생동감이다. 모든 것은 변하고 또 변할 뿐이다. 이것은 그저 세상의 이치이거나 순리가 아니다. 시 속에서의 시적 자아의 변화든, 삶의 현장에서의 시인의 변화든 변화야말로 뭔가 부딪치면서 얻어진 것이다. 결국 변화도 시와 삶이 부딪치면서 획득되는 것이다. 결국 시와 삶이 부딪칠 때마다 변화가 싹트는 것이다. 삶에서 부딪칠 때마다 삶과의 거리 혹은 그 사이에서 또 시가 생겨날 것이다. 그 사이에서 시적 자아도 변하고 시인도 변하고 세계도 변하고 세상도 변한다. 변화는 또 새로운 것에 대한 도전이고 욕망일 것이다. 변화야말로 깨달음이며 꿈이며 열정이며 용기이며 지혜일 것이다. 시를 쓰면서 무엇이 시인가 하고 지속적으로 되묻는 것도 일종의 변화에 대한 탐구이며 탐험이라고 할 수 있다. 변화에 대한 끊임없는 탐

색과 모색이야말로 시의 행로일 것이다. 시도 결국 끊임없이 변하고 변하는 것이다. 그러나 무엇으로 시를 변화시킬 것인가. 시는 더 이상 변하지도 않고, 시는 더 이상 변할 것도 없는 것 같다. 시는 더 이상 아름답지도 않고, 시는 더 이상 허무하지도 않을 것 같다. 이런 것을 시적 허무주의 혹은 시적 우울이라고 불러줘야 하나. 시가 끝난 곳에서 시를 시작해야 하나. 시가 끝났는가. 이 밤에도 누군가 시를 쓰고 있는가. 시가 아닌 곳에서 시를 시작해야 하나. 시 없는 곳에서 시를 써야 하나. 시를 위하여 모든 집착으로부터 결별하자. 시를 위하여 꿈속에서라도 북만주에 가자. 낙타를 타고 가자. 시의 끝에 허무가 있는가. 허무의 끝에 시가 있는가. 시를 써야 하는 이유가 거기 있다. 시를 읽지 않아도 될 이유가 거기 또 있다. 술 마시다 보면 다 도망가고 혼자 남아 있을 때도 있었는가. 없다. 있다. 그게 시다. 이제 시는 좋다 나쁘다 그런 경계를 지났다. 그저 저기도 시가 있고, 여기도 시가 또 있을 뿐이다.

123.

여기서 또 오늘은 오늘의 시를 부정하고 내일 또 내일의 시를 부정해야 한다. 오늘은 마치 김수영을 부정하고 내일은 또 김춘수를 부정해야 한다. 오늘은 나를 부정하고 내일은 당신을 부정해야 한다. 오늘은 당신을 부정하고 내일은 나를 부정하고 싶다. 오늘은 어제의 시를 부정하고 내일은 오늘의 시를 부정하고 싶다. 오늘은 왼쪽을 부정하고 내일은 오른쪽을 부정하고 싶다. 오늘은 글 한 줄 쓰지 못했다. 발걸음이 무거웠지만 무수골 지나 도봉산 성신여대 난향원까지 다녀왔다. 뒤를 돌아볼 일도 없었고 앞을 내다볼 일도 없었다. 혼자 걷다 혼자 뛰었다.

그러나 그냥 잠자리에 들지 못하고 노트북 앞에 앉았다. 여기서 또 오늘은 나를 부정해야 하고 여기서 오늘은 또 나를 긍정해야 한다. 이런 긍정과 부정이야말로 오늘의 심경일 것이다.

124.

경험계에서 만나는 혹은 일으키는 변화는 불편함을 주지만 동시에 편안함도 준다. '신화적 사고'라는 것도 불편함을 주지만 때로는 편안함을 준다.

좀 빗나간 말이지만 동일성도 보편화도 계몽이라는 것도 팀워크라는 것도 원팀이라는 것도 편안함을 주지만 동시에 불편함을 준다.

125.

이미 다 아는 말이지만 굳이 무엇을 염두에 둘 필요가 있는가. 없다. 그럼, 무엇보다 무엇이 더 필요하다는 것인가. 무엇보다 어떻게 쓸 것인가 그게 더 중요하다. 무엇을 쓸 것인가 그런 것으로부터 빠져나와야 한다. 시는 무엇을 쓰는 게 아니라 어떻게 쓰는 것이다. 그러나 또 무엇과 어떻게 그런 것을 구분하지 마라. 시도 하나의 통일체 혹은 유기체이기 때문이다. 시를 누군가 읽어야 한다는 생각으로부터 벗어나야 한다. 아무도 시를 읽지 않아도 시는 존재한다. 시는 누군가 읽어서 존재하는 게 아니다. 시는 스스로 존재할 뿐이다. 시의 자리는 그곳에 있지 않고 이곳에 '뚝 떨어져' 있을 뿐이다. 시는 시의 언어와 함께 존재할 뿐이다. 시는 처음부터 끝까지 그 시의 작가와 함께 할 뿐이다.

시의 외로움은 그런 것이다. 이제 시는 더 이상 외롭지도 않다. 시를 쓰는 한 시는 외롭지 않다. 그게 시의 철학이며 철학적인 발언인 것이다. 개똥철학은 그런 것이다. 어떤 빈말이나 이론이 끼어들 자리가 없는 것이다. 시인은 결코 도인이 아니다. 광인도 아니다. 도인은 가라. 광인도 가라.

(추신: 입장료 2천원 내고 춤추며 노는 곳이 있다. 종로에 있는 소위 어르신들 전용 콜라텍이다. 거기서 흘러나온 말을 그대로 옮긴다. "전혀 외롭지 않다", "이곳은 삶의 해방구다", "남은 인생 즐기다 가는 게 소원이다".)

시는 어쩌면 본래 외롭기 때문에 어떤 대상과 굳이 적대적일 것도 없다. 더 이상 방황할 것도 없다. 차라리 강가에 앉아 흘러가는 대로 바라볼 따름이다. 시의 자리는 뜰 앞의 모과나무처럼 이곳에 있을 뿐이다. 여기서 또 깊은 고뇌를 들여다볼 뿐이다. 굳이 무엇을 향해 손을 뻗을 것도 아니고 등산화 신고 돌아다닐 것도 아니다. 아니다. 남의 과제 때문에 목소리 높이거나 정색할 것도 아니다. 아니다. 남의 과제를 외면하지 마라. 시를 외면하지 마라. 시적인 것을 외면하지 마라. 고뇌를 멈출 순 없다. 시는 고뇌의 산물이다. 시는 차라리 고뇌 속에 조그맣게 웅크리고 있을 것이다. 그곳은 어둠이다. 시의 세계는 어둠 속에 던져놓은 그림자일 뿐이다. 황홀한 어둠이다. 그러나 그 어둠은 또 어떤 대상이 아니다. 시는 대상이 없다. 시는 시인만 바라볼 뿐이다. 시는 시만 바라볼 뿐이다. 어떨 땐 시도 허공만 바라볼 뿐이다. 시의 처지가 그렇게 되었다. 그래도 시인들은 오늘의 시를 쓰고 내일은 또 내일의 시를 쓴다. 시도 마치 손님이 오거나 말거나 동네 마트처럼 24시 연중무휴이다. 시의 처지가 또 그렇게 되고 말았다.

126.

시와 삶은 다른가. 시의 현실과 삶의 현실은 다른가. 시의 세계와 삶의 세계는 다른가. 의미와 무의미는 다른가. 그대와 나는 다른가. 당신과 당신은 다른가. 이 물건과 이 언어는 다른가. 본질과 현상은 다른가. 본질과 존재는 다른가. 정신과 육체는 다른가. 시와 드라마는 다른가. 국가와 공동체는 다른가. 당신과 타자는 다른가. 야당과 여당은 다른가. 시와 철학은 다른가. 변증법적 인간과 '비변증법적 인간'(김준오)은 다른가.

시는 미적 대상인가. 시는 의미의 발견인가. 시는 묘사인가. 시는 상상력인가. 시는 감수성인가. 시는 기억인가. 시는 발언인가. 시는 역설인가. 시는 방황인가. 시는 현실인가. 시는 형식인가. 시는 내용인가. 시는 메시지인가. 시는 시선인가. 시는 인식인가. 시는 언어인가. 시는 경험인가. 시는 절제인가. 시는 감동인가. 시는 우울인가. 시는 노래인가. 시는 아픔인가. 시는 슬픔인가. 시는 허무인가. 시는 익명인가. 시는 인간인가. 시는 사물인가. 시는 의미

인가. 시는 무의미인가. 시는 파괴인가. 시는 예술인가. 시
는 인생인가. 무엇이 또 시인가.

127.

지난 유월 초 다음 시집을 1부 앞부분만 읽고 잘 받았
다는 문자부터 보냈다. 그러나 그 이후 오랫동안 읽지 못
했다. 시집 받으면 식사시간 놓치더라도 일사천리로 읽곤
했는데, 무슨 일인지 미루고 또 미루기만 했었다. 무슨 일
이 있었을까. 이보다 더 급한 일이 있었을까. 오늘처럼 급
한 마음에 읽기 시작하면 끝까지 읽어낼 수 있는데... 암튼
시집 받자마자 잠깐 읽었을 때처럼, 이 시집에선 유독 이런
지명이나 명사(名詞)들이 눈에 들어왔다. 마음에 툭 툭 닿
았다. 어떤 시는 그냥 지나치지 못하고 반쯤 접어두었다.
시집 통독하면서 눈에 닿던 시어들은 그때그때 타이핑한
다. 시집 표4 뒷글처럼 이런 명사들이 또 어떤 비(非)명사
가 될 것도 같다. 시집도 시절 인연이 있는가 보다.

"청호동, 뱃사람, 먼 바다, 수평선, 폭설, 덕장, 뻣뻣한 명태,
후금, 남한산성, 가재미, 도루묵, 아픔, 승승혜불가명(繩繩兮
不可名), 새끼줄, 주름치마, 악양루, 감자, 노, 슬픔, 북쪽, 사랑
했던 사람과 걸었던 길, 우울, 사철나무, 경칩, 싸라기눈, 부에

노스아이레스, 罪, 수조, 영북, 북항, 판장, 심퉁이, 양미리, 청어, 명란, 목선, 새치, (윤삼월 무렵), 고등어, 가재미 식해, 고래, 물탱크, 비린내 나는 부둣가, 낯선 고향, 바람, 눈, 자로(子路), 모든 어머니, 종이배, 옆집 여자, 화진포, 해당화, 눈물, 파도, 낚시, 파계승, 텅 빈 이름, (하얀 혼), 오징어, 자작나무, 소나무, 시베리아의 소녀들아, Anahata, 아침 안개, 타지 않을 혀, 4·16, 세월호 90일, 물의 무덤, 별똥별, 詩, 고래 고기, 은하수, 미역, 늙은 거북, 심연, 정어리 떼, 어두운 호수, 혼돈, 북관北關, 늦은 점심, 북쪽 해변, 멧돼지, 곰, 호랑이, 광어, 우럭, 혜성…"(함성호, 『타지 않는 혀』, 문학과지성사, 2021)

128.

어느 카페 창가에 앉아서도 시를 생각해야 하고 잠자리에서도 시를 생각해야 하고 마을버스에서도 지하철에서도 마트에서도 편의점에서도 산책길에서도 근린공원에서도 늦은 점심 먹을 때도 설거지 할 때도 세수할 때도 서러울 때도 이 산문집 앞에서도 시를 생각해야 한다. (잠깐, 시를 생각해야 한다,를 시를 생각한다,로 급 정정한다.) 사람들 사이에서도 혼자 있을 때도 쓸쓸할 때도 아주 쓸쓸할 때도 심심할 때도 또 시시할 때도 시를 생각한다. 시가 아닐 때도 시가 없을 때도 시가 옆에 있어도 없어도 가령,

남태평양에 있을 때도 북아프리카에 있을 때도 베트남 북부에 있을 때도 시를 또 생각한다. 그러나 또 시는 생각이 아니다, 라는 말도 생각한다.

시를 견뎌낼 것인가. 삶을 견뎌낼 것인가. 시가 나를 알아볼까. 내가 시를 알아볼까. 옛 직장을 피해 먼 길로 다닐 때가 있다. 시가 쇠락의 길에 들어섰다면 또 시가 망국의 난민이 되었다면 이번엔 시인들이 쇠락의 길에 들어설 때가 되었고 시인들이 망국의 난민이 될 차례가 되었다는 것 아닌가. 난민은 떠도는 자(者)인가 아니면 새 왕조의 신민(臣民)이 되어야 하는가. 분수가 되어야 하는가. 폭포가 되어야 하는가. 산이 되어야 하나. 바다가 되어야 하나. 호수가 되어야 하나. 북쪽을 바라보아야 하나. 남쪽을 바라보아야 하나. 이제 더 이상 파괴할 것도 없고 타락할 것도 없는가. 이곳에 남은 자들은 누구인가. 그들이 비로소 시인(詩人) 아닌가.

129.

1달러당 환율 1,408.76원(2022. 9. 22. AM 10:18)

130.

과거 어느 시집을 내놓고 그 출판사 블로그에 딱 한 번 댓글을 쓴 적이 있다. 댓글 쓴 사람이 화자이면서 동시에 청자가 되는 셈이다. 아무도 읽지 않았을 것이고 아무도 듣지 않았을 것이다. 쑥스럽지만 잠시 그대로 인용하고자 한다.

"이 시집을 가장 먼저 읽어야 할 독자도 시인 자신일 것이며 나중에 또 읽어야 할 독자도 시인 자신일 것이다. 이런 것도 어쩌면 시의 순간이고 시인의 순간일 것이다."

131.

이 산문집도 이 산문집의 형식이란 게 있다. 말하자면 시에 대한 어떤 인식인 셈이다. 그러나 현실에서의 감정이 이 산문집에 곧바로 반영되기는 어려웠을 것이다. 그런 것도 이 산문집의 어떤 입장일 것이다. 시는 무(無)계획적인데 반해 이 산문집은 다소 계획적인 면도 있다. 아닌가. 반대로 말해야 되는 것 아닌가.

132.

고통과 슬픔과 경멸과 분노와 이 끝과 저 끝과 모순과 부정과 비루함과 비굴함과 설움과 폐허와 패망과 신념과 이념과 혁명과 좌절과 울음과 눈물과 고독과 고즈넉함과 어둠과 어두움과 비참함과 비열함과 자유와 자책과 방황과 방랑과 인생과 문학과 과거와 기억과 교훈과 계몽과 깨달음과 혐오와 증오와 적막과 적멸과 괴로움과 외로움과 '홀로움'과 이(理)와 기(氣)와 초인과 초월과 수행과 고행과 선(禪)과 번뇌와 시인과 도둑과 승자와 패자와 불운과 불행과 회의와 의심과 유혹과 매혹과 탐욕과 육체와 욕망과 인생과 예술과 가르치는 것과 보여주는 것과 압축과 함축과 명료함과 명징함과 개별성과 개성과 나르시즘과 리얼리즘과 동일성과 동일시와 좌파와 우파와 1970년대와 1980년대와 방심과 허심과 방탕과 '거울 속의 나'와 '거울 앞의 나'와 삶과 삶의 형상화와 불안과 신념과 탄식과 한숨과 인간적인 것과 시적인 것과 사물과 환상과 현실과 연민과 연대와 진보와 변혁과 개인과 사회와 사회적인 것과 정치적인 것과 랭보와 위고와 백석과 임화와 김남주와 김지하와 언어와 언어 예술과 추상적 사고와 사실적인 사고와 경험적 사실과 문학적 진실과...

133.

    시를 쓴다고 생각할 때도 있지만 그보다 누군가 나를 빌려 시를 쓰고 있다고 생각할 때도 있다. 그럴 때가 있다. 아무도 몰래 그냥 대리기사 같을 때가 있다. 이 산문집도 마찬가지다. 다소 계획적이다 했지만 실은 누군가 나를 통해 이 산문집을 쓰고 있다고 생각할 때가 많다. 어떤 영감(靈感)은 전혀 예상하지 못하고 그냥 마구 쏟아질 때가 있다. 그야말로 무계획적이라고 할 수밖에 없다. 그것은 또 나의 힘이 아니다. 시에서 겪었던 일들을 가끔 이 산문집에서도 겪을 때가 있다. 그럴 때가 있다. 물론 당혹할 때도 있지만 기쁠 때도 있다. 딱히 무얼 기다리는 것도 아니고 무얼 쳐다보는 것도 아니다. 기다린다고 오고 뭐 그런 것이라면 그것은 미신일 것이다. 그러나 미신 같은 인연도 있다. 또 이 산문집의 첫 줄도 그런저런 영감에 의해 씌여졌다는 것을 독백처럼 고백하고자 한다. 개인적인 일정이지만 중랑천변이나 무수천변을 산책하면서 시적인 아이디어를 얻은 적이 있었다는 것도 털어놓고자 한다. 그럴 때마다 중청천의 유속과 필자의 보폭이 어떤 생각과 영감과 또 상호 무슨 연관성이 있는지 궁금할 때가 많았다.

"나는 산책을 하면 생각의 흐름이 빨라지는 경우가 많고, 걸음과 내 생각 사이에 어떤 상호관계가 존재한다—내 생각이 걸음걸이를 조절하고, 걸음걸이가 내 생각을 자극한다—는 것을 알고 있었다."(폴 발레리, 김석희 번역, 문학청춘, 2022년 가을호)

134.

이 산문집도 그때그때 어떤 불가피한 국면이 있을 것이다. 그리고 그 국면은 이렇게 타이핑함으로써 조금씩이나마 진정될 수 있다. 물론 이런저런 국면을 진정시키기 위해 타이핑하는 것은 아니다. 실은 이 일련의 타이핑은 어떤 국면과 전혀 상관이 없을지도 모른다. 이 타이핑도 이를테면 하루도 쉬지 않고 일 년 내내 미사리 카페에 가서 노래 부른다는 어느 가수의 일상과 같을 것이다. 노래 부르는 사람은 노래를 불러야 하고, 타이핑해야 하는 사람은 또 타이핑해야 할 따름이다. 이것이야말로 필자가 매일 만나는 당면 현안이고 불가피한 국면일 것이다. 이 현안이든 이 국면이든 다 필자의 생각이고 필자가 스스로 개발한 팔자일 것이다. 이 국면이든 저 국면이든 지나고 나면 자책골 같을 때가 있다. 그러나 또 피할 수도 없는 국면의 연속이다. 이런 국면의 연속이 또 당면 현안일 것이다. 뭐 이런 고백까지 털어놓아야 하는지 모르겠지만 이런 고백조차 어떤 국면이 될 것이다. 어쩌면 국면을 타 개하기 위한 가장 좋은 길은 자기 고백일지도 모른다. 자 기 고백의 일인자는 역시 언제나 혼자 열심히 시를 쓰는 시인일 것이다. 조금 전 중랑천 산책길에서 환하게 웃으 며 걷는 모녀를 바로 앞에서 맞닥뜨렸다. 그 모녀는 이 산 책길뿐만 아니라 언제 어디서든 그렇게 환하게 웃을 것만 같았다. 한순간이었지만 그 모녀가 지나간 다음, 금일 산 책길 화두는 그 모녀의 웃음이었다. 여기서 그 웃음을 시 로 바꾸어도 무방할 것 같다.

시도 낯선 독자 앞에서 웃어야 할까. 아님 울어야 할까. 아님 그냥 시치미 뚝 떼야 할까. 아님 그 낯선 독자의 어 깨를 넘어가야 할까. 언덕을 넘어야 할까. 그 어깨도 님 의 어깨가 아니고 그 언덕도 님의 언덕이 아니다. 결국 모 든 시의 과녁은 시인 자신일 것이다. 이미 오래전부터 패 자일 수밖에 없는, 가혹하고 또 불쌍한 시여 시인이여. 아 직도 그대 해방하지 못했는가. 아직도 그대 자유하지 못 했는가. 그대 지금 어디 있는가. 그대의 시는 또 어디 있는 가. 늦은 밤이라 해도 한 번 웃어보자. 동네 무인 카페를 지날 때마다 왜 자꾸만 시의 현주소 같다는 생각을 할까.

24시간 내내 멀쩡하게 불 밝혀놓은 카페가 왜 시 같다고 생각할까. 주인은 없고 가끔 독자는 주인처럼 앉아 있고 늦은 시간에 불만 밝혀놓고 있는 저 빈집의 심경은 무엇일까. 내 시는 나를 기억하고 있을까. 절필한 고등학교 후배는 어떻게 삶을 살아내고 있을까.

135.

하루키에 의하면 장미를 좋아하는 사람은 정열적이라거나 개를 좋아하는 사람은 성격이 밝다거나 그런 사고방식은 바람직하지 않다는 것이다. 그냥 장미를 좋아하고 개를 좋아하는 것일 뿐이다.

이 말을 이어서 한다면 시 쓰는 사람은 괴팍하거나 생활을 모른다거나 그런 사고방식도 바람직하지 않다. 시인은 그냥 시를 좋아할 뿐이다. 축구선수가 그냥 축구를 좋아하는 것처럼 말이다.

136.

오이도행 전철 바로 옆 자리에서 들었던 중년 여인들의 대화 한 줄이 귀에 꽂혔다. 여시아문(如是我聞). 고단한 삶을 살았던 자의 담담한 토로 같다. 꼬박 왕복 4시간 소요될 시간이지만 힘들다는 말을 감히 할 수 없을 것 같다. 삶이 녹록하지 않다는 것을 거듭 되뇔 뿐이다. 가을 행락철 때문이라고 생각할 수도 없다.

"남편이고 뭐고 다 놔두고 훨훨 날아가고 싶다. 돌아보지 않고 달아나고 싶다."(무명씨)

137.

ㅂ문학회 창립식 후 뒤풀이 식당 등지에서 간간이 했던 말 중에서 또 그 자리에서 들었던 말 중에서 생각나는 대로 옮겨본다. 시는 이미 죽었다. 김수영 전집이나 김종삼 전집을 아직 읽지 않았다면 『김수영 평전』(최하림)이라도 읽기를... (뒤풀이 장소로 이동하는 승용차 안에서) 국장으로 치렀던 빅토르 위고의 장삿날 파리 시민들의 어떤 의례와 (뒤풀이 장소에서 소맥 마시며) 빌 게이츠의 별장 거실에 걸어놓았다는 빅토르 위고의 대형 초상화와 어디 가서 시 쓴다는 말 할 수 없는 세태와 미당과 백석 그리고 백석과 김영한과 길상사와 법정 스님과 스티브 잡스와 그의 아이디어와 성철 스님과 성철의 속가 어머니와 김관식과 나훈아와 프로페셔널과 김수영과 명동 은성과 육이오와 거제포로수용소와 좋은 시와 마음 아픈 시와 손흥민

선수와 부정기적인 시집 읽기 시민모임과 ㅎ여고 3학년 수업시대와 랭보와 프랑스 상징주의와 발자크와 북(北)아프리카와 랭보의 편지와 시인들의 무(無)사교성과 반(反)사회성과 좋은 시는 뭘까? 하고 또 되묻는... 그리고 여기서부터는 들었던 내용이다. 파리의 살롱 문학과 아폴리네르와 프랑스 파리 4대학과 프랑스 문학과 프랑스 사상과 볼테르와 루소와 세느강과 전주 문학의 숲과 아마존 『Sahara blue』와 『사라진 4시 10분』(최종림)과 22일 동안 시속 10km 때로는 300km 장장 160,000km(4만 리) 파리-다카르 사하라 사막 랠리 완주와 미당 임종과 폭설과 삼성 서울병원과 게오르규 파리 묘지와 잠수함의 토끼와 「선운사 동구」와 막걸리 집 아낙과 스웨덴 한림원과 「찬술」과 시는 그렇게 엄숙하지 않거나 시에 목맬 까닭 없다는 말과 남을 험담하지 않는 품성과 환호작약과 FISA 국제경주 선수 자격증 A++...

사전에 준비한 인사말 초고 중에서 시간 관계상 거의 하나도 소개하지 못했던 내용 중 그 일부만 전하고자 한다. (다시 전철 두 시간여 타고 되돌아오면서 느꼈던 느낌은 한 마디로 요약하기 힘들지만 어떤 쓸쓸함이 엄습해 왔다는 것을 부인하지 못할 것이다. 식순에 미처 넣지 못했고, 바로 앞의 드럼과 기타 소리에 주눅 들었는지, 맨 끝에 끼워놓은 순서였기에 어떻게 감당할 겨를도 없었다. 그래도 뒤풀이 식당에서 뭔가 더 듣고 싶었다면서 아쉬워하던 시인 한 분이 있었다. 그분을 위해서라도...)

"오늘 이곳에서 문학을 시작하겠다면 밥 먹을 때도 시를 생각해야 하고, 차 마실 때도 시를 생각해야 하고, 마을버스 타고 창밖을 내다볼 때도 시를 생각해야 한다. (…중략…) 문학은 끝까지 가야 한다. 끝까지 갈 수 있는 자만 문학을 할 수 있는 것이다. 그 끝까지 가겠다는 열망이야말로 문학의 길이다. 그 길은 외롭고 또 괴로울 것이다. 말하자면 황홀한 고통일 것이다. (…중략…) 그리고 또 시는 배울 수 있는 장르가 아니다. 시는 가르칠 수 있는 장르도 아니다. 바로 그곳에 시가 있을 것이다. 시는 삶의 형상화다 묘사다 상징이다 비유다 환유다 은유다 그런 말하기 전에, 시는 제 삶과 부딪칠 때마다 그 삶의 파편을 기록하는 것이다. 시는 자기 삶의 간절한 혹은 절실한 기록임을 기억하라. 그럼에도 불구하고 어떤 매뉴얼도 없고 네비도 없고 소위 어떤 시론도 기준도 텍스트도 없다. 문학이야말로 길 없는 길이다. 정답이나 정설이 없다는 것이다. 오히려 언어를 의심하라. (…중략…) 시는 나 혼자 하는 장르이며 또 고백의 장르다. 정말 아무것도 아닌 것에 대해, 쓸데없는 것에 대해, 자기의 생을 걸어야 한다. 이 길도 일종의 무문관이 되었다. 그 길은 승자가 아니라 패자의 길이다. 기쁨과 즐거움이 아니라 슬픔과 아픔과 설움의 길이다. 부귀영화나 일신의 영달이나 명예 같은 것 바랄 수 없다. 그저 기약 없는 망국의 난민일 뿐이거늘! 그리고 시인은 무엇보다 지금 이 순간, 고뇌하는 자일 것이다. 시를 향해 미친 듯이 또 한편으론 방황하는 자일 것이다."

138.

기득권은 정계, 교육계, 재계 등에만 국한된 것이 아니다. 기득권은 그런 범주를 뛰어넘어 곳곳에 뿌리를 내리고 있다. 어쩜 문화계가 아니라 문학계도 보기보다 광범위하게 퍼져 있을 것이다. 기득권은 또 하나 시스템이며 권력이며 그들만의 그물이며 사슬이며 울타리이고 높은 장벽일 것이다. 어느 시대나 그 시대의 주인은 따로 있다. 막연하게나마 한 개인을 두고 보면 10대는 아닌 것 같고 40대, 50대도 아닌 것 같고 60대는 물론 아니고, 그럼 20대 혹은 30대를 살았던 시대가 자기 시대가 아니었을까. 막연하지만 돌아보면 또 그런 것도 같다. 그렇다면 지금 이 시대의 주인은 누구일까. 2030 혹은 소위 MZ세대...

자기 시대가 지나갔으면 목소리 낮추는 것뿐만 아니라 목소리를 맞춰야 할 때도 많다. 돌아보라. 몸도 낮춰야 하고 때론 몸도 맞춰야 하고 눈높이도 낮춰야 하고 때로는 눈높이도 맞춰야 하고 발걸음도 늦춰야 하고 때론 발걸음도 맞춰야 하고... 물론 사적 관계는 아니고 공적 관계나 공적 영역에 해당하는 말이다.

139.

시를 읽지 않는 이유가 아무래도 인터넷 탓일까. 주차장에서 어느 중년 남성이 물어보았다. 시 읽지 않는 이유는 결코 인터넷이나 유튜브나 영상이나 그런 것 때문이 아니다. 그렇다고 시대나 독자나 타 장르 때문이라고 말할 수도 없다. 이웃나라도 종이로 인쇄된 것을 읽는 독자가 전체 인구 대비 대략 5퍼센트 이하라고 한다. 그렇게 또 숫자만 가지고 말할 것도 아니다. 어쩌면 시를 읽지 않는 이유는 5퍼센트도 아니고 시대나 세태 탓도 아니다. 물론 문학 교육 탓도 아니다. 시를 읽지 않는 이유는 무엇보다 시한테 있다는 걸 알아야 한다. 그것도 독자가 아니라 시대가 아니라 영상이 아니라 시가 알아야 한다는 말이다. 그것도 시인이 먼저 알아야 한다는 말이다. 시를 읽지 않는 이유를 세상이 아니라 시인이 알아야 한다고 하면 시인들이 동시에 휙 돌아볼 것만 같다. 그럼, 시를 읽지 않는 이유를 어디 가서 물어보아야 하나. 옆에 있던 어느 중년 여성의 말이다. 자기 얘기하기도 바쁜데 누가 남의 수다를 들어줄까. 자기 집 강아지 얘기도 커피 값부터 먼저 내놓고 한다는 작금의 세태를 잊지 말라고 한다. 물론 시가 수다나 잡담은 아닐 것이다. 그렇다고 시가 자기 집 강아지 얘기도 아닐 것이다. 시가 무슨 농담도 아닐 것이다. 시가 무슨 예능도 아닐 것이다. 시가 꼰대의 잔소리도 아닐 것이다. 시가 감동이 없다는 것도 아니다. 시가 철학이 되었다는 것도 아니다. 시가 난해해졌다는 것도 아니다. 어쩌면 시가 쓸모없다는 것이다. 이런 말을 여기서 새삼 또 되뇌어야 하나. 시는 본래부터 쓸모없고 또 써먹지도 못하는 것이었다. 시가 죄명도 모르는 죄인이 된 것 같다. 어디 "고요한 곳으로 가/ 무릎 꿇고 싶"(김사인, 「무릎 꿇다」 부분)을 때가 있다.

무릎 꿇기 좋은 곳 어딜까. 이를테면, 강원도 평창 대상리와 대하리 사이, 해 질 무렵 춘천 의암호 어느 구간 들레길, 동해 무릉계곡, 해남 대흥사, 소요산 자재암 혹은 해남 미황사 뒷길, 밤 열 시 넘어 주문진 천주교회 혹은 강릉 임당동 성당 성모상 앞, 춘천 죽림성당 성직자 묘역, 안

동 하회마을 숲길, 부안 내소사, 스코틀랜드 에든버러 작가박물관 골목, 양양 죽도정(竹島亭), 겨울 화진포, 다산초당, 광화문 광장, 도봉산 원통사 원통보전 법당, 수락산 용굴암, 낙산사 홍련암, 오대산 방아다리 약수터, 월정사에서 상원사 가는 길, 주문진 소돌 바닷가...

140.

시는 주류의 일부가 될 수 없다. 기득권의 일부도 될 수 없다. 어느 줄에도 끼지 마라. 시는 좌고우면하지 않는다. 시도 반항하고 저항하고 대항한다. 시는 방황한다. 시는 자존심을 지켜야 한다. 시는 자영업자의 한숨소리를 들어야 한다. 시도 연민과 분노와 설움과 아픔과 슬픔과 이웃사촌이다. 시 쓰는 일이 무슨 역사(役事)라도 되는 양 착각하지 마라. 시도 픽션이다. 시도 그저 헛소리일 뿐이다.

141.

시는 언어예술이다. 이미 또 식상할 정도로 인구에 회자되는 말이지만 실제로 언어가 가리키는 대상은 솔직히 그 대상이 없다. 칠판이라고 했지만 칠판은 없고 추억이라고 했지만 그 어디에도 추억은 없다. 언어도 일종의 허깨비다. 말하자면 눈앞에 있지도 않는 것이 그 언어로 하여

금 마치 눈앞에 뭔가 있는 것처럼 보일 뿐이다. 시도 결국
언어에 속고 또 언어로 속이는 것이다. 그러나 시는 운명
적으로 그 언어의 치마폭에 둘러 싸여 산다. 시의 일생은
그 치마폭을 벗어날 수 없다는 것이다. 시도 알고 그 치마
폭도 알고 있다. 설령 치마폭을 뒤집어써도 그 치마폭을
찢어도 그 치마폭은 또 더 큰 치마폭으로 뒤집어씌울 것
이다. 뛰어봤자 그 치마폭이다. 시도 알고 시인도 알고 있
다. 오죽하면 빈방에 홀로 앉아 언어를 뒤집어보고 또 뒤
집어보고 하겠는가. 이게 딱히 쓸모 있는 일이거나 쓸모없
는 일이거나 크게 상관하지 않고 살아본다. 앞에서도 누
차 말했지만 끝까지 그저 끝까지 간다는 것뿐이다. 그러
나 단지 그런 걸까. 정말 어떤 의미도 어떤 결론도 어떤 논
리도 어떤 메시지도 없다는 것일까. 정말 그런 걸까.

142.

언어뿐만 아니라 시도 추수 끝난 뒤, 빈 들녘의 남루한
허수아비 같을 때가 있다. 외롭기도 하고 괴롭기도 할 것
이다. 바로 위에서 했던 어떤 논리도 어떤 결론도 없는, 추
수 다 끝난 뒤의 빈 들녘의 저 허수아비를 보라. 아무도,
아무도 쳐다보지 않는 저 허상의 존재와 이 존재의 허상
을 생각하라. 마치 할 말 다 한 것 같은 그리고 그냥 우두

커니 서 있는 비현실적인 저 무(無)표정한 얼굴 혹은 무
(無)보정한 저 얼굴을 보라. 저 생얼 보라. 저 민낯 보라.
저 허구를 보라. 저 등대를 보라. 저 바다를 보라. 저 밤배
를 보라. 저 여자를 보라. 저 남자를 보라. 저 인간을 보
라. 우물 밑을 보라. 발우를 씻어라. 노래를 불러라. 춤을
추어라. 쓸쓸함을 피하지 마라. 혼자 걸어라. 웃어라. 침묵
하라. 봉사하라. 방황하라. 분노하라. 열정 잃지 마라. 집
중하라. 대가를 바라지 마라. 갑질 하지 마라. 의미를 찾
지 마라. 각자 도생하라. 눈앞에 있는 모든 것이 화두다.
그 또한 허상이다. 시비에 빠지지 마라. 하늘을 보라. 받
아들이면 또 흘러간다. 논리도 수사도 버려라. 잡담이 좋
다. 모든 것은 상대적이다. 꿈이여 삶이여.

143.

아무것도 없는 게 있을까. 아무것도 아닌 게 있을까. 아
무것도 모르는 게 있을까. 아무것도, 아무것도 아닌 것은
뭘까. 아무것도, 아무것도 없는 것은 뭘까. 결론이나 결말
이 없다는 것은 뭘까. 허(虛)하다는 게 뭘까. 공(空)하다는
게 뭘까. 무(無)의미는 의미일까. 비(非)대상도 대상일까.

지난 밤 옛 직장 관련 꿈을 꾸었는데, 너무 생생하여 현

실계에 있는 것만 같았다. 오죽하면 꿈을 깼는데도 꿈속 같았다. 직장 관련 꿈 시리즈에 지속적으로 출연하는 동료가 있다. 선한 사람이라서 안심이다. 분명 꿈을 꾸었는데, 꿈을 깨고 나면 꿈이 너무나 생생하여 꿈이 아닌 것 같을 때가 있다. 꿈을 잘 못 꾼 것일까 하고 되돌아볼 때도 있다. 그럴 땐 하루 종일 꿈이 현실계 같고, 현실계가 꿈같을 때도 있다. 꿈을 너무 소중하게 생각하는 게 아닐까 하고 생각할 때도 있다. 꿈은 꿈속에서만 살고, 꿈밖으로 데리고 나오면 안 되는 걸까. 또 쓸데없는 생각일까. 어느 수행자는 잠 속에서도 꿈을 꾸지 않았다고 한다.

144.

삶속에서도 일상적 자아는 부단히 변화하려고 한다. 시 속에서도 시적 자아는 변화하려고 한다. 시 앞에서도 시인은 변화하려고 한다. 그리고 일상 속에서의 작은 변화 중 하나는 여행일 것이다. 멀리 못 가더라도 동네 가까운 곳을 산책하는 것도 일종의 변화일 것이다. 외출이야말로 변화의 출발이다. 변화를 참지 마라. 변화야말로 무엇으로부터 잠시 벗어날 수 있는 기회가 되는 것이다. 사는 게 다 한 곳에 얽매일 수밖에 없지만, 가끔 노래를 부르거나 아무도 없는 곳에 가서 욕이라도 퍼붓거나 막춤이라도 추거나 아님 저 견고한 장벽을 향해 고함이라도 질러 보자. 속이라도 후련하게 말이다. 아님 긴 문자라도 끄적거려 보자. 낙서라도 하자. 주먹이라도 한번 쥐어보자. 그냥 벽이라도 한 번 더 바라보자. 할 수 있다면 자기 자신의 삶을 한 번 바라보라. 아님 그냥 크게 소리 내어 한번 웃어 보자. 하하하. 화내지 마라. 때때로 아주 작은 친절이야말로 한 사람의 인격이 될 것이다. 눕지 마라. 누워있을 시간이면 친구와 수다라도 떨자. 그리고 시를 읽자. 소설을 읽자. 산문집도 읽자.

145.

잠깐 쉬어가는 졸음 쉼터라 생각하고 읽으면 어떨. "하루 1분이면 행복해지는 비결?"(코메디닷컴, 2022. 9. 28)에 뜬 제목이다. 미국 유명 잡지 〈리더스 다이제스트〉 건강 사이트 '더 헬시(the healthy)'에서 그 일부를 발췌하여 소개한다.

"굳이 큰 소리로 노래를 부르거나 심호흡을 할 필요 없다. 행복의 열쇠는 매일 매일 감사하는 삶에 있다. 감사하는 습관은 숙면을 취하고 스트레스를 푸는 데도 큰 도움이 된다. (…중략…) 미국 캘리포니아대 데이비스 캠퍼스 로버트 에머슨 교수는 감사하는 습관이 삶에 극적이고 지속적인 영향을 미칠 수 있는 것으로 연구 결과 나타났다."

〈성격 및 사회심리학 저널(Journal of Personality and Social Psychology)〉에 실린 에머슨 교수의 연구 결과에 의하면 매일 감사 일기를 쓴 사람들은 행복감(주관적인 행복)이 약 10% 높아진 것으로 나타났다. 이는 소득을 두 배로 늘릴 때 기대할 수 있는 수준의 행복감과 맞먹는다.

146.

다음 시를 『공정한 시인의 사회』(2022년 7월호)에서 읽었다. 아침에 출근하고 저녁에 퇴근하는 시라고 할 수 있다. 그것만으로도 시가 되는 것이고 거룩한 하루가 되는 것이다. 무엇보다 그 당사자들은 잘 알고 있을 것이다. 그 하루는 결코 평범한 하루가 아니다. 그것을 또 단순히 소시민의 삶이다 일상이다, 누구나 그렇게 사는 것이다 하고 쉽게 말할 것도 아니다. 물론 농사를 짓는 사람도 장사를 하는 사람도 밤을 새워 일하는 사람도 출퇴근 없이 집에서 일하는 전업주부도 결코 평범한 하루가 아니다. 그 하루하루가 인생인 셈이다. 그 하루하루가 이미 어마어마한 역사인 셈이다. 아무튼 퇴근할 때쯤 되면 돌아볼 때가 있을 것이다. 돌아보면 그곳에 무엇이 있을까. 이 시의 작가인 유병록의 인터뷰를 〈창비〉 블로그에서 보았다. 먼저 한 구절 읽어보면 이 시가 더 다가올 것이다. "너무 좋아서 대단하다는 평가를 받고 싶었던 것이 아니라 그저 '나도 이런 생각을 한 적이 있었는데', '나도 이런 마음일 때가 있었지', '어쩌면 나도 이런 마음일 때가 있을 거야' 정도로 가볍게 봐주셨으면 좋겠다는 생각입니다. 같이 걷는 느낌으로요."

"저는 성실한 사람입니다/ 늦지 않게 일어나서 늦지 않게 회사에 도착합니다/ 당연한 미덕입니다// 복도에서 누군가와 마주칠 때마다/ 웃으며 인사합니다/ 일터의 소중한 동료들입니다// (…중략…)/ 저는 성실한 사람답게 일하고 일합니다// 일이 많다고 힘겨워하거나/ 일이 적다고 기쁘지 않습니다// 하루를 무사히 마치고/ 퇴근을 하다가/ 회사 건물을 올려다봅니다/ 무사한 하루란 얼마나 복된 일입니까// 저기 허공에/ 한 평 남짓한 제 자리가 있습니다/ 내일 아침에도 제 자리일 것입니다// 저기서/ 꼭 제가 아니어도 할 수 있는 일을/ 제가 하고 있습니다/ 그게 참 마음에 듭니다"(「퇴근 하다가」 부분)

147.

(공적 관계나 영역에선) 아무 일도 없었던 것처럼 덮을 수 있는 일은 없다. 용서할 수 없는 일은 용서할 수 없는 것이고, 아무 일도 없었던 것처럼 덮을 수 있는 것은 없다. 그만하면 됐다, 이만하면 됐다 그렇게 덮을 수 있는 일은 없다. 그것은 인내심이나 화해의 차원이 아니라 어떤 기준의 문제이기 때문이다. 비록 모호한 기준이라 해도 더 합리적인 기준이 나오기 전까지, 그 기준은 움직일 수 없는 기준일 수밖에 없다. 왜냐하면 그 기준이 어떤 기준이 되지 못하면, 또 다른 기준도 덩달아 무너질 수밖에 없기 때문이다. 어떤 기준이 무너지면 그 어떤 것을 다 무너뜨릴 수 있기 때문이다. 기준이 무너지면 또 다른 기준을 무너뜨린다는 것이 그가 갖고 있는 위험성이다. 말하자면 그 기준이 갖고 있는 일종의 도덕성이며 정당성 같은 것이다. 물론 그 기준은 더 합리적인 기준이 나오면 그 기준은 또 변경될 수밖에 없다. 그렇다면 어떤 기준도 고정되어 있는 것이 아니다. 물론 어떤 것도 고정된 것은 없다. 그러나 아무리 모호한 기준이라 해도 그 기준은 모호한 것이 아니다.

문학을 벗어나면 때때로 문학보다 더 복잡할 수가 있

다. 이 또한 위험하다. 물론 조금 위험하다 해도 벗어날 땐 또 벗어나야 한다. 이 산문집도 문학의 영역을 벗어날 때가 있다. 굳이 복잡한 곳으로 끌려 다니겠다는 뜻도 된다. 그러나 글을 쓰다 보면 글에 끌려 다닐 때가 있다. 글의 행로가 따로 있다는 생각이 든다. 문학의 길은 결코 순응하는 길이 아니다. 간혹 순응한다 해도 그것은 결코 비겁한 순응이 아니라 오히려 어떤 긴장감에 순응하는 것이다. 애매하지만 시의 길도 순응이 아니라 굳이 말하면 어떤 반응 정도일 것이다. 문학이 자존심 못지않게 어떤 긴장감에 의해 유지될 때도 있다. 그럴 때가 있다. 시의 생리가 복잡하다.

좀 다른 말이지만 김수영의 산문은 김수영의 시보다 더 멀리 간 것 같다. 김수영 산문이야말로 복잡하고 또 긴장감이 넘친다. 지금은 다 접은 일이 되었지만 한때 가칭 '김수영 산문읽기' 같은 것도 구상한 적이 있었다. 김수영 산문읽기 시민 모임을 한 일 년 정도 하고 싶을 때가 있었다. (김수영의 경우와 같이 시와 산문 즉 투 트랙 다 성공한 작가는 드물 것이다. 두 장르를 섭렵하기가 쉽지 않기 때문이다. 李霜도 투 트랙을 성공한 경우에 속할 것이다.)

아무튼 문학이든 인문학이든 자신의 힘으로 직접 해보는 것이 매우 중요하다. 문학이든 인문학이든 구경거리가 아니다. 미국 유명 대학에서 학습 효과에 대한 연구 결과가 나왔다. 결론만 얘기하면 일방적인 강의식 학습이 효과가 가장 낮았으며 그 학습 효과도 불과 5퍼센트 이하로 뚝 떨어졌다. 지금 당장 모든 강의식 수업에 대해 통렬히 돌아보아야 할 지점이다. 학습 효과가 가장 뛰어난 것은 역시 학습자의 자기주도적인 탐구활동에 의한 과제 발표나 그에 따른 토론 수업이었다. 그야말로 그 효과는 상상을 초월하였다. 무엇을 해야 하고 무엇을 하지 말아야 하는지 알 수 있는 것 아닌가.

도자기 공방에 가보라. 어쨌든 처음부터 지도 선생님의 지도에 따라 흙을 반죽하고 흙을 가래떡처럼 만들어서 그 흙 가래떡으로 컵 모양을 만들고 또 다듬어서 모양을 내고 다시 또 다듬어서 어떻게든 '컵 비슷한 것'을 완성한다. 그 다음에 또 몇 주 말린 다음, 초벌구이하고 유약을 바르고 재벌구이하고 그 다음에 비로소 컵이 완성되는 것이다. 도자기 공방의 컵 만드는 과정을 잘 보면 그것이야말로 문학의 길이고 인문학의 길이라는 것을 알 수 있다. 문학도 결국 '문학 비슷한 것'을 하는 것 아닌가. (여기서 문학은 흙이 아니라 말로 하는 것, 즉 언어로 하는 것이다. 저 위의 99번 말라르메의 말을 한 번 더 상기하라.)

148.

시는 본래부터 애매하고 역설이고 아이러니하고 이중적이고 모호하고 경계가 복잡하고 리듬이 있고 이미지가 있고 비유가 있고 반어가 있고 상징이 있을 것이다. 왜냐하면 말하자면 본래부터 인생이 그러하고 삶이 그러하고 세상이 그러하고 내가 그러하고 당신이 그러하고 그대가 그러하지 아니하였던가. 주제 넘는 말이겠지만 부처는 저 곳에 있는 것이 아니라 내 안의 그 본성이 바로 부처 아닌가. 저 부처야말로 마음 한 포인트 아니겠는가.

"즉심즉불(卽心卽佛), 심즉시불(心卽是佛), 시심즉불(是心卽佛), 비심비불(非心非佛), 평상심시도(平常心是道)"(馬祖 導一)

149.

퇴직 이후의 삶이 중요하다. 그 삶이 비로소 본인의 본(本) 삶일 것 같다. 이상한 말 같지만 이제부터 굳이 연극할 필요가 없어졌다는 말이다. 굳이 무대도 필요 없다는 말이다. 굳이 대본이 없어도 된다는 것이다. 대역이 아니라 주연에 조금 가까워졌다는 것이다. 눈치 볼 게 없다는 것이다. 눈치 안 봐도 된다는 말이다. 시계를 자주 들여다보지 않아도 된다는 것이다. 목소리 높일 것도 없지만 목소리 낮출 것도 없다는 것이다. 하루 종일 침묵할 수 있다는 것이다. 누굴 쳐다볼 필요가 없다는 것이다. 문제 제기할 것도 없다는 것이다. 굳이 구성원들 간의 소통할 일이 없어졌다는 것이다. 어떤 조직의 일원이 아니라는 것이다. 공적 영역에서 벗어났다는 것이다. 자유로워졌다는 것이다. 늙었다는 것이다. 열외(列外)라는 것이다. 뒷방에 들어가라는 것이다. 밖으로 나대지 말라는 것이다. 그 입 닥치라는 것이다. 얼굴 내밀지 말라는 것이다.

특히 공적 영역에서 물러났으면 쓸데없이 이것저것 SNS 등지에 올리지 말라는 뜻이다. 이슈 만들지 말라는 것이다. 옛 직장 들먹이지 말라는 것이다. 그림자도 비추지 말라는 것이다. 이것저것 그렇게 하고 싶으면 공적 영역에 있을 때 불철주야 영혼을 다 털어놓으면 되는 것 아닌가. 거기서 나왔으면 여기저기 그곳과 관련된 동선을 드러내지 말라는 것이다. 각자 조용히 살든가 아님 남들도 모르는 곳에 가서 조용히 봉사 활동하자는 것이다. 더 늦기 전에 좀 다르게 살아보자는 것이다. 더 늦기 전에 좀 새롭게 살아보자는 것이다. 남을 위해 아님 나를 위해서라도 뒤늦게라도 이 사회를 위해 이 공동체를 위해 조금 더 다르게 조금 더 새롭게 조금 더 창의적으로 살아보자는 것이다. 식상하지 않게 살아보자는 것이다. 경직된 삶에서 벗어나자는 것이다. 더 늦기 전에 겸손하게 살아보자는 것이다. 더 늦기 전에 소식이라도 하자는 것이다. 가까운 친구들끼리 모여서 신간 시집이라도 사서 읽고 또 신작 소설을 읽고 토론하자는 것이다. 이미 패망한 학문이라는 그 문사철(文史哲)을 더 늦기 전에 한번 입문해보자는 것이다. 그게 또 인문학의 길이라는 것이다. 그리고 차마 어렵겠지만 지하철에선 한번쯤 미국 어느 대학촌의 노인들처럼 청년들에게 자리를 양보하자는 것이다.

150.

어디서부터 시일까. 어디서부터 시라고 할까. 어디까지 시이고 어디서부터 시가 아닐까. 시는 어디서부터 어디까지일까. 저 시는 시일까 하고 돌아본다. 저 시는 시가 아닐까 하고 돌아본다. 시를 왜 쓰는 걸까. 한때는 밥 먹고 시 쓰고, 시 쓰고 밥 먹고 했다. 밥만 먹고 시만 썼다. 시만 쓰고 밥만 먹었다. 시가 쏟아졌다. 시를 쓰고 일어나면 또 시가 쏟아져 앉아 있을 수밖에 없었다. 어떤 날은 하루 종일 앉아 있었다. 시가 폭발하는 것 같았다. 시가 정말 폭설처럼 퍼붓는 것 같았다. 메뚜기도 한 철이라는데 언제 또 어디쯤에서 이 폭설도 그치리라 생각하면서 부지런히 썼다. 슬몃 돌아보면 어떨 땐 폭설과 폭염 속에서 시를 썼다고 할 수 있다. 그리고 또 저게 시다! 이럴 때도 있지만 이게 시다! 하고 쓸 때도 많았을 것이다. 의식주를 죄다 해결해야 하는 전업 시인은 아니겠지만 어느 한 시절엔 정말 전업 시인처럼 살았던 것도 같다.

신작 시집 초교 pdf 파일을 메일로 받자마자 설레는 마음으로 이리저리 훑어보았다. 그때 옆에 있던 사람이 '저렇게 환하게 웃을 때도 있네!'라고 감탄한다. 웃음이 그냥 터져 나오는 걸 어쩌겠는가. 하 도저히 참을 수 없는 시인의 가벼움이었거늘! 아직도 이런 장면에선 그 설레고 들뜨는 마음을 주체할 수가 없다. 겨우 진정시키고 나서 다시 아주 늦은 밤까지 이 산문집에 매달렸다. 그리고 더 늦은 밤에 근린공원 조깅 전용 트랙을 찾았다. 1킬로미터를 대략 6분 20초 정도 달렸다. 또 달렸다.

151.

신작 시집 **표3** 그러니까 시집 뒷날개에 들어갈 포맷을 고민하다 시집 권두 인터뷰에 실린 한 단락 복사하여 갖다놓았다. 갖다놓고 보니 그 자리에 잘 어울리는 것 같았다. 또 그 자리에 잠깐 앉았다 일어나는 것도 괜찮은 것 같았다. 서지(書誌)상으로 볼 땐 이 산문집은 그 시집보다 뒤에 나올 것이다. 지금 이 산문집에 앉혀놓았다 해도 그보다 나중에 읽히게 되는 셈이다.

"시는 돌아보지도 않고 시는 돌아오지도 않는다. 시는 방금 지나갔고, 시는 아직 오지 않았다. 시는 그곳에 있을 것이다. 오래 전 수락산 성당 어느 신부님 강론처럼 힘 빼고 살자. 또 러시아 어느 소설가의 말처럼 작가는 사제직에 오를 수 없는 운명이고, 주류의 일부가 될 수 없다."

152.

시를 어떻게 읽을 것인가?

시를 어떻게 읽을 것인가? 왕도가 없다. 시를 읽는 방법이 있을까? 없다. 가령, 이렇게 읽어라 하면 이렇게 읽는 게 틀린 것이다. 저렇게 읽어야 한다 하면 저렇게 읽는 게 틀린 것이다. 그렇게 놀랄 일이 아니다. 물론 고등학교나 대학 문학개론 시간에 문학 작품을 감상하는 네 가지 관점이라는 게 있다. 이를테면, 외재적 관점으로 반영론, 표현론, 효용론이 있고, 내재적 관점으로 절대론(존재론) 등이 있다. 그리고 최근엔 아예 이 네 가지를 통합한 종합주의적 관점으로 업그레이드되었다. 그러나 또 이와 같이 시를 분석하고 해석하는 비평가의 일은 시를 읽는 일반 독자의 일과 좀 다른 트랙이다. 그들처럼 시를 읽어야 할 까닭이 없다. 그렇지 않은가. 가령, 노래방에 가서 그 노래를 처음 불렀던 가수처럼 또는 악보를 보면서 노래를 불러야 할 이유가 있는가. 없다. 마찬가지 아니겠는가. 시를 읽을 때 그 시인이 시를 썼던 정서나 시대적 상황 등을 고려하거나 또는 그 시인의 생각이나 의도, 입장 등을 골똘히 짐작하면서 읽어야 할 까닭이 있을까. 없다. 그럴 필요가 없다. 노래를 내가 부르듯이 시를 내가 읽으면 되는 것 아닌가. 맞다. 그게 맞다. 여기는 학교도 아니고 문예창작반도 아니고 노래방도 아니다. 이 시 앞에는 오직 그대만 있을 뿐이다. 그대 앞에는 오직 이 시 한 편만 있을 뿐이다. 두려워 할 것도 없고 눈치 볼 것도 없다. 마치 혼자 컵라면 맛있게 먹을 때처럼 맛있게 먹으면 되는 것이다. 맛없으면 안 읽으면 된다. 시를 안 읽었다고 당장 배가 고프지도 않을 것이다.

　시를 읽을 때, 어떤 특별한 교육을 받아야 한다는 것은 매우 잘못된 생각이다. 한때 그런 교육이 성행한 적이 있었으나 그 또한 유물이 되었고 학교 밖에서까지 그런 매뉴얼을 다 따를 필요도 없다. 소위 중고교 또는 대학에서 시 감상하는 방법을 빠삭하게 배웠는데 이제 그런 커리큘럼이 대폭 수정되거나 한번쯤 되돌아보아야 할 때가 되었다. 그렇지 않은가. 시는 그저 자기 삶에 기대어 읽으면 되는 것이다. 그저 자기 눈높이나 가슴높이에서 읽으면 되는 것이다. 다만 한 가지, 할 수만 있다면 시가 뭘까? 그 정도만 생각하면 되는 것이다. 또는 무엇이 시일까? 이 정도만 생각하면서 읽으면 되는 것이다. 주제가 뭘까, 소재가 뭘까, 어떤 의미나 표현 방법이나 시적 화자는 누굴까, 시인의 사상이나 감정이나 체험 그리고 메시지는 뭘까, 그런 것은 그렇게 깊이 생각하지 않아도 된다. 그저 본인의 어깨에 기대어 읽으면 되는 것이다. 나도 그런 적이 있었는데 그렇다면 더욱 좋은 것이다. 그러나 그런 시를 만나기란 쉽지 않다. 굳이 만나지 않아도 괜찮다. 괜찮다. 시도 인연 따라 만나고 인연 따라 읽는 것이다.

나는 누구인가?

불교에서 말하는 참선이라는 것은 무슨 특별한 방법이나 교육이 필요하겠지만, 눈 밝은 수행자의 법문을 들어보면 반듯하게 자리에 앉아서 들숨날숨 호흡 챙기면서 "나는 누구인가?", "나는 누구인가?", "나는 도대체 누구인가?" 묻고 또 묻고 되물으라는 것이다. 그렇다면 시를 읽는 일도 이와 같은 것 아니겠는가. 시가 무엇인가, 시가 무엇인가, 시가 도대체 무엇인가, 하고 묻고 또 묻고 되묻는다면 시를 읽는 방법을 다 챙겼다는 것 아닌가. 아닌가. 4년제 대학 국문과 나온 사람만 시를 읽는 것도 아니고 문창과 나온 사람만 시를 읽는 것도 아니고 수능 빡세게 공부한 수험생만 시를 읽는 것도 아니다. 하루 일과 마치고 난 다음, 늦은 저녁 차 한 잔 마시듯이 시를 읽으면 되는 것이다. 반듯하게 자리에 앉아 호흡 챙기지 않아도 되고 그냥 침대에 누워서 읽어도 되고 친구들과 카페에 비스듬히 앉아 읽어도 된다. 시를 어떻게 읽어야 하는가? 그런 해괴한 망상으로부터 하루속히 해방되어야 한다. 시는 어떤 경우에도 독자를 억압할 수 있는 도구가 아니다. 오히려 정반대다. 시는 해방을 위한 것이고 자유를 위한 것이다. 혹시 시를 읽고 고민하고 잠시 방황했다면 그것은 억압이 아니라 그 또한 자유의 길이며 해방의 길이었을 것이다. 그리고 또 차라리 이런 것도 시야, 이게 뭐야, 시란 뭘까, 하고 잠시 망설였다면 그때 당신은 비로소 독자가 아니라 시인으로서 시를 만나게 되었던 것이다. 그럴 때 또 시의 자유와 해방을 동시에 영접할 수 있을 것이다. 거듭 말하지만 이 모든 것은 오직 스스로 갈고 닦아야만 터득할 수 있는 것이다. 다른 것도 마찬가지지만 인문학은 남이 해주는 것을 받아먹는 게 아니다. 시를 읽는 것도 결국 독립된 영역이며 독자적인 노선이다. 저 넓은 바다도 저 하늘도 자유와 해방의 영역이며 독립적이며 독자적인 노선이다. 그 끝이 어쩌면 허무하고 허망하고 슬프고 또 서글프더라도 그 세계는 또 자유와 해방인 셈이다. 그곳에서 마침내 독립하자. 독립이든 자유든 해방이든 혼자서 하는 것이다. 그곳에 파트너가 있을 것이다.

시 읽기도 무(無)의미하고

시를 덜컥덜컥 따라다니지 마라. 시에 속지 마라. 시의 수사(修辭)에 무너지지 마라. 시는 때때로 의미 같은 것도 없다. 공연히 어떤 의미를 찾지도 마라. 시도 무(無)의미하고 시 읽기도 무의미하고 사는 것도 결국 무의미하다. 어떤 깨달음을 얻으려고 하지 마라. 어떤 즐거움을 얻으려고 하지 마라. 눈으로 마음으로 쓰윽 읽고 지나가면 되는 것이다. 시에 머물지 마라. 너무 복잡하게 혹은 너무 진지하게 생각하지 말자. 어떤 틀에서 확 벗어나자. 어떤 편견 없이, 어떤 고정 관념 없이, 어떤 배경지식도 없이, 이것저것 다 내려놓고 가볍게 읽자. (아무리 다 내려놓아도 편견과 고정 관념과 어떤 배경지식에 휩싸일 수밖에 없을 것이다. 그래도 편견과 고정 관념과 배경지식에 휘둘리지 말자.) 그래도 또 그러려니 하고 읽어보자. 그저 틈틈이 할 수만 있다면 시를 가까이 두고, 시를 사랑하고, 시와 함께 대화를 나누며 살아가면 되는 것이다. 시를 친구처럼 만나자. (爲者敗之, 執者失之)

시 한 구절에 꽂혀

여기서 또 한 마디 덧붙인다면 위의 시를 읽는 것을, 시를 쓰는 것으로 잠시 바꾸어도 무방할 것이다. 시가 요새 읽는 장르에서 쓰는 장르로 바뀌었다. 그렇다고 다 나서서 시를 쓰라는 것은 아니다. 시 읽는 자야말로 시 쓰는 자의 진정한 도반(道伴)일 것이다. 감수성이란 것도 시를 쓸 때만 발생하는 것이 아니다. 시를 읽을 때도 감수성이 발현되는 것이다. 그리고 시를 읽어야 시를 쓸 수 있고, 시를 써야 또 시를 읽게 될 것이다. 암튼 또 한 번 덧붙인다면 다 제 눈에 안경 아닌가. 시를 읽는 눈도 시를 쓰는 눈도 다 제 눈의 안경일 것이다. 두려워하지 마라. 아무튼 시 읽기는 대체로 편견이나 편식일 수밖에 없다. 한 발 더 나아가면 시 읽기는 텍스트에 대한 오독이거나 오해일 수밖에 없다. 뭔가 빗나가고 어긋날 때 예술이 또 싹트는 것이다. 더구나 신비평 식으로 말하면 작가의 의도와 독자의 의도는 다를 수밖에 없는 것이다. 그렇다면 이것저것 신경 쓸 것 없지 않은가. 그럼에도 불구하고 텍스트에 대한 어떤 이해와 의미가 좀 더 궁금하다면 비평가의 글을 찾아 읽으면 어느 정도 해소될 수 있다. 그러나 또 일급 문학평론가조차 "그가 비평하고자 하는 텍스트의 어느 한 구절, 혹은 어느 한 부분에 지나치게 깊숙이 빠져들어, 그 텍스트의 전체인 구조를 잃어버리기, 아니 잊어버리기 일 쑤"(김현)일 때가 많다고 한다. 그래서 비평가들조차 때때로 "텍스트와 싸우는 것이 아니라, 부유하는 말들과 싸"운다고 한다. 또 좀 다른 말이지만 이제 시인이라고 해서 가던 걸음 멈춰 서서 한번이라도 슬몃 우러러 보던 시대가 아니다. 괜한 말 같지만 아마도 아파트 한 단지에 시인 몇 명이 시를 쓰고 사는 세상인지도 모를 일이다. 그러나 또 그만큼 시를 읽는 사람은 어딜 가도 보기 드문 세상인 것 같다. 마치 옷 수선 집 찾아다니는 것보다 더 어려운 일이 되었다. 다시, 시를 어떻게 읽을 것인가? 그대가 시를 사랑하는 그 소박한 심정이야말로 시를 읽는 지름길이다. 시 읽기의 즐거움과 괴로움은 그대 손에 달려 있다. 시 읽기의 즐거움은 그대 따뜻한 눈으로 시를 바라볼 때 성큼 다가올 것이다. 한 문장, 한 문장이 곧 문학이다.

좋은 시를 만나야

그대도 시 한 구절에 꽂혀 '은밀한 즐거움'에 빠져보라. 그대 가슴에 시의 가슴이 닿기를 바라마지 않는다. 아니다, 시의 가슴이 그대 가슴에 닿기를 바라마지 않는다. 그대 눈으로 시를 보라. 그대 눈으로 이 세상을 보라. 또 누군가 시를 이렇게 읽어라 하든가, 시를 이렇게 쓰라고 하면, 님이나 잘 하세요! 그렇게 대답하기를 바란다. 거듭 말하지만 그대가 이미 시인이다. 그대 허전한 가슴이 이미 시인의 가슴이다. 그대 우울한 가슴이 이미 시인의 가슴이다. 그럼, 됐다. 웃자. 한 번 더 웃자. 하하하. 그래도 한 마디 덧붙인다면, 이왕 시를 읽겠다면, 또 논란의 소지가 있겠지만, 좋은 시를 읽었으면 하는 바람이다. 그렇다면 **독자는**

좋은 시를 만나야 하고, 시는 또 좋은 독자를 만나야 한다는 그럴 듯한 풍문이 있었다. 아니다. 이 말도 취소하겠다. 왜냐하면 들어보니 이미 낡은 것 같고 민폐가 된 것 같다. 어느새 기득권이 된 것 같고 그 또한 고정 관념이 된 것 같기 때문이다. 그러나 또 이런 것 저런 것 싹 다 비우고 다 갖다버리고 시를 읽자. 그냥 대충 읽고 덮으면 되는 것이다. 시를 쓰는 것도 그 근처에 있을 것이다.

길 밖의 길

가끔 기인이 출몰한 적도 있지만 이제 시인은 평범한 부류가 되었다. 그 많은 직종 중 하나일 뿐이다. 더 이상 시인은 신비롭지도 않고 거룩하지도 않다. 시인은 비로소 아마도 시인의 그 혹독한 천형으로부터 벗어났을 것이다. 시인도 시 못지않게 해방되어야 하고 자유로워야 한다. 여기저기서 했던 말이지만 시인은 그저 고뇌하는 사람일 뿐이다. 그저 어느 길 위에서 잠시 방황하는 사람일 뿐이다. 그러나 시를 읽는 독자는 시인들처럼 방황하고 고뇌해야 할 까닭이 1도 없다. 독자는 시 읽기의 즐거움만 챙기면 된다. 독자는 유희(遊戱)하라. 방황이나 고뇌는 언제나 시인의 몫이다. 이상한 말 같지만 시의 마지막 독자는 결국 또 시인일 수밖에 없다. 시의 십자가가 있다면 시인의 등에서 짐이 되어야 할 것이다.

끝으로 한 번 더 시를 어떻게 읽을 것인가? 길이 없다. 인생도 세상도 길이 없다. 문학 작품도 길이 없다. 언제나 길은 그대 가슴속에 있을 뿐이다. 길도 없는데 굳이 길을 찾을 일이 없다. 그렇지 않은가. 두말 하면 잔소리이고 더 말하면 충고가 될 것이다. 다시 한 번 강조하면 세상을 움직이는 이른바 메커니즘이라는 게 있다면, 시 읽기의 메커니즘도 있지 않을까 하고 생각하기 쉬운데, 그 어떤 것도 없다. 길은 없다. 길 없는 길이 아니라, 그 길은 길 아닌 길이거나, 길 밖의 길이라는 것이다. 길을 구하는 자도 없고 길을 찾는 자도 없다. 길 위에서 길을 잃은 자만 있을 뿐이다.

파도야 어쩌란 말이냐

시를 읽고 있는 평소의 편안했던 마음을 오히려 불편하게 한 것 같다. 그러나 시는 한편 편하게 하는 것이 아니다. 편안한 시간이 되고 싶으면 시를 읽을 것이 아니라 친구를 만나거나 차를 마시거나 여행을 해야 할 것이다. 그리고 시는 패배한 자의 몫이다. 굳이 패배를 자청한 자의 몫이다. 그러니 승자가 굳이 기웃거릴 곳은 아니다. 시는 어떤 대상이나 현실에 대한 인식 혹은 비판적/부정적 안목의 결과물이며 삶의 치부를 드러내는 것인데, 승자가 그 무엇을 쳐다보겠다는 것인가.

그러나 시는 또 세상의 그 많은 패자들뿐만 아니라 노숙자의 뒷모습을 먼발치에서나마 한 번 더 바라보거나 폐지를 잔뜩 싣고 4차선을 횡단하는 리어카 할머니를 바라볼 때가 있을 것이다. 그럴 때마다 시는 높고 거창한 것이 아니라 낮고 아주 심약한 내면 풍경이라는 생각이 든다. 또 시가 무엇인지 계속 끊임없이 질문하고 의심하기 때문에 고뇌하고 방황할 수밖에 없으리라.

시는 끝도 없고, 끝까지 모르는 것이고, 끝까지 가보는 것이고, 끝까지 더 가야만 할 것 같은, 막연하고 또 환상 같고 허구 같은 어떤 허하고 공한 곳 같은... 아직 다 하지 못한 말이 이렇게 많이 남아 있는데 '파도야 어쩌란 말이냐'. 밤을 새울 수도 없고 문을 걸어 잠글 수도 없고... 어쩌나 할 말이 조금 더 남았는데 조금 더 하면 안 되나. 근데 누가 과연 시를 읽을 것인가, 누구한테 시를 읽으라고 중얼거리는가. 시는 빛바랜 깃발이 되었다는데 이 바닥은 이미 바닥이라는데, 누가 어디서 어떻게 시를 읽을 것인가. 우울하다. 물론 독자의 탓도 아니고 시대나 세월의 탓도 아니고 문화정책이나 국회 관련 상임위 탓도 아니다. 시와 관련된 일련의 모든 탓은 오직 시인의 탓으로 돌려야 마땅하다. 시의 십자가는 시인의 십자가일 것이다. 시인이 굳이 피해야 할 명분도 아니고 국면도 아니다.

심리적 거리

여기서 김준오 교수의 『시론』에서 시 읽기와 관련된 부분을 인용한다. "미적 거리 (혹은 심리적 거리)란 예술작품을 감상할 때 감상자가 자기의 사적이고 공리적인 관심을 버리는 심리 상태를 말한다. 즉, 개인의 주관이나 실제적 관심을 버린 허심탄회한 마음의 상태가 미적 거리다. 이 거리는 예술작품의 미적 거리를 제대로 향수하기 위한 마음 상태이기 때문에 미적 거리라고도 하며 시간적, 공간적 거리가 아니라 어디까지나 내면적 거리다." (이 챕터 뒤에 보면 시 창작의 중요한 팁이 하나 들어 있다. 그대로 또 인용하고자 한다. "김춘수의 무의미시 또는 이승훈의 비대상시에 오면 실제 사물과는 전연 무관한 절대적 심상이 되고, 어떤 추상적 내면 풍경을 묘사한 것으로 극단화된다. 여기서는 내면세계도 객관적 태도로 묘사함으로써 미적 거리를 최대한 확보한다.")

할 말이 남아 있다는 듯이

다시, 그럼에도 불구하고 아래 텍스트들과 관련된 말들을 더 하고 싶은 걸 어쩌란 말이냐. 이를테면, 김현 『행복한 책읽기』, 신경림 『시인을 찾아서 1, 2』, 황동규 『나의 시의 빛과 그늘』, 김춘수가 가려 뽑은 『김춘수 사색사화집』, 김영태 『장판지 위에 사이다 두 병』 외 다수

153.

격변의 시대엔 또 그에 적극적으로 반응한 시가 있었다. 우선 저 1970년대가 그런 시대였고 또 그러한 시들이 있었다. 그리고 또 1980년대가 그런 시대였고 그러한 시들이 있었다. 시인은 "잠수함에 승선한 토끼"마냥 그 시대의 부족한 산소에 대해 즉각 반응한 것이다. 그 반응이 곧 시가 태어난 자리일 것이다. 그 엄중한 시대엔 이른바 현실 참여적인 시가 깃발처럼 앞장서서 나갔다. 시대보다 더 앞장서서 나간 시가 있었기에 산 자(者)는 또 따를 수밖에

없었을 것이다. 그땐 시가 그 시대의 기수(旗手)였으리라. 그 시대엔 그런 시가 소중할 수밖에 없었으리라. 거칠고 격문 같은 시를 쓰지 않겠다고 시인들이 펜을 꺾을 수도 없었으리라. 또 그렇다고 시인들이 깃발을 들진 않아도 음풍농월만 할 순 없었으리라. 암튼 미적인 것보다 윤리적인 문제에 더 집착할 수밖에 없었던 그런 국면의 연속이 아니었던가. 그 시대는 한번만 더 돌아보면 산소보다 최루탄 가스가 난무했던 시대 아니었던가. 그 국면에선 그 국면을 타개할 방법이 우선 필요했던 것 아니었던가. 비록 아무것도 타개한 것이 없다 해도 말이다. 그 국면엔 피할 수 없는 그 국면이 있었을 것이다. 물론 그러한 국면마다 이 땅엔 시보다 더 앞장섰던 의인들이 많았다. 시는 그 '열사'들 앞에서 또 한없이 우울하였을 것이다. 시는 또 한 발짝 늦었지만 그들을 추모하고 그들을 기억하고 그들을 기록하는 일을 도맡아 하였을 것이다. 시는 또 무엇인가? 이 땅에서 도대체 무엇이 시라는 것인가? 시는 어디에 있어야 하는 것인가? 시를 어떻게 읽어야 하는가?

여기서 현실참여 시는 이를테면 현실도피 시보다 시대를 앞섰다거나 당대 현안 문제에 더 힘을 쏟았다든가 이런 말을 되풀이 하자는 것은 아니다. 어쩌면 이제는 더 이상 윤리적인 문제에 더 치중해야 할 시대도 아니다. 이제는 시보다 시대가 먼저 앞장서서 나가는 세상이 되었다. 그리고 세상도 바뀌었고 시도 바뀌었다. 시인도 독자도 다 바뀌었다. 이제는 더 이상 시가 시대의 기수 노릇할 때는 아닌 것 같다. 시는 갔다. 시는 돌아오지 않는다. 지금은 플라톤의 시인추방론도 아니고, 아리스토텔레스의 시인옹호론도 아니다. 시인들이 거리로 나서야 할 때도 아니고 작가회의 사무실에 모여 철야 농성 할 때도 아니다. 이제는 각자 알아서 각자의 삶을 살고 각자의 문법으로 각자의 시를 써서 각자의 시집을 묶어 그냥 어디서든 출판하면 되는 것이다.

그러므로 시인들에게 길을 묻지 마라. 시인들도 갈 길이 멀다. 어쩌면 시인들도 길을 잃어버렸다. 시인들도 길을 잊어먹었다. 차라리 길을 잃었다, 길을 잊어먹었다가 아니라 좀 위험한 말이지만 어떤 대상이 없어졌다는 것이다. 다시 말하자면 대상이 없다는 것은 또 무슨 말인가. 대상이 없다는 것은 또 의미가 없다는 말인가. 여기서 또 의미란 무엇인가. 여기서 대상이란 또 무엇이란 말인가. 대상이 없다면 의미가 없다면 시는 어디에 있다는 말인가. 시가 마침내 길을 잃었는가. 길을 잊었는가. 시의 가슴도 시인의 가습도 저 깊은 사막보다 더 깊이 더 깊이 깊어졌을 것이다.

　시인들은 이제 시 이외 가진 것도 없다. 그 시마저도 다 내놓아야 할 것 같다. 시는 마치 월세 걱정하던 가게마저 내놓고 난전(亂廛)에 앉은 꼴이 되었다. 오해의 소지가 있지만 시는 없는 것과 마찬가지이고 시인도 거의 투명 인간이 된 것 같다. 잠시 우울하고 또 허무하다고 할 수 있지만, 시는 그곳에서 무표정하게 무의미하게 아무렇지도 않은 또 하나의 어떤 풍경이 될 것이다. 하나의 사건이 될 것이다. 이제 시는 어떤 의미도 어떤 가치도 어떤 메시지도 어떤 대상도 어떤 길도 어떤 시대도 어떤 국면도 어떤 현안도 때론 어떤 분노조차 갖고 있지 않을 것이다. 슬픔도 아픔도 없다. 아무것도 없다. 아무것도 없다고 하여 모든 것이 다 사라졌다고 할 수도 없으리라. 다만, 시는 다시 그곳에서 잉태하고 태어날 것이다. 그곳에서 시는 또 만들어질 것이다. 그곳은 또 어두운 침묵일 것이다. 묻지 마라. 찾지 마라. 나도 모르고 너도 모른다. 도무지 아무도 알 수 없는 곳이다.

154.

　시는 생각이 깊어지면 안 된다. 시는 숙성된 음식도 아니고 성숙한 영혼도 아니다. 하룻밤의 풋사랑과 같은 것이다. 시는 생각이 아니다. 시는 관념이 아니다. 시는 물론 철학도 아니다. 시는 비즈니스도 아니다. 시는 돈도 아니다. 시는 남녀 관계도 아니고 신용불량자도 아니다. 시는 학교를 때려치우지도 못했고 직장을 그만 두지도 못했다. 시는 웃지도 못했다. 심지어 결석도 결근도 못했다. 시는 울지도 못했다. 아주 먼 나라 시인들의 일화를 한 두어 번 들은 적은 있지만 남의 나라 얘기니까 어떻게 할 수도 없었다. 그때마다 돌아서곤 했을 것이다. 멋있는 모자를 쓴 적도 없고 멋있는 카페를 정해 놓고 다닌 적 없다. 우연히 이런 시를 만나면 왠지 안심이 된다. 세계를 파괴하기 전에 자기 자신부터 먼저 파괴하는 심지어 어떤 금지된 것을 스스로 파괴하고 그 스스로 또 자기 폐쇄를 감행한 것 같은 그냥 마음속으로 한 번 따라가 보고 싶은 것이다. 그렇게 시를 읽고 싶은 것이다. 그런 시를 만나 밤을 새우고 싶은 밤이다. 먼 나라 시인이 1박 2일 일정으로 대한민국에 잠시 입국한 것 같다. 공항에 마중 나간 국내 시인이 있었다. 그가 정남희 시인이었다. 이 시를 마음속으로 속으로 읽어보자.

"그는 돈 때문에 글을 썼으며 돈 때문에 나이 먹은 여자를 만났으며 돈 많은 과부를 꿈꿨으며 돈 때문에 도망다녔으며 감옥살이는 국민군 근무 기피 때문이지만 아무튼 돈 때문에 파산했으며 돈 때문에 더욱더 돈 많은 여자를...... (…중략…) 나는 『즈바이크의 발자크 평전』을 읽고 있는데 문제는 끝까지 읽기가 두렵다 왜냐하면 또 당신 어떤 말썽 분란을 일으키고 또 얼마나 많은 시름 속에 또 다른 애인 품속에 은둔하고 그 애인은 두 손 들고 포기하고...... 구제불능의 온통 윙윙 윙윙 불면 위에 벌집 투성이일까 모두 666p인데 569p를 읽고선 손을 놓는다 웬지 예감이 좋지 않다 목 뒷덜미가 뻣뻣해 온다"(「발자크」 부분)

이 시를 인터넷에서 제목만 갖고 찾아다니다가 끝내 찾지 못하고, 뜻밖에 이 시에 대한 이승훈 선생의 비평을 만났다. 반가운 마음에 염치 불구하고 그 부분을 복붙이기한다. 출전을 밝히지 못하는 것도 인터넷에서 얻은 것이기 때문에 어쩔 수 없었다. 발표 날짜를 보니 꽤 오래 전에 발표한 시였다는 것도 이번에 뒤늦게 알게 되었다. 그럼, 이 글도 꽤 오래 전의 글이라는 것이다. 좀 긴 글이겠지만 이강 선생의 육성을 듣는 것 같아 중략 없이 그대로 인용하고자 한다.

"리얼리즘 소설의 대가 발자크의 경우 글을 쓴 이유는 돈 때문이었고 도스토예프스키의 경우엔 놀음 빚을 갚기 위해서였다. 이 아이러니, 이 역설을 어떻게 해석해야 하는가? 돈 때문에 글을 쓸 수도 있고 무슨 정신적 가치 때문에 쓸 수도 있다. 그러나 발자크 그는 돈 때문에 글을 썼으며 돈 때문에 나이 먹은 여자를 만났으며 돈 많은 과부를 꿈꿨으며 돈 때문에 도망 다녔으며 감옥살이는 국민군 군무 기피 때문이지만 아무튼 돈 때문에 파산했으며 돈 때문에 더욱 더 돈 많은 여자를… 찾아 헤맸다. 발자크가 누구인가? 1830년 부르주아 혁명에 의해 정권이 귀족에서 금융자본가의 손으로 넘어가면서 부르주아의 역동적 삶을 살고 관찰하고 도망 다닌 소설가이다. 당시 낭만주의자들은 부르주아를 속물이라고 비난했지만 그는 리얼리스트답게 부르주아의 생활력, 실행력을 사랑하고 과학, 진보, 산업 발달을 찬양했다. 한마디로 인간 희극을 사랑했고, 그런 희극을 살았다. 이런 태도는 내숭을 떨지 않는다는 점에서 솔직하고, 삶의 내용과 작품의 아이러니라는 현대성, 말하자면 사기, 허위, 거짓의 아아러니라는 현대성의 출발이다. 이만큼 솔직한 작가나 시인이 없다는 것은 우리 문학의 낙후성을 암시한다."

그리고 이어서 다른 시인의 시에 대한 언급으로 단락이

바뀌었지만 뭔가 위의 글의 문맥과 계속 이어지는 것 같아 한 번 더 옮겨본다. 특히 김수영에 관한 센텐스도 있었다. 비록 한 문장이지만 김수영에 관한 포커스가 빛처럼 옆구리를 쿡 찌르는 것 같다. 갑자기 김수영 제일(祭日)에 「멀리 있는 무덤」을 생각하던 김영태의 시도 생각난다. 지금처럼 그 시를 혼자 조용히 읽을 때도 있었다우.

"우리는 돈 때문에 글을 쓰지 않는다. 돈에 대한 시도 쓰지 않는다. 돈에 대한 시는 김수영이 처음으로, 그것도 솔직하게 썼다. 김수영에게서 배울 것은 아직도 많다. 무엇보다 솔직성이다. 우리 시가 재미없는 것은 한결 같이 많은 시인들이 자신을 드러내지 않기 때문이고, 자신을 드러내지 않는 것은 자신이 없기 때문이다."

그리고 여기서 많이 늦었지만 이승훈 선생의 유고시집 『무엇이 움직이는가』(시와세계, 2019) 출간되었다는 소식을 전한다. 개인적으론 이 산문집 1권에 이어 2권도 이승훈 선생과 이러저런 시절 인연이 닿았다. 시도 몇 군데 인용했고 메시지를 직접 인용한 적도 있다. 어느덧 이 산문집 제1권과 제2권 어느 부분의 백그라운드는 이승훈 선생이었다고 말해야 할 것 같다. 그리고 이강 선생의 가령, 문학사적 위상 그런 것에 대해선 말을 삼가겠다. 그런 말은 그만한 격을 갖춰야 할 수 있는 것이다. 지금은 유고 시집에서 시를 한 편 읽어야 하겠다.

"비에 젖고 잎사귀에 젖고 지붕에 젖지만, 해가 나고 바람이 분다. 젖은 옷 해에 마르는 것 본다. 잎사귀 지붕도 마른다. 왁 소리 지르며 뛰어나가는 아이들, 나는 어제도 없고 내일도 없이 그냥 하루를 산다."(「젖는 것도 공했다」 전문)

155.

피천득 수필(범우문고 1번 『수필』)에서 기억에 남는 것은 「인연」도 아니고 「그날」도 아니고 「술」도 아니고 「가든파티」도 아니고 「플루트 플레이어」도 아니다. 오랫동안 유독 기억에 남는 것은 제목도 생각나지 않지만 그 구절은 지금도 또렷하다. "친정집은 국그릇의 국이 식지 않은 거리에 있어야 좋다."

요즘같이 영상 통화하는 시대에 맞지 않는 구절이라 해도 어쩌면 지금과 같은 영상 통화 시대에 오히려 이 구절은 더욱 더 수긍이 가는 것 같다. 여식을 둔 딸 바보 애비들은 알 것 같다. 피천득 선생도 '서영이와 난영이'를 둔 딸 바보 애비였으니, 그런 글을 쓸 수 있었을 것이다.

　개인적으론 한국 문학에서 수필을 비로소 문학의 장르로 편입시킨 작가는 바로 금아 선생이라고 생각한 적이 있다. 피천득 선생을 금아 선생이라고 하니까 공연히 고색창연한 것 같다. 아무나 호를 만들고 아무나 이름 뒤에다 선생을 갖다 붙이는 게 아니다.

　오랜만에 책을 펼쳐보니 과거 어느 날 주한 영국대사관에서 얼마 전 타계한 엘리자베스 여왕 생일 축하 가든파티 때, '한편 구석에 가서 섰'던 금아 선생의 모습도 아련하게 보였다.

　"나는 그저 평범하되 정서가 섬세한 사람을 좋아한다. (…중략…) 곧잘 수줍어하고 겁 많은 사람, 순진한 사람, 아련한 애수와 미소 같은 유머를 지닌 사람에게 매력을 느낀다."(「찰스 램」 부분)

156.

시의 길은 있을까. 없다. 시는 실패하는 것인가. 아니다. 패배하는 것이다. 아니다. 실패하는 것이다. 세상을 우습게 아는가. 아니다. 세상을 너무 어렵게 생각하며 살았다. 근데 몇 해 전부터 세상을 조금씩, 조금씩 우습게 아는 중이다. 어제 저녁엔 비가 왔다. 가을비다. 빗속의 산책이라도 했는가. 아니다. 요새는 종목을 바꿨다. 뭔가, 높이뛰기라도 한다는 것인가. 미쳤냐. 비록 느린 속도지만 달리는 중이다. 기록을 물어봐도 되는가. 기록이랄 것도 없지만 지난주엔 하루 쉬고 대략 50킬로미터 찍었다. 근래 보기 드문 기록일 것이다. 혼자 뿌듯하게 생각했다. 그뿐이다. 담주는 반 토막 기록일 것이다. 그렇다고 또 기록에 얽매이는 주자도 아니다. 그래도 어느 마라톤 대회라도 염두에 둔 것 아닌가. 아니다. 아니다. **춘천 마라톤**. 풀코스 아니고 제한시간 1시간 30분짜리 10km 생각 중이다.

시는 동호회 같은 곳에서 일과 후에 잠깐 만나서 하는 게 아니다. 아니다. 아니다. 시는 잠깐 만났다 헤어지는 것이다. 시는 곧 '헤어질 결심'을 하고 잠깐 '만나는 결심' 같은 것이다. 시는 이루어질 수 없는 그 어떤 것이다. 시는 취미나 특기가 아니다. 아니다. 속지 말자. 시는 취미나 특기사항의 항목이 되었다. 시는 무력하다. 아니다. 아니다. 시는 강력하다. 아니다. 아니다. 시는 불쌍하다. 아니다. 아니다. 시는 거룩하다. 아니다. 엿 먹어라. 시는 수도(修道)나 구도(求道)의 길이 아니다. 시는 시의 품에서 망하는 것이다. 시는 그대 품에서 패망하는 것이다. 시는 격언이나 잠언이 아니다. 시는 상투적인 것을 배격한다. 시는 가령, 가을엔 책읽기가 좋다는 이런 걸 싫어한다. 시는 표어가 아니다. 시는 시가 되지 못했고 시인은 시인이 되지 못한 것 같다. 독백이 아니라 고백이 된 것 같다. 시는 시인은 무슨 깃발이나 그런 것이 아니라 고작 맨주먹 같은 것이다.

몇 해 전 한국산악회 C 이사와 수락산 산행을 한 적이 있다. 나무 테크 계단을 밟고 오르는 필자와 달리, C 이사는 계단을 피해 굳이 오르막길을 택하곤 하였다. 몇 구비 지나 물어보니 계단이 더 불편하다는 것이었다. 맞다. 일제 강점기 때 경성제국대학 산악회 재학생들이 닦았다는 도봉산 백운대 오르는 길을 보라. 어디에 발을 디디면 편한지 발자국까지 갈고 닦아서 만들었다고 하지 않던가. 그 산악회가 처음 개척할 당시는 시의 길이라고 할 수 있겠지만 그 다음부터 그 제작된 발자국을 밟고 오르는 길은 시가 될 수 없을 것이다. 이 길에서든 방금 저 앞의 C 이사의 길이든 남이 만들어 놓은 길이 아니라 내 발자국의 길을 가면 그것이 곧 시의 길일 것이다. 시의 길은 유독 어렵고 험난하다. 예컨대, 시를 쓰려거든 혹은 시를 읽으려거든 저 나무 테크 계단을 피해야 할 것이다. 시를 쓰겠다면 혹은 시를 읽겠다면 저 백운대 경성제국대학 산악회가 만들었다는 발자국 계단을 피해야 할 것이다. 범 내려온다~ 뒤도 돌아보지 말고 꽁지가 빠지도록 도망가야 할까. 시도 시인도 그냥 내버려두고 튀고 싶다. 딱히 들고 갈 것도 없으리라. 시도 시인도 결국 덧없음일 것이다. 문학사도 없어졌지만 문학사에 남을 시인은 누구인가. 문학사에 남을 만한 시는 어디 있는가. 모든 것이 꿈이고 모든 것이 꿈이 된 것 같다. 허무주의자의 넋두리가 아니다.

157.

시를 통해 독자의 삶을 변화시킬 수 있을까. 없다. 시는 문학은 독자의 삶을 바꿀 수 있을까. 어림없다. 차라리 이렇게 말해라. 한 편의 시 속에서 시적 자아는 변할 수 있을까 없을까. 없다. 아니다. 있다. 문학 교육은 필요한 것일까. 필요하다. 아니다. 필요 없다. 시를 가르칠 수 있다고 생각하는가. 없다. 시를 배울 수 있다고 생각하는가. 아니다. 아니다. 시를 통해 위안을 받을 수 있는가. 없다.

아니다. 있다. 어떤 위안을 말하는 것인가. 말 할 수 없다. 희열 같은 것인가. 말 할 수 없다고 했다. 기쁨 같은 것인가. 슬픔 같은 것인가.

　문학의 스승은 있다고 생각하는가. 없다. 문학의 선배는 있다고 생각하는가. 선배는 있다. 많다. 김현, 김윤식 『한국문학사』 보라. 조연현 『한국현대문학사』 보라. 아직도 문학사를 믿는가. 끊기 어렵다. 이제는 더 믿을 문학사도 없고, 더 읽을 문학사도 없지 않은가. 맞다. 아니다. 시를 놓아줄 때도 있는가. 없다. 있다. 시를 쓰는 행위가 시를 놓는 행위일 때도 있는가. 그렇다. 그러나 시는 붙잡고 또 놓아주는 것도 아니다.

　시는 복잡하다. 시인도 복잡하다. 수험생도 복잡하다. 직장인도 복잡하다. 자영업자는 더 복잡하다. 마음도 복잡하고 삶도 복잡하다. 시인은 마음이 비워지지 않는 것이다. 시인은 언제나 복잡할 뿐이다. 시인은 이율배반적인 존재인가. 인간은 모름지기 이율배반적이다. 시도 이율배반적이다. 아무리 작은 가게라도 가족 되는 분이 왔다 갔다 하면 왠지 불편하다. 어색하다. 마음이 아프다. 경험적 자아가 시적 자아 앞에서 시도 때도 없이 얼쩡거리는 게 좀 그럴 때가 있다. 가르치려고 하지 마라. 조언하지 마라. 그냥 내버려두어라. 내버려두어라. 그럼에도 불구하고 끊임없이 소통해라. 대화해라. 웃으며 말해라. 그리고 침묵해라.

158.

시에 정성을 다 바쳤다고 해야 하는가. 그렇다고 해야 하지 않겠는가. 시를 참을 수 없을 때가 있는가. 무슨 말인가 항상 참아지지 않는 것 아닌가. 시 앞에서 허전할 때가 많은가 아님 설렐 때가 많은가. 허전할 때가 많다. 아니다, 설렐 때가 더 많다.

주말 긴 개천절 3일 연휴 끝인데 어떻게 지내는가. 아직 끝이 아니다. 혹시 밥 먹고, 시 혹은 시에 대한 사유, 즉 이 산문집만 들여다보고 사/쓰는 것 아닌가. 그럴 리가 없다. 모르겠다. (문학 강연도 하는가. 부르면 간다. 조건 있는가. 조건은 무슨 조건? 그런 것 없다.)

가을비 오는 창밖을 다섯 번 정도 내다보았고 청소기 한번 돌렸다. 그리고 또 노트북에 고개를 툭 떨어뜨리고 앉아 키보드 두드리고 살았다. 책도 읽었다. 자판 두드리는 것보다 책을 더 읽어야 한다고 생각했다. 책을 멀리하면 망한다. 읽고 쓰는 게 본업이다.

좋아하는 반찬 있는지. 계란말이가 좋다. 할 줄 아는가. 묵묵부답. ㅎㅎ. 왜 웃는가. 어떤 터널의 끝이 언뜻 보인 것 같아서 웃는다. 시의 끝이 있는가. 없다. 터널의 끝이 있는가. 있다. 없다. 선승이 좋은가. 학승이 좋은가. 승이 아니다. 비승도 아니다. 계획이 있는가. 없다. 시집 언제 나오는가. 넬쯤 교정지 들고 출판사에 다녀올 생각이다. 왜 웃는가. 이럴 땐 그냥 한번 웃고 싶다. 슬플 때가 있는가. 있다. (내) 시의 백그라운드일 것이다.

159.

시를 아는가. 시를 어떻게 알겠는가. 모른다. 시를 쓰면 시를 알 수 있지 않을까. 모른다. 시를 쓰고 나면 남아 있는 게 있는가. 있다. 그게 시의 운명이다. 인연인가. 우연이다. 모를 뿐이다. 거기까지다. 시를 쓰고 시에 대해 사유하고 시에 대해 사유한 것을 여기다 쓰고 다시 또 반복하는 것이다. 재미있는가. 무(無)재미다. (딱 이런 버전으로 한 권 더 달리고 싶다. 할 말이 또 생긴 것 같다. 이러면 안 되는 걸까. 좀 더 대화 나누고 싶은 시가 자꾸 눈에 띄는

데 어떡하지. 적당히 하는 게 좋을까.) 시를 모르기 때문에 또 덤비는 것 같다. 아무것도 아닌 것 같지만 이런 생각을 하는 것만 해도 꽤 오랜 세월이 걸렸던 것 같다. 보고 싶은 사람이 있는가. 없다. 있다. 누군가? 말 할 수 없다. 그래도 말하면 안 되는가. 안 될 것 같다. 어디 사는가. 말 할 수 없다. 보고 싶은 사람이 있기는 있는 것인가. 없다. 있다.

몸무게 70kg 넘었다. 생애 가장 높은 체중이다. 하루 종일 비가 온다. 슬픔 뒤에는 슬픔이 남는다. 어긋날 때도 있고 어긋나야 할 때도 있다. 비대칭도 마찬가지일 것이다. 이런 날엔 작가회의에서 만났던 옛 문우들과 안국역 3번 출구쯤에서 소주라도 한 잔 마시고 싶다. 시월 초순인데 문학상이라도 받았다면 핑계 삼아 만날 수도 있는데 아무 소식이 없다. 소식을 끊었나. 소식이 끊겼나. 기쁘고 즐거운 날은 다 지나갔는가. 과거는 또 흘러갔다. 〈과거는 흘러갔다〉(여운), 〈과거를 묻지 마세요〉(나애심), 「과거를 묻지 마세요」(ksh)

160.

이 산문집을 쓸 때도 또 시를 쓸 때도, 수업을 할 때도 기승전결 이런 것을 꽤 오랫동안 염두에 두고 살았다. 항상 결론이나 결말 이런 것을 생각보다 더 많이 생각하고 살았다. 그러나 결론이 어디 있는가. 결말은 또 어디 있는가. 결론도 결말도 없다. 또 형식에 얽매이지 않으려고 애쓰면서도 또 그 형식에 의지해 살았던 것 같다. 시를 쓸 때도 일상생활 할 때도 그러나 그 형식은 또 어디서 왔는가. 암튼 기승전결, 소재, 화자, 시대적 배경, 선경후정, 단체사진, 졸업앨범, 양복바지와 양말 색깔, 어떤 틀과 어떤 가이드라인, 문단, 좌우, 진보, 보수, 남북 관계, 국내 정치, 한국 교육, 도덕성, 책임감, 특히 구설수에 오를 일을 하지 말 것, 욕먹지 말 것, 게으르지 말 것, 시에 대한 순결성, 시인의 자존심 등등 이리저리 얽히고설킨 생을 살았던 것 같다. 이 또한 독백이 아니라 고백에 가까운 것...

다시, 시의 주제라든가 시의 배경이라든가 시의 소재라든가 시적 대상이라든가 시의 내용이라든가 시의 소재라든가 일상적 자아의 경험이라든가 시집 뒤에 달린 해설 꼭지 등등 이런 것으로부터 조속히 탈피하라. 그런 것에 연연하지 마라. 혼자 있으라. 홀로 걸으라. 모든 생은 다 각각 독립 영화라는 것이다. 독립 인생이다. 이것도 꿈이고 저것도 꿈이다. 오히려 그대의 침묵이 정답이다. 오늘은 어제와 다르다. 여름은 덥고 겨울은 춥다. 그대는 그대의 시에 더 집중하라. 이 산문집에 더 집중하라. 행간의 긴장감을 유지하라. 그대의 삶을 밀고 나가라는 것이다. 권력과 타협하지 마라. 문학의 그릇이 아무리 크고 넓다해도 다 담지 못하는 삶이 남아 있다. 옛 작장 동료는 가끔 시에 골몰하던 필자의 등 뒤에서 (아주 날카로운 목소리로) 또, 또 쓰 잘 데기 없는 일 한다고 핀잔을 줬다. 그런 핀잔도 가끔 그리울 때가 있다. 오늘은 음력 9월 초아흐렛날이다. 사촌 형제들이 지금쯤 큰댁에 모여서 회산댁 합제사를 지낼 것이다. 상향(尙饗).

161.

시인은 시인 행세도 하면서 수염도 기르고 멋있게 사는 사람이 아니라 끝까지 펜을 놓지 않는 사람이다. 그러나 세상은 변한다. 시의 속성은 만족할 수 있는 장르가 아니다. 꿈 아닌 것을 말해보라. 낮 퇴계 밤 퇴계, 비논리적인 것과 비현실적인 것, 극(劇)과 극서정시, 만주 벌판, 대마도, 발해(渤海), 북간도, 극좌, "더 큰 공동체의 소리를 들으라. 과거에 지배받지 않는 삶."(기시미 이치로), 성공설

(性空說), "나약한 개인이 되었을 때 작가는 자신의 내면을 관조할 수 있다."(가오싱젠), 운전은 손발로 하는 게 아니라 눈으로 한다. 글도 눈으로 쓴다. 손끝으로 쓴다. 타자성, 불여조사 시무사인(佛與祖師 是無事人), "제 정신을 갖고 사는 사람은 없는가?"(김수영)

"존재하는 사물들의 질서는 세상을 지배하는 고정 관념이 설정하므로, 참된 글쓰기는 그러한 고정 관념의 권력에 항의하는 행위, 일종의 액팅—아웃이다. 그렇다면 어떻게 존재하지 않는 것에 관하여 말할 수 있는가? 우선 먼저 존재하는 사물들을 지배하는 언어를 소진시켜야 한다."(백상현)

162.

잠깐 쉬었다 가자. "행복 1위 핀란드 사람들은 뭐 하고 노나요?" 에로 수오미넨 주한 핀란드 대사 인터뷰의 일부를 인용하고자 한다. 읽고 나면 남아 있는 게 조금 있다. 오래 전에 읽었지만 필자 역시 조금 남아 있어서 굳이 찾아다 옮겨 놓는다(한겨레, 2020. 6. 12).

—〈세계 행복 보고서〉 결과와 달리 핀란드인이 실제 느끼는 행복감이 그 정도는 아니라는 언론 보도나 조사 결과

가 있다. 그 괴리는 어떻게 설명할 수 있을까?

"핀란드에선 행복하다는 말보다는 사는 데 만족한다는 표현을 쓴다. 그 만족감의 바탕은 신뢰다. 핀란드 인들은 정부 기관, 정치, 언론, 이웃에 대한 신뢰가 강하다. 그런 신뢰가 자기 삶에 대한 만족으로 이어진다."

─핀란드 관련 자료를 보면 행복을 설명할 때 유독 평온 (calm)이란 단어를 자주 쓴다.

"핀란드인에게 행복보다 훨씬 중요한 개념이 〈평온〉이다. '급한 마음 없는 편안하고 예상 가능한 삶'이 핀란드 인에게 중요하다. 한 예로 최근 인터뷰에서 산나 마린 총리의 배우자가 총리에 관해 '매우 차분한 사람'이라고 표현했다. 그건 핀란드에서 최고의 칭찬이다. 국민 입장에서도 차분한 지도자는 신뢰할 만한 좋은 지도자라는 의미다. 핀란드 인에겐 행복보다 평온, 만족감이 더 중요하다."

(핀란드식 '집콕 혼술' 문화도 있다. 외출할 생각 없이 집에서 속옷 차림으로 술 마시는 행위를 뜻하는 '칼사리캔니'(Kalsarikännit·Pants drunk)다.)

—칼사리캔니 문화의 핵심은 무엇인가.

"아무런 요구와 강요 없이 혼자 있는 시간을 뜻한다. 굳이 사람들과 어울리지 않고 혼자 여유롭게 독립적으로 있어도 괜찮다는 게 핵심이다."

163.

다시, 시를 버려야 시를 얻을 수 있는가. 그렇다. 이제 시는 아무것도 없다. 시는 기표만 남았다. 진보주의, 아티스트, 반체제, "분노하지 않는 자는 죽은 것이다"(마루야마 겐지), "국가가 국민의 것이었던 적은 한 번도 없다"(마루야마 겐지), 문학평론가 홍정선(1953~2022. 8. 21), 세검정, 문학과비평사, 반포치킨, 원주도서관, 이 계절에 읽은 시 「진주목걸이」(박세현, 『공정한 시인의 사회』, 2022년 3월호), 상계역 호프집, 편의점, 캔맥, 금천구청역, 피오디, 한정판...

시는 독자들의 입맛에 맞지 않는 장르가 되었는가, 시인은 누구인가? 금홍이, 텅 빈 상태, 신작 시집 사인해서 동도제현 앞으로 우편 발송하던 시절도 과거가 되었다. 의정부 교도소 정문 앞 카페, 치부, 치욕, 치질, 무안타, 삼전동, 반포 3단지, 시를 쓰는 것이 아니라 시를 쓰기 위해 시를 쓰고 또 시를 쓰는 것, 마조록(馬祖錄), 도저히 참을 수 없는 것, 소설가 김성동(1947~2022. 9. 25), 천축사, 작가회의, 인사동 통음, 양평 김성동 모친 상가, 만다라, 전중(前中), 다시 분노하라(김상구)...

164.

"이왕 의사가 된 것, 가장 가난한 사람 곁에 있는 의사가 되고자 했다", "내가 노숙인을 특별히 더 사랑해서라기보다는 환자를 보고도 치료하지 않는다는 것을 나 스스로 용납할 수가 없었다. 의사는 가장 병이 많은 곳에 있어야 한다는 생각에 노숙인의 곁을 택했다"(최영아 서울시립서북병원 내과전문의, 진료협력센터장, 조선일보, 2022. 10. 1).

165.

조심스럽지만 좀 괴팍한가. 노코멘트. 엊저녁 산책길 갓길에 서 있는 사람들의 공통점은 산책 나온 개들이 서 있거나 용변을 보는 중이었다. 고개를 돌리는 사람도 더러 있었는데 고개를 왜 돌려야 하는지 이유를 잘 모르겠다. 산책은 산책할 일이 없어도 하는 것인가. 그렇다. 산책이 일이 있으면 산책이 아니지 않을까. 쓸 게 없어도 쓴다. 갑자기 무슨 말인가. 무슨 말이 아니라 쓸 게 없어도 써야 한다는 것. 모범적으로 살았는가. 아니다. "사심(私心) 또는 사심(邪心) 없이 보는 것이 이성적(理性的)이다."(김춘수) 암튼 감정을 앞세우지 마라. 감정을 빼고 그냥 말하라(s). "남을 평가하지 마라."(루실라) 남 탓하지 마라. 그냥 살아라, 그냥 놀아라. 시는 시인의 체험 혹은 시인의 감정이나 생각을 시의 형식으로 표현하는 것인가. 그냥 써라. 기존의 시론이나 이론에 집착하지 마라. 이것도 아니고, 저것도 아니다. 여기 어느 법문을 급히 인용한다. "틀을 깨는 게 불교다."(법상 스님 상주 대원정사) 도가도 비상도(道可道 非常道)(『도덕경』 제1장), 왜 이 글 끝에다 도덕경 첫 장을 갖다 놓았는지 모르겠다. 모르것다. 오직 모르것다. (또 좀 남은 말은 '서문', 즉 이 책의 책머리에 남겨야 할 것 같고, 더 남은 말은 다음 산문집에서 만나길 바란다.)

오후 산책 나갔다가 무수골 주말농장 지나 자현암 범종 소리 들으며 되돌아왔다. 마치 환속하는 자의 걸음으로 터벅터벅 걸었다. 홀로 걸었다. 아니다, 동행자가 있었다. 길동무 같아 늘 고맙다. 어느 봄밤에 시작했는데 어느덧 가을밤이 되었다. 건필하기를~ □

시의 첫 줄은 신들이 준다 (제2권)

ⓒ강세환, 2023

1판 1쇄 인쇄__2023년 03월 10일
1판 1쇄 발행__2023년 03월 20일

지은이__강세환
펴낸이__양정섭

펴낸곳__예서
       등록__제2019-000020호

제작·공급__경진출판
       사업장주소__서울특별시 금천구 시흥대로 57길 17(시흥동), 영광빌딩 203호
       전화__070-7550-7776 팩스__02-806-7282
       홈페이지__https://mykyungjin.tistory.com
       이메일__mykyungjin@daum.net

값 20,000원
ISBN 979-11-91938-46-3 03810